U0739730

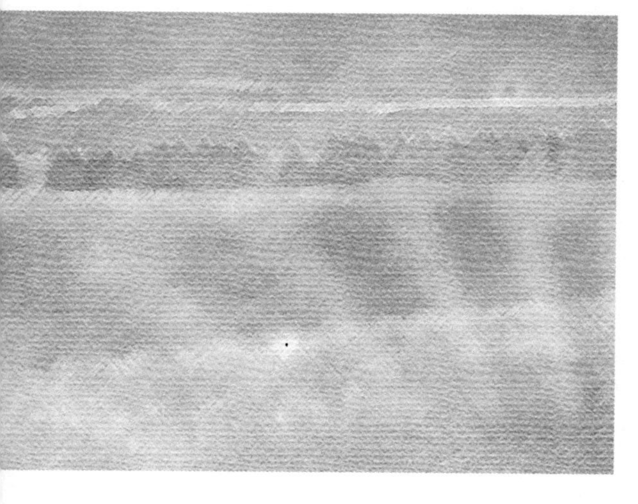

说话的诗歌

唐欣 著

中国社会科学出版社

图书在版编目(CIP)数据

说话的诗歌:20世纪80年代以来的口语诗研究/唐欣著.
—北京:中国社会科学出版社,2012.8
ISBN 978-7-5161-1217-5

Ⅰ.①说… Ⅱ.①唐… Ⅲ.①新诗—诗歌研究—中国—当代
Ⅳ.①I207.25

中国版本图书馆CIP数据核字(2012)第165781号

出 版 人 赵剑英
责任编辑 李炳青
责任校对 韩天炜
责任印制 张汉林

出　　版 中国社会科学出版社
社　　址 北京鼓楼西大街甲158号(邮编100720)
网　　址 http://www.csspw.com.cn
中文域名:中国社科网　　010-64070619
发 行 部 010-84083685
门 市 部 010-84029450
经　　销 新华书店及其他书店

印　　刷 北京市大兴区新魏印刷厂
装　　订 廊坊市广阳区广增装订厂
版　　次 2012年8月第1版
印　　次 2012年8月第1次印刷

开　　本 880×1230　1/32
印　　张 7.625
插　　页 2
字　　数 192千字
定　　价 25.00元

凡购买中国社会科学出版社图书,如有质量问题请与本社联系调换
电话:010-64009791
版权所有　侵权必究

目　录

绪　论

定义与缘起

“口语诗”这一概念，是谁最先命名并使用已不可考。它的频繁使用，则是在20世纪80年代中期以后《诗歌报》等报刊组织的一些讨论中开始的，主要用来描述那种“用口语写成的诗歌”或“口语化”的诗歌，随后，进入20世纪90年代，特别是21世纪以来，“口语诗”的概念大致就在这样的意义上被固定下来。

其实，以口语入诗，古已有之。《诗经》、《乐府》自不待言，在佛经变文、敦煌曲子词里，口语因素也时有闪现。唐朝初叶的王梵志，即是一位采用口语入诗的诗人：“梵志翻着袜/人道皆有错/乍可刺你眼/不可隐我脚。”[①] 稍后的僧人寒山、拾得等人，也有类似的倾向：“东家一老婆/富来三五年/昔日贫于我/今笑我无钱/渠笑我在后/我笑渠在前/相笑倘不止/东边复西边。”[②] 宋朝以后，柳永等人在词里大量使用浅近通俗的口语。大词人李清照、辛弃疾等人，亦经常把口语引入词中以增加作品

---

① 转引自张中行《张中行作品集　第一卷　文言与白话》，中国社会科学出版社1995年版，第220页。（因为体例和格式的要求，本书所有诗歌引文分行用单斜杠，分段用双斜杠，原标点保留——作者注）

② 同上。

的活力，比如“不如向/帘儿底下/听人笑语”（李清照《永遇乐》）、“守着窗儿/独自怎生得黑/梧桐更兼细雨/到黄昏/点点滴滴/这次第/怎一个愁字了得”（李清照《声声慢》）。“大儿锄豆溪东/中儿正织鸡笼/最喜小儿无赖/溪头卧剥莲蓬”（辛弃疾《清平乐》）、“些底事/误人那/不成真个不思家”（辛弃疾《鹧鸪天》），但这并未成为他们主导的倾向，而主要是起一些调节的花饰的作用。

在20世纪以来的中国新诗史上，引口语进诗歌，也并不罕见。譬如：“在这中间，好像白浪中漂着两个蚂蚁，/他们两人还只是扫个不歇。/祝福你扫雪的人！/我从清早起，在雪地里行走，不得不谢谢你”（周作人《两个扫雪的人》）；“你说洗衣的买卖太下贱，/肯下贱的只有唐人不成？/你们的牧师他告诉我说：/耶稣的爸爸做木匠出身，/你信不信？你信不信？”（闻一多《洗衣歌》）；“吁，老五，别言语，听大帅的话没有错：见个儿就给铲/见个儿就给埋/躲开，睡我的；呕，去你的，谁跟你罗嗦！”（徐志摩《大师》），等等，艾青更是一位倡导“口语美”的诗人，虽然他的作品依然有很强的“书卷气”。他们的这些探索，引人注目，但并未得到重视，客观地讲，成就也不算高。总的说来，他们多半还是使用一种模仿的口语，别人的口语，是把口语作为一种修辞策略来运用的。

直到20世纪80年代以来，一些崭新形式的诗歌的出现，才标志着真正的“口语诗”的正式形成：“远方的朋友/交个朋友不容易/如果你一脚踢开我的门/大喝一声：‘我是某某’！/我也只好说一句/我是于坚”（于坚《远方的朋友》）；“四把椅子/该写上四位好友的大名/供他们专用/他们来/打牌至天明鸡叫”（韩东《一切安排我绪》）；“我，丁当，一九六二年出生/坐在南京的一张木桌前/在这三页稿纸上/拼命地靠近你，抚摸你/你赤身裸体/从我的想象中走过/我真的就伤害了你吗”（丁当《经过想象的一个姑娘》）；“他笑了：是真的/一起向前走/才想起握手/他在我手上捏了捏/完好如初/一切完好如初/我们哈哈大乐”（伊沙《假肢工厂》）。无疑，这些诗要更加自然，也更加本色。它们用口语——自己的口语直接呈现我们最切近的现实和最普通的情感，口语在此也显示出一种巨大的包容力、表现力和感染力，它暗示着当代诗歌的另外一种方向和可能，尤其是与同时代其他倾向的诗歌相比，这种区别和分歧就更加明显，譬如说：“深深植入昨天的苦根/是最黑暗处的闪电/击中了我们想象的巢穴/从流沙的瀑布中/我们听见水晶撞击的音乐”（北岛《白日梦》）；“向西/黄昏之火展开你的传说/岩石在流放中燃烧/红色的苍茫，从历史走来/一匹巨大的三峰骆驼/主宰沉默”（杨炼《敦煌》）；“每个人都有自己微小的命运/如同黄昏的脸/如同草菊的光在暗影中晃动”（顾城《封页》），分野已经非常鲜明。这意味着，或明或暗，或有意或无意，口语诗是被另外一种完备而成熟的诗学所支撑，所支援，所支持的。这是我们既定的诗歌史上所不曾有过，我们原有的诗歌解释系统所难以解释的一种新的诗歌。

按照《现代汉语词典》的说法，“口语”，即是“谈话时使用的语言”。它主要是区别于正式的、书面的语言，但口语诗里的“口语”，则主要是针对那些原有的、人们普遍接受并且业已习惯的、隐喻的、意象化的、词语的、比较“文学性”的诗歌语言。事实上，在今天，诗人们的所谓“口语”与书面语之间，并没有不可逾越的界限，它们有着相当多和相当大的重叠面和兼容性，“口语诗”只是一个相对的概念，用来指称这些具有口语形态和口语特征的诗歌。

现在，口语诗已是当代中国诗歌研究中一个不容忽视，也不可回避的重要概念。它不仅标示着一种诗学观念，一种写作倾向，也标示着一种宽泛意义上的创作流派和庞大数量的诗歌作品。它已经是当代中国文学中无法绕开的一个事实和存在。它的许多作品已进入教材、文学史和各类研究之中，甚至进入“经典”的行列。在这种情况下，梳理口语诗的大致形成史，分析口语诗的可能的诗学，评价口语诗的意义，并对口语诗的代表诗人和主要群体进行初步的总结，就成为一种具有一定难度，同时也富有挑战性的工作。

目前的情况是，对口语诗某些专题的研究、某些具体诗人和具体作品的研究，已经具有一定的基础积累。但较为综合的、系统的总结和研究尚付诸阙如。在已有的研究成果中，一般性的、依据传统诗学的判断和定论较多，而“体贴”的、深入内部的、较为专业的批评则相对滞后和薄弱。本书试图在占有更多资料的基础上，在缺乏“灯塔”和“路标”的前提下，对上述方面进行一些初步的探索，以期为填补这方面的空白稍作贡献。

但是，我深知谈论诗歌是困难的。诗歌自身已说明一切，对诗歌喋喋不休的通常是些外行人和傻瓜。《诗歌解剖》的作者布尔顿就曾说过：“肢解一首诗，甚至重述一首诗的内容都会把诗毁坏。我们最初的、有价值的诗歌经验是极端私人性质的。我们愿意独自保存这种经验，就像我们对初恋或宗教的经验往往会守口如瓶似的。我们甚至会觉得，过于细致地研究一首诗都近乎亵渎，有如与德高望重之人过分亲昵是不敬一样。”①

而且，“假如说另外一种措辞，一段释义能够给人以同诗一般的经验，那就不存在诗歌艺术了。比如说，我们可以解释一个生僻的词，但我们却无法从诗的整体中分离出它的理性形式

---

① ［英］布尔顿：《诗歌解剖》，傅浩译，三联书店 1992 年版，第 5 页。

（具有逻辑顺序的事实内容），哪怕是极小的一部分，因为诗是由众多精神和物质成分组成的独特整体。你不可能从一块烘制好的蛋糕里取出一只鸡蛋来！”①

这同时也是昂贝多·艾柯曾经饶有兴致地讨论过的有关“过度诠释”的两难处境，② 大概的意思是，假如我们允许批评家任意发挥，那么过度的诠释会糟蹋掉作品的真正可能的意义；而假如只允许对于“作品意图”的严格解释，那么又会使作品失去丰富的暗示能力而影响到作品的吸引力（搞理论的教授该何其伤心）。毕竟，艾柯“理想”中的“标准读者”很少或者干脆就不存在（而诗人和批评家的对立和分歧也是由来久矣，诗人鄙薄批评家只有理论、只有观念、只有生搬硬套而缺乏艺术感悟、艺术会心和艺术直觉，批评家则对诗人关于“神圣”理念的无知、懵懂、粗疏嗤之以鼻，究竟该由谁说了算呢）。而在中国传统里，诗往往也是一种多少有些神秘的、需要谨慎对待的东西。一方面，诗无达诂，诗有着一说就错，一谈就变的暧昧性质；另一方面，人们宁愿采取隐喻的、迂回的、妙语式的、点到为止的方式去接近它。在了解到这些困难之后，尤其是意识到自己“强作解人”的“强词夺理”的一面之后，我们只能尽量地多客观描述，多征用文献，多展示作品，而少下断语，少做结论，力求维持好一种必要的平衡。这是本书的一个初衷，当然，这却不是总能够做好和做到的。但它确实是我们努力追求的目标和方向。

---

① ［英］布尔顿：《诗歌解剖》，傅浩译，三联书店 1992 年版，第 11 页。

② 参见［意］艾柯等《诠释与过度诠释》，王宇根译，三联书店 1997 年版，第 10—13 页。

第一章

后来才知道那就是历史

——口语诗历程回顾

任何事物都有一个诞生、成长和发展的过程。在它成熟以后，我们需要为它确定一个生日，这是回溯的需要，也是我们求知的本能使然。但我们也要明白，这只能是一个模糊的、大概的说法（在中国诗歌史上，谁能够为四言、五言、七言诗的出现确立准确的时间？当人们注意到它们时，它们多半已经蔚为大观了），好在这里面并不涉及专利之争，我们倒也无须过于紧张。

通常的看法是，口语诗发轫于20世纪80年代。

有关口语诗，一个重要的问题就是，它是由谁发明的？由谁最早开始写作的？但这又是一个很难回答也很难说清的问题。一方面，早期口语诗的探索者人员在不断流动和流失，回忆文本短缺和匮乏；另一方面，由于这些早期作品又处于很难被既定文学秩序认可和接纳，正式发表近乎不可能的境地，一些资料的遗失也就在所难免。准确地还原历史，我们有着无法克服的困难。就像英国美术史家贡布里希曾经感慨过的那样："我们想要知道而又无法知道的东西是如此之多，而我们能够确定的东西又是如此之少。"[①] 尤其是，口语诗，这一文学形式的产生、变迁和发展必定是在若干个甚至无穷多个相关因素共同作用下的产物，在一种篇幅有限、视野和精力有限，特别是认识水平有限的研究里我们不得不、无法不忽略和遗漏其中的某些人和事、某些变量，而且，退一步说，即便我们已经肯定拥有了较为完备和周全的信息资料、文献、档案，甚至我们也具备了足够的思考、分析和总结能力，我们仍然得承认自己的界限和局限：即我们还是不可能把握住最后的，也是最关键的那个相关变量——具有选择自由的主体创造精神在确定环境下的非确定态度（为什么是这个人而不是那个人，为什么是这个时间而不是别的时间，为什么要这么写而不是那么写，恐怕当事人自己也不清楚。任何事物的诞生都是既有必然性，又有神秘性，对于后者，我们只好存而不论）。在意识到上述的种种困难之后，我们就可以较为明智地把自己的工作从解谜、授予发明权的高风险和高难度上调整下来，较为谦逊地界定为一种对大致线索的整理和梳理，一种粗线条的、梗概的、大致的、有所规避更有所省略的历史。

阿诺德·豪赛尔曾经指出："所有的历史发展都是第一步决定第二步，它们又一起决定第三步……如此等等。只靠第一步本身，对于接下去所有步子的方向，谁也得不出结论。没有对先前所有步子的认识，任何一步都无法解释。而且，即使具备了这样的认识，它也还是无法预言的。"[②] 尽管如此，按照时间的排序还是必要的、基本的，也是无法回避的。我们可以把口语诗的历程或进程大致分为这样几个阶段。

① ［英］贡布里希：《艺术与人文科学——贡布里希文选》，范景中译，浙江摄影出版社 1989 年版，第 18 页。

② ［美］阿诺德·豪泽尔：《艺术史的哲学》，陈超南、刘天华译，中国社会科学出版社 1992 年版，第 2 页。

一

第一阶段，从20世纪80年代早期到1984年，这是一个孕育、诞生、草创的时期。在这一时段，当代先锋诗歌的主流是“朦胧诗”。撇开“朦胧诗”那种整齐划一的、怀疑和批判的时代烙印、二元对立的思维方式和意识形态偏好，以及它们挑战者和代言人的使命感和孤芳自赏的“美丽的忧伤”情结，它们在文本艺术上的主要贡献在于对现代主义诗歌传统的恢复，对于意象、通感、隐喻、象征等艺术手段的深入开掘。但是，为一般人所忽略的一点是，其实，在一些朦胧诗人那里，也已经出现了口语的元素。比如北岛，这位以精密奇诡的意象著称的诗人，也在不经意间，写出“碰上熟人真头疼/他们总喜欢提起过去/过去嘛，我和你/大伙都是烂鱼”（《青年诗人的肖像》）；“万岁！我只他妈喊了一声/胡子就长出来/纠缠着，像无数个世纪”（《履历》）等诗句，但显然，这并不是他擅长的，也不是他的用力方向，而只是一种变奏，一种增强诗句活力的修辞策略而已。比方江河，这位以雄浑著称的诗人，在他的情诗里，也有一种娓娓道来的亲切感：“你过去的事不那么重要了/想你的人关心你这时在哪/你要是在个好地方/也让他们高兴。”（《交谈》）而在另一位诗人梁小斌那里：“早晨，/我上街去买蜡笔，/看见一位工人/费了很大的力气，/在为长长的围墙粉刷。//他回头向我微笑，/他叫我/去告诉所有的小朋友：/以后不要在这墙上乱画”（《雪白的墙》）。“那是十多年前，/我沿着红色大街疯狂地奔跑，/我跑到了郊外的荒野上欢叫，/后来，/我的钥匙丢了。”（《中国，我的钥匙丢了》）这里面虽然有点刻意模仿孩子的感受和语言，但是说——口语的运用已经较为自然。可惜的是，这依然没有超越修辞的层面。

“假如我要从第二天起成为好学生/闹钟准会在半夜停止跳动/我老老实实地去当挣钱的工人/谁知有一天又被叫去指挥唱歌/我想做一个好丈夫/可是红肠总是卖完。”这首由上海诗人王小龙写于1982年的诗《纪念》，也许可以看作是中国口语诗写作的一种开始的标志。在这一刻，新一代的诗和诗人登场了。王小龙批评说：“‘意象’！真让人讨厌，那些混乱的、可以无限罗列下去的‘意象’，仅仅是为了证实一句话甚至是废话。”[①] 他表示：“我们希望用地道的中国口语写作，朴素、有力，有一点孩子气的口语；强调自发的形象和幽默，但不过分强调自动作用，赋予日常生活以奇妙的、不可思议的色彩。”[②] 在与美国“垮掉派”大诗人金斯伯格等人的对话中，王小龙更指出：“全世界的青年都在承受时代的压力，并以各种方式作出反应。”“写诗的青年不是踞于人群之上的怪物。”“仅仅因为活着，像其他人一样活着，仅仅因为敏感，甚至不比其他人更敏感，仅仅因为偶然，我们写诗。”“我们的诗是生理、心理、思想、情绪的记录……为了使这种记录可靠一些，排除语文的障碍，我们需要实验，提出种种接近真实的可能性。这时，诗才获得独立，成为一种生活。”[③] 这位发现“出租车总是在绝望时开来”的诗人，指出的不仅是当时中国最大的城市上海的日常现实，也是一种建立在都市生活基础上的富于哲学意味的当代感受和当代意识，更是当代诗歌的另一种可能的方向和道路，这使得他不多的几首作品

---

① 老木主编：《青年诗人谈诗》，北京大学五四文学社1985年版，第106页。

② 同上书，第106—107页。

③ 同上书，第109页。

获得了广泛的影响（不知是什么原因，后来就看不到王小龙的作品了，非常可惜）。

几乎与此同时或者稍晚，远在昆明的于坚，西安的韩东，以及四川的很多青年诗人，也都在相对隔绝和封闭的状态下开始了自己的口语诗创作，并创造出一系列不同以往也不同凡响的、在文化的意味和语言的形式上更为丰富和完整的标志性作品，但由于发表和交流的渠道不畅，他们的诗歌产生并发挥示范作用，还得等待时机和契机。

值得一提的是，地处西北一隅的《飞天》文学杂志，自1981 年起开办了“大学生诗苑”栏目，编辑张书绅先生，以一种敏锐的眼光和宽容的胸怀，不断推出大学生们富有创新价值的、带有艺术探索性的诗歌作品，使《飞天》“大学生诗苑”成了一个广受瞩目的交流平台，它的一个始料未及却意义深远的贡献是，给这些具有相近艺术追求和相近艺术趣味的青年大学生诗人提供了互相结识、互相串联的机会，而他们也充分利用了这个机会（最有名的例子是，云南大学的于坚和山东大学的韩东，通过兰州大学的封新城在自印刊物上认识，并创办了后来影响甚大的《他们》杂志）。这就为接下来的自办民间刊物和自发诗歌运动进行了准备。可以肯定的是，倘若没有这样一个在当时的正式出版物里显得相当开放和前卫的一块阵地或者“飞地”，20 世纪 80 年代诗歌运动的时间、规模和水平都会受到限制。

二

第二阶段，从 1985 年到 1989 年。这是口语诗成型并发展的时间。诗人韩东在其主编的“年代诗丛”的序言里，大刀阔斧地把20世纪80年代径直称为“民办刊物和‘诗歌运动’”时期，就先锋诗的状况来说，这确实是一个准确的概括。

民办刊物是指在国家出版的审查和管理体制之外，由一小部分志趣相投的诗人自筹经费，自己来编辑、组织和印刷的没有正式出版刊号的诗歌刊物。在共和国历史上，第一份自办的诗歌刊物大概是由朦胧诗人在20世纪70年代末到80年代初的在北京创办的《今天》杂志，它不仅标志着“文化大革命”后新时期文学的开端，也开创了另一种使诗人摆脱一些外在束缚的独立自主的文学存在方式。之所以要自办刊物，当然是由于当时正统的、正规的和正式的文学规范和体制还沿袭着旧有的、依附于计划经济的惯性，它相对于迅速变革的、日趋复杂、丰富和多样的社会文化，尤其是探索中的、艺术上有革新倾向的、前卫的、未成熟的作品和作家，已经越来越成为一种保守的、滞后的，甚至是压迫性的力量。在这种情形下，诗人们采取一种疏离的、非对抗的，甚至也不是完全拒绝和不合作（比如说，许多民间刊物上登载的作品在一个时间段以后为正式刊物接受和采用）的方式，既是出于不得已的选择，同时又因此获得了很大的自由度。这还不仅是向现代文学史上同仁刊物的回归，它意味着诗人们对艺术仲裁权利和艺术自治空间的某种收复和捍卫。第一次，这是由诗人自己来判断作品并评价作品，并且按照自己的艺术理想和艺术抱负来进行创作，它的意义相当于对艺术生产力和生产关系的某种解放。最为可贵的是，这些民间自办的刊物很快建立起自己的权威性，在这些刊物上发表作品而不是在正式出版物上发表作品成了许多先锋诗人看重和追求的荣誉。毕竟，是由艺术倾向、艺术追求、艺术风格造就的艺术流派，而不是根据职业成分和题材内容划分的什么工人诗人、农民诗人、大学生诗人等简单分类，带给诗人更多的归属感和自豪感。

1985年年初，一本由四川诗人万夏、杨黎和赵野等人编辑的《现代诗内部交流资料》在成都推出，其中，最引人注目的是“第三代人诗会”这一栏目，里面汇集了杨黎、张小波、胡冬、李亚伟、马松、万夏、张枣等人的诗作，在通栏标题下，赫然写着：“随共和国旗帜升起的为第一代人/十年铸造了第二代/在大时代的广阔背景下，诞生了我们——/第三代人”。从此，“第三代”作为“朦胧诗”后一代诗人和诗歌的命名，正式进入了历史。而这批诗人，特别是其中被称为“莽汉主义”的李亚伟、胡冬、马松等人，更以一种粗野、狂放的“无赖气质”和有力的长句式口语形式成为其中的亮点。另外，同一本刊物里，于坚、杨黎等人的作品，也在口语诗的不同向度上引起了人们的注意。

稍后，《他们》文学杂志在南京推出，在小说栏里是马原、阿童（即苏童）、乃顾（即顾前）和李苇的作品，而在更大篇幅的诗歌栏目里，则推出了于坚、韩东、丁当、小海、小君、王寅、陆忆敏、封新城、吕德安等人的作品，这是一批较为成熟和纯粹的口语诗作品，其中像于坚的《作品39号》、《作品34号》、《作品52号》、《作品16号》；韩东的《有关大雁塔》、《我们的朋友》、《你见过大海》、《一个孩子的消息》；丁当的《房子》、《星期天》；小海的《村子》；王寅的《英国人》、《朗诵》、《想起一部捷克电影想不起片名》；小君的《海边》、《给流浪诗人》；陆忆敏的《美国妇女杂志》；吕德安的《父亲和我》，取材不同，风格各异，但都成为口语诗历史上的重要名作。可以说，《他们》创刊号上的诗歌，表明了口语诗的实绩和潜力，对以后的口语诗起到了很大的示范效应。到1988年，《他们》共出刊五期。

1986年，《非非》杂志在四川成都推出，这是一本在观念上和艺术上更趋向极端的刊物。它不仅有“非崇高、非理性”的含义，也包括“感觉还原、意识还原、语言还原”的一整套“前文化”理论和“非非主义诗歌方法”，更有杨黎的《冷风景》、何小竹的《鬼城》、周伦佑的《台阶与假门》、小安的《祖宅》等体现“非非主义”主张的诗歌作品。另外，丁当、李亚伟、尚仲敏等人的作品也非常突出，引人注意。不久，在1987年，《非非》2号推出，进一步强化了“非非主义”的色彩，它的理论的方案性与启发性以及用口语向言之无物的“纯粹”的“超语义”、“超表现”境界靠拢的努力，在当时引起了很大的反响。

为了呼应当代先锋诗歌的这些转换，1986年10月，“朦胧诗”一代的诗人徐敬亚（还有诗人吕贵品和孟浪）策划并主持了《深圳青年报》和安徽《诗歌报》联合举办的“中国现代诗群大展”，进一步将现代诗歌运动推向高潮。据统计，在短短几天里，两报共介绍了一百多名、六十多家“后崛起”的实验诗人和实验诗派。两年后，在修订和补充后，“大展”的材料汇集为《中国现代主义诗群大观1986—1988》一书，由上海同济大学正式出版。在这次大展中，除了“他们”、“非非”、“莽汉”等群体外，采用口语写作的还有以刘漫流、孟浪、王寅、默默、郁郁等诗人为代表的上海“海上诗群”，以尚仲敏等人为代表的重庆“大学生诗群”，以京不特、胖山等人为代表的上海“撒娇派”诗群等。

通过这次大展，这些年轻的，被称作“第三代”或者“后朦胧”、“后崛起”、“新生代”的诗人与“朦胧诗”诗人的分歧和区别得以公开化和明朗化。一般说来，他们更倾向于用平凡人的、日常生活的主题来替代崇高的、英雄的、泛政治化的主题；用现代人明白、有力、富有语感的口语和客观、低调、反浪漫的写作态度去替代以意象和隐喻为特征的象征主义诗歌倾向。由于20世纪80年代以来社会生活的深刻变化，也由于“朦胧”诗人对当代人生活“世俗性”的相对隔膜，以及他们在艺术上的自我复制和更次一等的诗人对他们的贬值复制，以口语诗为主干的新诗潮，以其对当下生活的贴近和敏感，以其与社会前进大方向吻合的对人的境况的多方面、多角度的开掘和开发，以其富有表现力和感染力的语言形式，似乎成功地取代了由“朦胧诗”占据的主导位置。

紧接着，由中国作协主办的，影响甚大、发行量居世界诗刊之首的《诗刊》杂志，在1986年11期隆重推出第6届青春诗会作品（这个后来被称为诗坛黄埔军校的平台，在1980年推出包括舒婷、顾城、江河等“朦胧诗”主将后，这又是新的一次高潮）。其中于坚的《罗家生》、《远方的朋友》、《尚义街6号》；韩东的《一切安排就绪》、《温柔的部分》、《在玄武湖划船》等刊登在醒目的位置。这似乎意味着国家文学体系对口语诗某种程度的接受和承认。而《诗刊》的这一姿态更对无数诗人产生了暗示和引导的作用（慨然出手相助的，还有七月派老诗人牛汉主持的很快就夭折了的《中国》杂志）。事实上，从1987年到1989年，以记录现实生活状态，语言散漫随意，被称作是“生活流”的诗歌就已开始大面积涌现，甚至到了泛滥的地步。但是，这与“他们”为代表的口语诗实际上是有很大区别和距离的。在这一时段，活跃在口语诗这一领域的，多半都是大学生或出自大学的诗人，除了上述各流派的主要诗人外，还有柯平、张锋、苗强和张子选等人。

三

第三个阶段，从1990年到1998年，这是口语诗坚持和深化的时期。由于社会历史的深刻转折和变故，狂飙突进的现代诗歌运动黯然退潮。原先一度向口语诗敞开的正式刊物的大门，即便没有彻底关上（主要是对“第三代”中的成名人物），但也关小了许多。口语诗的存在方式，似乎又退回了20世纪80年代早期的自办民刊的阶段。

进入20世纪90年代以后，于坚推出《对一只乌鸦的命名》和《事件》系列，开始进行他的诗歌“语言学”的探索。1993年他创作的《0档案》，则把诗歌的形式实验推到了极致，他用档案的词条形式测量了个人在强大的国家机器控制下的某种生存状态，被评论家贺奕称为“诗歌事故”①。以后，他在一个更为宽泛的“文明论”的框架里，继续向新的内容和文体领域开拓。这一阶段他的代表作品有长诗《飞行》和更为轻捷的小品式的《便条集》，对中国古代文化和美学价值的发现和倡导也是他引人注目的一个特点。

韩东在1991年写出《甲乙》一诗，以一种冷静到“无情”的客观语调讲述着现实，而把尖锐的力量深藏其中。1994年他写出《南方以南》组诗，在对南方新生活的敏锐观察里包含着精确的自我分析。他还有很多似乎更加“私人化”的作品，流布和影响不是太大。

《他们》到1995年，又陆续推出四期。除了继续展现“他

① 贺奕：《90年代的诗歌事故》，《大家》，1994年，创刊号。

们”代表诗人的新作外，还注意对口语诗的诗学进行回顾和总结，也是《他们》的一个特色。新近加入的诗人朱文等人，也带入了某些“异质”和活力。

《非非》在20世纪90年代早期又推出三卷（包括一本评论专辑）。在艺术取向上，变得更加宽容和开放，接受和容纳了许多新的先锋诗人，但它的特点也因此有些杂乱和模糊。

另外，诗人严力在美国纽约创办的大型华语诗刊《一行》，也是当时一本有着广泛影响，坚持时间较长的刊物，它以大量篇幅鼓励多元的先锋的诗歌艺术趣味，它也给一些更年轻的口语诗人提供了机会。

在20世纪90年代新崛起的诗人中，伊沙是广受争议并拥有大量模仿者的一位。他把一种后现代主义的喜剧精神、游戏态度、“快感”引入了诗歌。他的《车过黄河》继续着第三代诗人对宏大叙事的解构，但新增了自己的身体感觉因素，他的《饿死诗人》宣告了农业的、浪漫主义抒情时代的结束，而他的《结结巴巴》则从一种令人尴尬的生理现象中找到了另类言说的契机，他的带有强烈个人色彩的、充满“恶毒”的锋利、速度和爆发力的诗歌刷新了口语诗中相对“客观”的语言，对口语诗的前行起到了明显的促动作用。

徐江、侯马、宋晓贤（这三位和伊沙均出自北京师范大学）、阿坚、贾薇、中岛、李伟、君儿等后来被称作“新世代”的诗人，是20世纪90年代的口语诗歌新的增长点。也是从派别和潮流中解脱出来的成就了各自个人风格的诗人。比较之前的第三代诗人，他们的语言形式探索不那么刻意和极端，但在温和中也多了一份成熟和个人习性，他们作品中视野的开阔，与当下生活的切近联系，人文主义的潜在立场，也都把口语诗推向了一个新的层次。

值得一提的是，诗人中岛在北京创办的《诗参考》杂志

（早期为报纸）、诗人徐江、萧沉在天津创办的《葵》诗刊，作为主要的阵地，对上述诗人的成长和摸索，给予了有力的扶持。

四

第四个阶段，从 1999 年至今。在 1999 年，围绕前一两年出版的《岁月的遗照》和《1998 年中国新诗年鉴》两本诗选，尤其是围绕对 20 世纪 90 年代诗歌的基本评价问题，在中国先锋诗人中久已潜藏的矛盾和分歧公开化，两拨儿分别被称为“知识分子写作”和“民间写作”的诗人在北京爆发了后来被戏称为“盘峰论剑”的争论。[①] 也许，意识到另外取向的诗歌追求，更容易给自身的诗学以反向的刺激。在争论中，“民间”诗人们的“民间立场”、“口语”、“本土资源”、“日常生活”等诗学倾向得到了某种程度上的强调和强化。借着这个事件的推动，许多长期被遮蔽和被埋没的口语诗作浮出水面，并产生了更大的影响，一度比较沉寂的口语诗创作又开始变得活跃起来。

21 世纪以后，诗歌进入了“网络写作和自由发表时期”（韩东语）。据不完全统计，在 21 世纪刚开始的两三年里，自办的诗歌民刊不下几十种，自创的诗歌网站已逾上百家。这其中，口语诗的比重和份额占了绝大部分。一个新的前所未有的口语诗写作高潮仿佛正在到来。除了上述的那些诗人外，一个自称“下半身”的诗歌群体曾是最吸引人的焦点。他们那些偏重身体（尤其是性）感受、放肆而又放松的诗给口语诗又带来了某些新

---

① 参见杨克主编《1999 年中国新诗年鉴　附录一，诗歌争论备忘录》，广州出版社 2000 年版，第 515—605 页。

的气象。并出现了以马非、沈浩波、朱剑、尹丽川、巫昂、朵渔、李红旗、南人、盛兴为代表的一些极具个性的诗人。类似这样松散的群体和诗人还有很多，他们都以自己独特的声音，拓展和增加着口语诗的范围和实绩。

口语诗的历史迄今不过30年左右。它从个别诗人的零星探索，发展到今天的庞大家族，这既证明了它的必要性，也证明了它的必然性。它既是对中国诗歌史，尤其是中国新诗史传统的某种“扭转”和更新，同时也是我们已有诗歌传统的一个合乎逻辑也合乎情理的发展与变化。按照章培恒、骆玉明先生在复旦大学《中国文学史》里面提出的说法，文学形式乃是一定的人性内容发展的结果，当一种共同意识到的人性内容不能为既定的文学形式容纳和承载时，新的文学形式就会应运而生。显然，口语诗正是这样的产物。它既是伟大时代的馈赠，也是人们生活和心灵变化的结晶。

口语诗不是某个人的发明，而是少数几个诗人、一群诗人、几代诗人的共同创造。是他们率先在20世纪80年代早期那个特定的时段，在互相隔绝的背景中，不约而同，意识并发现了口语的巨大潜力和活力，把它们转化和创造为诗歌，并不断探索和推进。这其中，于坚、韩东、王小龙等人有突出贡献。以后则是根据“试错法”反复试验、摸索和不断发展的时期。这中间，以于坚、韩东为代表的“他们”诗群，以李亚伟为代表的“莽汉”诗群，以杨黎为代表的“非非”诗群，以伊沙为代表的“新世代”诗群，以马非、沈浩波、朱剑等人为代表的70后诗人，都有各自不同，但都不可抹杀的贡献。作为进行中的、远未完成的诗歌，毫无疑问，口语诗也还期待着更多的诗人的加入，更多诗人们新的贡献。

第二章

假如有一种诗学

——口语诗诗学初探

为什么要用口语写诗？口语何以成为诗歌？这都不是自明的问题，换言之，这需要一套阐释和说明的体系。一种口语诗的诗学。

事实上，作为一种宽泛的写作倾向，并不曾有人发布什么口语诗的诗学纲领，也没有大家共同遵守、共同承认的诗学主张。所谓口语诗的诗学，也许更是一种潜在的、模糊的、大家心照不宣却又很难表述的东西。但它毕竟是存在的，一如溶解在水里的盐，弥漫在空气里的花香，闪烁在湖面上的月光，我们捕捉不到它们的实体，但却确实能感受到它们的影响。拿本书涉及的诗人们来说，于坚、韩东、杨黎、伊沙、徐江、沈浩波等人都有成系统的诗论，其他人见诸访谈、评论、创作感想、笔记的零星诗论也为数不少，但是可以作为基础、共识、“公约数”的“普适性”的诗论却很难找到，每个人的说法只是自己在某个时期、某个阶段的说法，通常也只对自己有效，而且退一步说，每个人最好的诗论其实就是自己的作品。当然保持沉默有时也未尝不是一种增加深奥色彩和神秘感的办法。虽然围绕口语诗已有不少争论，但这些囿于具体问题的辩论很少会触及其实质及核心。而真正的困难在于，诗学的核心往往是一个黑洞，具有只可意会也只能意会的秘传性质，任何试图揭秘和解谜的努力不仅徒劳，而且会带来某种程度上的简化和歪曲，带来误读和误解，这更增加了工作的难度。但我们讨论口语诗，这又是无法回避、无法忽略的问题。我们只能硬着头皮，从外围、从侧翼、从大致的取向上，对它进行勘测或者说揣测，我们也只能把这些基本的方面姑且称为一种大致的诗学，或者，借助托多洛夫的概念，叫作“可能的诗学”。[①]

好在现在口语诗的艺术资格认证，似乎已不再是一个问题，我们也是在口语诗之后进行总结，这种事后追认和事后证明的成功与否，至少同口语诗本身已经没有太大关系了。这只是像朱光潜先生说的，“替关于诗的事实寻出理由”，[②] 而且，这并不一定是主要的、能够为诗人认可的理由。这也是一些马尔科姆·考利所说的“思想的叙述”，“不是人们认为他们在当时所具有的思想，或是他们有意识地在作品或书评中所表达的思想，而是半无意识地指导着他们的行动的那些思想，他们所赖以生活和写作的那些思想”。[③] 这大致相当于一个背景框或地形图，它帮助我们了解口语诗的位置、趋势和方向，了解口语诗的场地、基础和周边气候，也了解它可能的追求、目标和努力。

---

① ［英］安纳·杰弗森、戴维·罗比等：《西方现代文学理论概述与比较》，陈昭全、樊锦鑫、包华富译，湖南文艺出版社 1986 年版，第 99 页。

② 朱光潜：《诗论》，上海古籍出版社 2001 年版，第 1 页。

③ ［美］马尔科姆·考利：《流放者的归来》，张承谟译，上海外语教育出版社 1986 年版，第 7 页。

一

口语诗用口语写诗，但口语并不等于诗歌。口语只是构成诗歌的材料，这一点，诗人们有着清醒的认识。韩东说："我认为口语是一块原生地，就像地球上的生命早期，这种化学变化并非是在试验室里产生的，而是在自然演化中形成的……诗人把口语作为原生地，从中汲取营养，并不是把诗歌等同于口语。而我们为了避免语言原生地的散乱、无规则，甚至低级，转而在书面语中进行繁殖，是完全没有出路的。翻译语言也一样，外来语也罢，古代汉语也罢，方言也罢，它都必须进入这块语言的原生地，进入这口语言学的大锅，进行搅拌、发酵。只有这样，诗人们的语言之树才能从此向上茁壮成长起来。忽略口语，即是忽略了根本。"① 于坚指出："现代诗歌应该回到一种更具有肉感的语言，这种肉感语言的源头在日常口语中。口语是语言中离身体最近离知识最远的部分。但是，不能迷信口语，口语不是诗，但比书面语，它的品质在自由创造这一点上更接近诗。""口语是一种最容易唤起我们生命本能和冲动的语言。但不要忘记，我们是在世界中写作，我们的口也是世界的产品。口语只是一种记忆兴奋剂，复苏我们对身体、自然和母语的记忆……口语是不确定的，混沌的，对于词典来说它常常是非法的……它还有着生殖过程的不确定性，乱说、快感、无意义，这些特征正可以激发诗人的创造冲动。""但诗，如果像口语那么直截了当，了无牵挂、

① 韩东：《韩东采访录》，见《韩东散文》，中国广播电视出版社 1998 年版，第 291 页。

清晰、生动，那么毫无意义，那么，它肯定是好东西。”[①] 伊沙也讲：“说话比写作自由。通过写作达到的‘说话’，使自由有了明确的方向——一个面朝写作的方向。”[②] 这意味着诗人意识到，口语才是原初的、第一位的语言，口语提供了返回和切近生命的巨大可能性。

口语诗人面对的一个麻烦是，作为一个拥有悠久历史的国家的诗人，他们与世界之间，已经横亘着辉煌的文明史和文学史，横亘着充满文化积淀的一整套“文学语言”。这种建立在隐喻基础上的文学，尤其是诗歌系统，既有着让人耳熟能详、心领神会的喻指功能，又由于同当下实际生存的脱节和错位，加上长期、过度使用带来的磨损、失真和老化，处于一个非常尴尬的境地。它曾经是有效的，也曾经是充分的，但它现在已无力反映我们对世界的真实感受和真实联系，它已成为僵硬的、“腔调化”的、近乎语言游戏的东西。为了去除遮蔽、为了反抗对存在的遗忘，诗人们必须“从隐喻后退”，一直退到语言开始的地方，退到一种日常使用的，最原初也最本真的语言，那就是口语。

口语是最直接的，它是一种充满原生态和现实感的语言；口语也是最敏感的，它能与最真实的感觉、感受和感情保持同步；口语也是最亲切的，它切近现场、神气活现、“活泼泼地”，同时，在文学里，尤其是在诗歌语言里，它又有着难得的“陌生化”的效果；口语也是最丰富的，它的自由、它的广泛余地、它的生动性，以及它的“元语言”性质，也是其他专业的、包括文学的语言的唯一来源。如果有一种诗歌语言所幻想和隐含的

---

① 于坚：《诗言体》，见《诗集与图像》，青海人民出版社 2003 年版，第 240—241 页。

② 伊沙：《有话要说》，见《伊沙诗选》，青海人民出版社 2003 年版，第 6 页。

意义不能被口语所承受，不能在口语中获得理解、解释和对应，那它一定是编造了它自己也不能真正理解的伪意义。它也一定是在伪造感觉，在剥夺生活的真相和真实感觉。

海德格尔的语言观也有助于我们认清这个问题。他把语言同存在结合到了一起。在他看来，语言也就是“是”，是“存在”、“现象”、“显现”。“语言的命运奠基于一个民族对存在的当下牵连之中，所以，存在问题将把我们最内在地牵引到语言问题中去。”“语言是存在之家。”[①] 语言建立世界拢集了事物，当世界成其为世界而事物成其为事物，人便诞生了。本真的语言是存在的言说，人的本真言说在于顺从存在本身的言说。“任何本真的语言都是大道的馈赠，都是天命使然……所有语言都是历史性的。”[②] 在《艺术作品的本源》里，海德格尔更把艺术与“显现”联系起来，一件艺术作品不是把某些新的现成事物添加到已经现成的芸芸万物之间，相反，唯作品才开启一个世界。在他那里，“本真的诗绝不是日常语言的某种较高品类，毋宁说日常言谈是被遗忘了的因而是精华尽损的诗”。“原始的语言即是诗。”[③] 诗人由语言本身蕴藏的内在丰富性引导，聆听、应和这种本然所是的语言，把存在者带出晦暗而使它作为存在者闪耀，这正是诗人的使命。口语诗正是要让人们重新回到开始，重新领悟存在的本真和诗性的澄明。米盖尔·杜夫海纳在谈及美的三个条件时也指出：“如果说美应该在一切标准之外，在每次都是独

① ［德］海德格尔：《诗·语言·思》，孙周兴译，文化艺术出版社 1991 年版，第 120 页。

② 转引自徐友渔等《语言与哲学——当代英美与德法传统比较研究》，三联书店 1996 年版，第 161 页。

③ ［德］海德格尔：《人，诗意地安居》，郜元宝译，上海远东出版社 1995 年版，第 75 页。

特的经验之中被遇到和被感受到的话，那是因为每次它的出现都带有一种必然性。这事物就是这样，不可能是另一样，这是千真万确的。”“感性中必须出现一种完全内在于感性的意义”，即“对象的存在本身，对象的显而易见的独特本质”。“这里的话语，它是为了人的，也是世界的一部分”。[①] 这就是说，意义只能产生在人与世界相遇的时刻，世界只有通过人的言说才能得到阐明。没有对象，也就没有对话，而没有对话，也就很难设想会有主体。由此看来，口语诗也是一种在发现世界过程中发现自我的尝试，是一种在言说中建立自我主体的尝试。

二

口语诗不仅试图重返原初的、日常的、第一级的语言，它还要把这种返回落实到每一个个体的、具体的人身上。显而易见，并没有一种通行的、规范的、普遍使用的标准口语。“口语是没有疆域的、没有标准的、无法定义的、自由的、无法无天的、由无数嘴巴组成的汪洋大海，当你说一个人在用口语写作的时候，你不是指他在用某种共同风格、流派语言写作，而是一个人，在用他自己的身体语言写作。抽象的、可以界定的口语、作为语言学规范对象的口语并不存在，你必须具体到某个活口，才可以指认口语。”[②] 从这个意义上说，口语诗不是“做”出来的，至少，它“做”的成分、比例和可能性大大减少和降低了。从本质上

---

① ［法］米盖尔·杜夫海纳：《美学与哲学》，孙非译，中国社会科学出版社1985年版，第212—213页。

② 于坚：《为自己创造传统》，见《中国诗人》2003年第5期，第167页。

说，它是一种脱口而出，是“我手写我口”，它更依赖诗人的个人天赋——即对口语语气、语调、用词、停顿、转折、节奏等诸要素的敏感、发现和特殊处理方式，它更多地与诗人个人的性情、禀赋、独特诗学趣味相关，它是诗人确证自我的方式。在《诗论》中，朱光潜指出：“语言是由情感和思想给予意义和生命的文字组织。离开情感和思想，它就失其意义和生命——语言本身则为自然的，创造的，随情感思想而起伏生灭的”。“心里想，口里说；心里感动，口里说；都是平行一致。我们天天发语言，不是天天在翻译。我们发语言，因为我们运用思想，发生情感，是一件极自然的事，并无需经过甲阶段转到乙阶段的麻烦。”① 诗人各自不同的诗学倾向、说话习惯、微妙的分寸感决定了口语诗绝不雷同、没有定式和套路、闪耀着独特个性光芒的面貌：“我只是记得/有一次他们在街上停下/告诉我厕所在什么地方/而另一次他们没有注意到我/是我注视着他们　　并开始欣赏/猜测他们为人的好坏/猜测他们将要到达的地方”（《以前我到过许多地方》）。“傍晚你再不会来敲门/叫我去逛八点钟的大街/听说新疆人烟稀少/冬天还要发烤火费/在那边倒可以干些破天荒的事情/好好干吧。　　朱小羊”（《送朱小羊赴新疆》），这是于坚；“可我对你还不大了解/因此没有把房门全部打开/你进来带进一阵冷风/屋里的热浪也使你眼镜模糊/看来我们还需要彼此熟悉/在这个过程中/小心不要损伤了对方”（《常见的夜晚》）。“石碑没有露出之前/谁也没有料到这是坟场/但我们确实已深入到死者中间/坐在他们的膝上/并用沉默进行了交谈”（《交谈》），这是韩东；“林妹妹/看看我吧/我不爱说话/也无玉/但诗做得好/而且力气大”（《黛玉进入我家》）。“没事儿/没事儿之人站

---

① 朱光潜：《诗论》，上海古籍出版社 2001 年版，第 70 页。

在风里/愣是没事儿/卸掉下巴/卸掉左膀右臂/卸掉大腿不容易/他在努力”（《没事儿》），这是伊沙；“猛然看见/像是很随便的/被丢在那里/但仔细观察/又像精心安排/一张近点/一张远点/另一张当然不远不近”（《撒哈拉沙漠上的三张纸牌》），这是杨黎；“一年级的学生，那些/小金鱼小鲫鱼还不太到图书馆及/茶馆酒楼去吃细菌常停泊在教室或/老乡的身边有时在黑桃 Q 的桌下/快活地穿梭”（《中文系》），这是李亚伟；“晚上再出去，又见到月光和路灯下的雪，心猛地被什么扎了一下，疼痛至极。但这，又与上午回忆起的蟋蟀无关了。/现在边写边回忆，上午终归没有抽那根极想抽的烟。/这大约又给我增加了一条痛恨暧昧的理由”（《冬虫》），这是徐江。没有两个人是相近的，更没有两个人是分辨不清的，这是诗人个性语言、乃至形象风度的展示，也是对语言本身的擦拭、打磨和敞亮，更是向不同诗学目标的开掘、测量和趋近，口语诗到了这个时候，也是向海德格尔讲的语言的“解放”前进，它同时也是向人性和美学的解放前进。

三

口语诗既然是一种说话的诗歌，那么，它一定隐含、暗示并指向某一个语境。它可能是对一个人说，几个人说，一群人说，也可能只是对自己说。它可能是郑重其事、一本正经的说话，也可能是闲谈、对话或独白。但它肯定有一个具体的情境，有一个“他者”，有话语的差异，有省略、停顿、延迟、重复和转折，也有空白、打断、改口，还有特定的语态、语式、语调和语气，这些都影响和左右着说话的状态、进程和结局。由于对话意味着另外的人，自我之外或者异己化的自我，那它就必须有一种意识到对方的共处于世界的“我和你”的关系，这种照马丁·布伯看来同“我与它”的那种探究的、占有的、利用的关系截然相反的对等、信赖、开放、自在和亲密的关系[①]有助于诗人采取适当的视角、站位和语气，那也就是一种尊重并承认对方，坚持并表达自己的“说话”，这种“说话”当然是比较低调的（相对于朗诵、演讲、宣言），是疏远了宣喻句和祈使句，较少使用抽象词和大词的，它更多地采用客观的立场（对主观、浪漫主义自觉抵制），采用或然的语气（认识论上的谨慎和礼貌），它要用一句话呼唤和引领出另一句话，用已说的来启示未说的，不限制和收束视野，不形成语义中心，而尽量让不同的话在不同的方向释放、转换和生成。这样的说话肯定是具有包容力和创造性的。从某种意义上来说，我们的整个生活就是一种大型的、不断的、各方面的对话，巴赫金关于对话的不对称性、不协调性和不可完成性的论述，也有助于我们认识口语诗的“说话”，乃至它所暗示的生活和历史，潜在的向无限开放的可能性。

但口语诗的“说话”并不止于说话，它是艺术，它是特定的诗歌形式。它同时还拥有一个瑞恰慈定义的文学“语境”。逻辑环节可以省略，语法可以弃之一旁，诗趣又大可违反常情，这既造成诗歌语义的复杂性，又造成它丰富的表达能力。“当一个词用在一首诗里，它应当是在特殊语境中被具体化了的全部有关历史的总结。”用晚期维特根斯坦的经典表述就是：“一个字词的意义，是它在语言中的用法。”[②] 这两种语境的交汇融合，就形成了一种哲学家赵汀阳所说的艺术品制造的“跨可能世界”

① 参见［奥］马丁·布伯《我与你》，陈维纲译，三联书店 1986 年版，第 23—51 页。

② ［奥］维特根斯坦：《哲学研究》，汤朝、范光棣译，三联书店 1992 年版，第 31 页。

感觉，[①] 即它既有着日常世界的身份又有着另一个世界的身份。这种暧昧的存在身份造成的暧昧感觉正是奇迹的感觉。它使日常与神奇互相包容和拥有了，它在“说话”时，也显示了对事物的卓越直观和独特发现，这就是，也正是艺术的感觉。它用片段的说，局部的说，省略的说，启示我们的，却是一个较为完整的、全面的认识和感受。换言之，这也是一种罗兰·巴特所说的“作家文本的创造”，[②] 它要求读者的参与，它粉碎了那种“从能指到所指”的直接对应关系，“活跃的读者”能够主动介入文本的创造，自己去填充空白，拓展想象，甚至带着某种娱乐态度恣意解释诗里的多重隐含意义，彻底打破诗歌生产与消费的界限。口语诗也还隐含着一个读者的解放。这也是它同以往那些强迫性的，几无联想和发挥余地的诗歌的一个重大区别。

诺斯洛普·弗莱指出：“现代艺术正好参与了我们这个时代所特有的战斗场面。它并不仅仅是人类创造力的一种表现：它是在战场上诞生的，这场战斗的敌人就是反艺术的消极接受主义。在这样一个背景下，艺术要求有一种过去从来没有过的积极反应。所以，现代艺术家与他的读者或观众实际上是一种直接的一个人的交流关系，他把球抛给了他，他的艺术取决于对方把它接住。”[③] 口语诗正是这样，在共处和互动中与读者达成默契并共同完成作品，这也是现代解释学的根本立场：理解、目光、视阈，似乎也只有这样，才能对口语诗偏向于现象学的努力给予校正和归位。

---

① 参看赵汀阳《挥霍或者拯救感觉》，见《长话短说》，东方出版社 2001 年版，第 98—99 页。

② 参看［法］罗兰·巴特《阅读的快乐》，见《罗兰·巴特随笔选》，怀宇译，百花文艺出版社 1995 年版，第 195—200 页。

③ ［加］诺思洛普·弗莱：《现代百年》，盛宁译，辽宁教育出版社 1998 年版，第 45 页。

四

尽管艾略特早就指出："诗界的每一场革命都趋向于回到——有时是他自己宣称——普通语言上去。"[①] 而"不论诗在音乐上雕琢到了什么程度，我们必须相信，有一天它会被唤回到口语上来"。[②] 但从口语到诗歌，还有着对绝大多数人而言无法逾越的界限和距离，简单地说，它需要诗人的创造。"我们必须记住，一首貌似内容琐细，结构散漫的口语诗可能经过潜在的艺术自律写成的，其中可能回响着有关生命的伟大秘密的隐义，我们大家通过自己可怜而愚蠢的日常私欲，较之通过少有的想象力飞跃的顿悟时刻，更持久地感受到那巨大的秘密。我们最好也记住，一首以其浑然天成的面貌打动我们的诗作可能经过诗人好几个小时的精心琢磨，其目的就是要让它听起来如此地天然去雕饰！这就是艺术！"[③] 写过《诗歌解剖》一书的布尔顿的这段话正是对我们的一个必要的提醒。

虽然分行排列保证了诗歌的外在形态，但是显然，要取得诗歌的认证资格，也还需要某种内在的规定性，即一首诗的所有构成成分相互适应、相互组合的方式，它必须符合某种模糊的，但却是坚定的诗的标准。

在中国新诗史上，其实一直贯穿着对诗歌形式本体性的探讨。对诗歌音乐性的重视，似乎是一个突出的特点。胡适提倡

---

① ［英］T. S. 艾略特：《艾略特诗学文集》，王恩衷编译，国际文化出版公司1989年版，第180页。

② 同上书，第187页。

③ ［英］布尔顿：《诗歌解剖》，傅浩译，三联书店1992年版，第192页。

"自然的音节"；郭沫若把节奏视为诗的生命，他还特意区别了"内在的韵律"和"外在的韵律"，分析了"节奏的效果"；叶公超指出，新诗的节奏不是歌唱的，而是一种"说话的节奏"，包含着"音组"、"停逗"、"字音的和谐"；戴望舒认为诗的韵律不在字的抑扬顿挫，而在诗的"情绪的抑扬顿挫"上；废名要求新诗具有"诗的内容，散文的文字"；艾青则特别强调诗歌的"调子"，倡导"口语美"和"散文美"。这都说明，对诗歌声音效果、对诗歌形式音乐感的注意，始终是新诗的一个重要的方向或规定。而口语诗的形式感，似乎也是从这一点进入的。

于坚指出："诗最重要的是语感，语感是诗的有意味的形式。诗的美感来自语感的流动，一首诗不仅仅是音节的抑扬顿挫，同时也是意象、意境、意义的抑扬顿挫。是美感的抑扬顿挫。语感不是抽象的形式，而是灌注着诗人内心生命节奏的有意味的形式。""语感同时给读者以意象流动的满足，意义流动的满足，情绪流动的满足，逻辑思维的满足。这一切都融合在一起，成为一种生命式的满足。"① 但是，何谓语感，又是一个因人而异、很难说清、有一些神秘的概念。我们只能把语感视为一个口语诗潜在的度量的尺度，它包含着对口语音步、节奏、色调、空白、休止、转折等因素的微妙捕捉和精心的组织安排，但它又要自然地、完全不着痕迹地（事实上也是多半凭直觉）展现出来，它应该有一种内在的张力，错落有致富于变化，又暗合人的生命节律，带有一种大家都能接受和认可的音乐感。启功先生曾经指出："汉字是单音节而且有声调高矮的变化，这就影响汉语诗歌语法的构造。"② 他指出汉语诗歌平平仄仄平平仄仄交

---

① 于坚：《棕皮手记》，东方出版中心 1997 年版，第 256—257 页。

② 启功：《诗文声律论稿》，中华书局 2000 年版，第 100 页。

替进行反复无穷的“平仄竿”现象，是为了让人喘过气来，为了合乎某些生理规律。虽然他讲的是古代的格律诗歌，但口语诗的道理与之是相同的，诗人必须把握和控制这种“语感”。陈寅恪先生当年曾倡议在国文考试中，用“对子”进行测验，以为这样能知道学生“能否知分别虚字及其应用”、“能否分别平仄声”、“读书之多少及语藏之贫富”和“思想条理”，他特别指出：“凡中国之韵文诗赋词曲无论矣，即美术性之散文，亦必有适当之声调，若读者不能分平仄，则不能完全欣赏与了解，竟与不读相去无几，遑论仿作与转译。”① 汪曾祺先生也说：“语言的美不在一句一句的话，而在话与话之间的关系。包世臣论王羲之的字，谈单看一个一个的字，并不怎么好看，但是字的各部分，字与字之间‘如老翁携带幼孙，顾盼有情痛痒相关’。中国人写字讲究‘行气’。语言是处处相通，有内在联系的。语言像树，汁液流传，一枝摇百枝摇，它是‘活’的。”② 当爱因斯坦说“我的铅笔比我更聪明”的时候，他其实是承认，他所运用的那一套符号系统的内在逻辑会把他不由自主地带到他原先完全不曾料想到的境地中去。贡布里希在《艺术发展史》里也饶有兴致地讲述了一位画家的创作历程：“在事关形状的协调和颜色的搭配时，艺术家永远要极端地‘琐碎’，或者更恰当地说，要极端地挑剔。他有可能看出我们简直无法察觉的色调和质地的差异……他不仅需要平衡两三种颜色、外形和味道，而且还需要要弄不知多少种。他的画布上大概有几百种色彩和形状必须加以平衡，直到看起来‘合适’为止……然而，一旦他获得成功，我

① 陈寅恪：《与刘叔雅论国文试题书》，见《陈寅恪学术文化随笔》，中国青年出版社 1996 年版，第 282—284 页。

② 汪曾祺：《中国文学的语言问题》，见《汪曾祺文集·文论卷》，江苏文艺出版社 1994 年版，第 6 页。

们就觉得他达到的境界已经无以复加，已经合适了——那是我们这个很不完美的世界中的一个完美的典范。”[①] 口语诗人的工作也是如此。一个普遍的错觉是，既然口语诗用口语写成，看上去不需要过多的训练，也没有铁定的规则，口语诗应该是最容易写的了。但事实恰好相反，正因为口语诗是在钢丝上的舞蹈，它其实需要对语言高度的悟性、直觉、平衡及控制能力，口语诗是极其艰险、极其困难的写作。写口语诗的人固然不少，但写得好的口语诗却非常稀少。许多所谓的“口语诗”之所以失败，除了诗性的缺乏、性情的了无光彩、观念上的失误之外，语言的松弛、拖沓、琐屑、没有魅力——也即没有必不可少的语感，也是一个重要的原因。

五

口语诗是20世纪中国新诗的延续、发展和变化，但它又是新诗传统的挑战者和变革者。在美学追求上，它与倡导亲近自然、天人合一的中国古典美学精神有许多相通和近似之处。

在《文心雕龙·明诗》里，刘勰指出：“人秉七情，应物斯感。感物言志，莫非自然。”这就是说，诗文应该是自然生成的，应该是人的天性的自然表现。稍晚的钟嵘，也在《诗品》中提倡“自然英旨”，以为只有遵循“即目”、“直寻”的原则才不会损害诗歌的“真美”。自然之美高于雕琢之美。这与口语诗人“返回事物本身”的现象学方法颇有会通之处。而在写作

---

① ［英］贡布里希：《艺术发展史》，范景中译，天津人民美术出版社1992年版，第13页。

的态度上，苏轼主张为文当如水之流动，随物赋形，“常行于所当行，常止于不可不止”（苏轼《自评文》）。苏洵在《仲兄字文甫说》一文里也指出：“无意乎相求，不期然而相遇，而文生焉。”也就是说，在自然规律下创造，让人工仿佛出自自然。庄子讲，“朴素而天下莫能与之争美”，“淡然无极而众美从之”，正是要保持事物的原初状态，因为这种状态正是主客体的统一，也是那个不可名言的“道”的存在方式，所以要尽量传达出对象的全部风神韵致，既状难写之景如在目前，又含不尽之意见于言处，给人以完整的呈现、完整的感受。近人王国维推崇“无我之境”，也就是庄子讲的“心斋”、“坐忘”，就是中国古人常说的“虚静”，要以一种清澈澄明的心态来接地气、师造化，观照万物，观照世界，也是为了能完整地占有和把握对象。他们尽量避免理性的分析判断，尽量突出“象”，也即朴素的本来状态，他们追求一种味外之旨，言外之意，以模糊见清晰，以省略代说出，以有限表现无限的美学境界，这与口语诗里“从隐喻后退”、“诗言体”（于坚语），“等待与顺应”、“腾空自己”、“第一次抒情”（韩东语）等诗学主张更是不谋而合。只不过口语诗人们用更有包容力和开放性的“体”、“真理”、“真实”、“人话”、“生命直觉”等替代了那个恍兮忽兮、难以言传的“道”，当然他们笔下的具体内容更与古代诗文大相径庭，但这至少表明他们对自己遥远的古代传统的某种响应和承传，表明他们在漫长文明序列里的位置，也表明他们对这一传统的某种“溢出”、“破体”（钱钟书语）、某种深化和改造。毫无疑问，这是历史的要求，也是诗学本身的要求。

第三章

在生活和艺术之间

——口语诗意义概说

口语诗出现已逾30年。它由少数几位诗人的寂寞探索发展到今天声势浩大的诗歌潮流，并已经贡献了大量优秀的作品和诗人，它不仅深刻地修正了我们已有的文学观念，特别是对于诗歌的理解，也对我们时代的整个文化生活、文化走向、文化性质带来某种虽是潜在的，但又是不容忽视的影响。全面总结并评估这些影响是复杂和困难的，也不是本书拙作力所能及的，我们只能把自己的话题限制在几个较为清晰和较为明显的方面。当然这样一来，遗漏自不待言，偏见也是在所难免的了。但这似乎也是这样一本满怀敬意、尝试性地发掘和归纳的小书所必须，也应该付出的代价。

一

作为诗歌、口语诗的贡献首先当然在于对当代社会中新的诗性的开掘、开发和开放。

诗性是一个复杂的概念。大略说来，它是一个包含有诸如诗意、诗情、诗味、诗感等多种内容的综合概念，是一首诗之以为诗的关键规定，也是诗歌这一形式所能给予我们，也只有诗歌这一形式所能给予我们的某种美学的发现和创造。它必须是一种看到境界，而不止是事实的“直觉”的“见”，是一种惊奇（朱光潜语）。它应该包括独特的生命体验、审美体验和语言体验，应该让我们对人生、艺术和母语的可能性有一些新的体悟和觉醒。可以说，诗性正是诗歌的某种取向和性质，也是诗歌的某种标准和尺度。

如果说以往的诗歌包含的、注意的诗性大都指向社会的、历史的、文化的某一方面，指向人的思想的、情感的、想象的某一方面，那么，口语诗的一个转变就是把目光投向生命本身，让诗歌面对生命，面向整个生命开放。因为，只有生命才是承载、消化和反映诸多文化历史因素的媒介，只有生命才是我们唯一可以把握和认识的东西，生命即我们自身，我们周边，围绕我们并同我们有关的一切。“你对生活有特别的发现，这发现使你大吃一惊（因为不同于一般流行的看法，或出乎自己过去的意料之外），于是你把这些惊异之处写出来，其中或痛苦或喜悦，但写出之后，你心中如释重负，摆脱了生活给你的重压之感，这样，你就写成了一首有血肉的诗，而不是一首不关痛痒的人云亦云的诗。”① 口语诗由于与生命状态的有机的、天然的联系，得以深入到生命的内部，勘探并发现生命的真实，这是从前的诗歌所陌生、所回避、所难以下咽的内容。它可能是杂乱的、浑浊的、粗俗的、琐屑的，也可能是清高的、奇思异想的、怪癖的，但它毕竟开辟了、刷新了、修正了我们对自身和世界的感觉和认识：

① 穆旦：《蛇的诱惑》，珠海出版社 1997 年版，第 224 页。

“那天我的鞋带松了/就在人行道边坐下/很偶然地　　我发现一种风景/……在垃圾桶和梧桐树之间/从来没有人坐过的地方/像是在人群中走着走着/忽然落伍　　慢下来　　变成了一只猩猩”（于坚《作品104号》）。“这时，我听见杯子/一连串美妙的声音/单调而独立/清醒的时刻/强大或微弱/城市，在它光明的核心/需要这样一些光芒/安放在桌上”（韩东《我听见杯子》）。“我醒来的时候/我的香烟/在她手上/姿势优美地燃着//这个早晨/我醒来又睡去/仿佛战场上的幸存者/那么幸福”（伊沙《旅馆》）。“周末我一般是：睡半天觉/留半天等母亲来，还有一天/或写稿，或采访/所以有时坐在家中看外面阳光灿烂/总禁不住鬼火乱冒：‘我他妈究竟遭了哪份儿罪啦’/当然，这感觉三伏天除外”（徐江《俺这十年》）。“他总是这样/一谈到老吴/她就大声说/‘你不知道我家老吴’。/一副兴致勃勃的蠢样子”（侯马《差点死掉》）。“你说我文如其人/这一点算你小子看准了/我的诗就是挺扎眼/但我是为了拍死该死的蚊子/痛一点就对了”（马非《你疼了，是吗?》）。“王小明说你真傻/像你这样的小街痞/老黄他根本就不想惹你/你知道他背后都怎么说你吗/他说你没准哪天/走在路上/会被汽车撞死”（沈浩波《师恩》）。这些诗取材不同，形态各异，但都开启了过去不曾有过的生命现实和诗歌空间，让我们感觉到生命的奇妙、浩瀚和深远，让我们感觉到诗歌发现本身的自然、直接和确切，让我们有一种奇怪的、莫名的感动和喜悦。维特根斯坦曾经感概说：“神秘的不是世界是怎样的。而是它是这样的。”① 诗人们并没有增添或者加入世界（包括我们自身）原先没有的东西，他只是让生命和世界“显现”，

①［奥］维特根斯坦：《逻辑哲学论》，郭英译，商务印书馆1962年版，第96页。

但这种显现表明，我们曾错过了、遗忘了、忽略了多少东西。口语诗不是从以往诗歌的反面，以一种对立或对抗的姿态开始的，毋宁说，它是从以往诗歌完全回避的、几乎不曾涉足的地方生长起来的，而这块新的领域是如此的广阔、神秘、充满宝藏和探险的愉快。这对以往那种有所规避和限制的诗当然是一种修复和匡正，但更是一种重新开始。穆旦在谈到自己的创作时说："其中没有'风花雪月'，不用陈旧的形象或浪漫而模糊的意境来写它，而是用了'非诗意的'词句写成诗。这种诗的难处，就是它没有现成的材料使用，每一首诗的思想，都得要作者去找一种形象来表达，这样表达出的思想，比较新鲜而刺人。"① 这同口语诗的倾向非常接近。它证明诗性不只存在于过去的审美惯例认可的优美的层面、和谐的层面、精致的层面，诗性在我们的平凡、分裂和矛盾的日常生活之中，在我们的生命之中，"世间一切皆诗"，② 口语诗提供了一种让我们在自己具体真实的生存中去发现诗性的可能性，而这种诗性又反过来引领着口语诗不断开辟新的道路。正如梅洛-庞蒂指出的："必须承认在说话的主体那里，思想并不是一种再现，就是说，思想并不明确设定一些对象或关系。说话者在开口说话前并不思考，甚至在说话过程中也不思考，他的话就是他的思想。"③ 口语诗的语言里可能早已先定地包含了它独有的一个可能世界，诗人们只是去使它敞开、照亮和澄明。而诗性也正是闪耀在这些敞开、照亮和澄明之中。

---

① ［英］安纳·杰弗森、戴维·罗比等：《西方现代文学理论概述与比较》，陈昭全、樊锦鑫、包华富译，湖南文艺出版社 1986 年版，第 228—229 页。

② 参见于坚语《秋叶红了》，湖南教育出版社 1988 年版，第 4 页。

③ ［法］梅洛-庞蒂：《眼与心》，杨大春译，中国社会科学出版社 1992 年版，第 15 页。

二

口语诗在开拓新的诗性的同时，也接受和容纳了许多原本在诗歌系统之外的非诗的生活、非诗的事物、非诗的语言、非诗的形式，它实际上拓展了文学的范围和疆界，拓展了有关诗歌的理解和定义，在某种程度上，可能也还修正和改变了文学本身的性质。

从前的文学，或者说诗歌，还被看作是某种符号，某种表现，某种反映，也即它是在讲另一个潜在的东西，本质的东西，理念的或情绪的东西，而这种东西总是给定的、已知的，是我们既定的文化和文学传统所能接受和容忍的。而口语诗则把这种表述，变成了出场，变成了直接给出暧昧事物的一种方式。它把原本不被人们注意的、在现存文学体系里很少或没有的，利用既成标准无法衡量和判断的某种生命形式、生命体验和生命状态变成了一个重要的、无法忽视的焦点，从而使我们已有的观念发生混乱，进入某种怀疑论体验，并使我们的情感发生奇妙的变化，比方产生前所未有的情感、前所未有的认识、前所未有的困惑，等等。它直接出场、给出、显示，它不试图去表达别的什么，它表达的正是它本身。

章太炎先生在《文学总略》中一反“流连哀思，吐属藻丽”的衍生义，把文学还原到古义层面：“有文字著于竹帛，故谓之文；论其法式，谓之文学。”这种泛化的、普世化的处理既是他的学在民间，看重方言俗语的信念的体现，也是他平视万有的齐物思想的必然反映。胡适后来坦承，他倡导白话文运动最初的灵感，即得自章太炎这一打通“应用文”和“美文”界限的“过去宽泛”的文学论。章太炎把文字在远古初民时代应付日常之用的实用性，放置在后世文人才士所注重的音韵和形象美感之上来强调，“一方面拆除了文学的垄断性藩篱，将之从过于注重雅丽的文人集团专擅的领域那里剥离出来，剔除加置其上的神秘性，从而为其重新汇入开阔的文化创造空间，为中国文学重新全面接纳日常民间真实、广泛的生活世界和元气淋漓、生机流动的想象力，提供了学理上的依据；而致力于打破既成文学的高度自我封闭，促成其重新获得一种前所未有的开阔视野和容受气度，正是五四一代新文学的开拓者最重要的精神性格之一”。[1] 这在某种程度上，也正是口语诗努力的方向。

海德格尔首先揭示说，存在不可能独立于人之外，它是人的存在，人不可能脱离并超越这个世界，没有绝对超然的距离和位置。同时，存在也不是唯一的，固定不动的，它更是一个开放的、变化的、永远未完成的存在。他还特别提醒说，不要把“存在者”混同于存在，存在是包容着“存在者”的更大的、有着广大歧异和分延的存在。我们所能缝合和拼接的，只能是个人存在的碎片，我们充其量只不过是向更大的存在靠近而已。口语诗放弃的正是这样寻找本质，发掘本质，试图整体认识和整体解决的野心，它较为谦逊、较为低姿态地把自己的言谈范围限制在自己直接触摸和交流的事物之上，它给出的是有限的存在，却也是对未知和无限的发现。

这样，口语诗就从过去那种“在生活旁边的”理想观照或反映形式转变为“在生活内部的”艺术呈现或美学启示。这无疑是对文学和诗歌性质的某种改造修正，而它也指向我们勘探存

① 李振声：《作为新文学思想资源的章太炎》，见《书屋》2001 年第7、8 期合刊，第26 页。

在、探究存在、质询存在的更为广大的可能性。“我的手臂又一次抬高/一些人在水边停留/他们仰头看/他们三三两两说/谁呀谁呀/像一只蜻蜓”（贾薇《低空飞行》）。“一个脸上有块伤疤的男人/和他的伤疤/对我来说/都是永远的秘密”（岩鹰《我遇上脸上有块伤疤的男人》）。“在西安的一个旅馆里/我抱着每晚二百二十元的枕头/放声痛哭/我明白，唯有这样的晚上/我是昂贵的，也是幼稚的/我是肥大的，也是易碎的”（巫昂《自画像》）。“最后是/一个鬼/找另一个鬼/报仇/小酒馆里/面对面坐着/彼此认不出来”（朱剑《打架》）。这样的诗歌，已经很难找出什么中心思想、概括的什么本质，隐藏的什么意义。但它们并不缺少什么，它们甚至大于、多于那些附加的思想和本质之类，因为它们呈现的是复杂、微妙、莫解的生命存在本身。

三

口语诗采取日常生活中的普通语言来作为诗歌的材料，把文学之外、诗歌之外的事物和语言纳入诗歌，这种突破、混淆、穿越生活与艺术界限的努力同20世纪世界文化史的某些现象、某些趋势是相吻合的。

20世纪以来，随着现代的工商业主导的世俗社会的兴起，艺术家的身份也经历了一个深刻的改变。简单地说，他们从少数的、幸运的、拥有别人所没有的天赋的“被选定者”日益降落到普通人的行列。现在他们多半是些学生、教师、编辑、记者、公务员、商人、下岗或失业者，甚至干脆就是流浪汉。拿诗人来说，过去的那种“立法者”（雪莱语）、“道德的化身”（锡德尼语）、“种族的良心”（叶芝语）、“时代的鼓手”（闻一多语）等戏剧化的角色似乎已经很难扮演，也没有人予以认同，他是诗人，但他也是一个平民；反映到诗歌里，他们也就很自然地疏远了雅可布森所谓的“诗歌的语言”——“对日常语言有组织的造反”，也不太认可马拉美式的“语言之花”、瓦雷里式的“舞蹈”（诗与走路的散文的区别）、王尔德式的“矫揉造作”（文学原本就是一种矫揉造作），更公然违反了沃伦的“不入诗原则”，开始把一些过去被文学忽略、冷落、遗忘甚至拒绝的事物、景象、情绪和生活引进诗歌的殿堂，用普通人的、日常的、缺乏“诗意”光泽的口语来组织和营造诗歌，这既是向遥远的诗歌源头的某种复归，也带来了某些原始的、野性的、粗粝的活力。特别有趣的是，这些日常的事物、日常的语言进入诗歌和艺术，又恰好充满了俄国形式主义文论学者什克洛夫斯基所推崇和强调的文学之为文学所应具有的令人迷惑、令人震惊、令人陶醉的“陌生化”的效果。这反而在那些已经成为定式和套路的、老化和僵化的文学那里重新演绎和示范了文学的魅力。他们似乎是倒退的、返回的，可这恰恰是先锋主义的，是探索的、突围的，因而又是“前卫”的。

20世纪西方现代派艺术从根本上说，还是表现主义的。自康德开始，后来又经过柯勒律治和克罗齐等人的发展，一种极力强调艺术和想象的创造性的美学观念一直是现代派艺术的重要理论，重主观表现、重艺术想象、重形式创新，也是现代派艺术的基本特征。但是，作为一个包含着内在悖论、包含着自己反对自己的倾向的现代主义运动，还有它的另一面，即对现代主义质疑、挑战和否定的一面，它并不是要退回到过去，而是试图超脱和跨越现代主义的框架，在一个新的层次上重获自由。法国画家马歇尔·杜尚就是其中一个典型的例证。他先是把画尽可能画得不像传统的绘画，后来，他干脆完全放弃了动手绘画，而是直接把生活中的普通之物，诸如小便池、印刷品、自行车轮拿来直接当艺术品，他说，现成品“它只是一个东西，它在那里，用不着你去做美学的沉思、观察，它是非美学的”①。而他又是以一种轻松的、好玩的态度来做这些的，这不光把西方艺术带出了过去艺术的范畴，也在观念上带来了革命。美国音乐家约翰·凯奇则追问什么是我们作曲的目的，他的回答是，只是为声音。或者模棱两可的答案：有意的无心或无意的游戏，然而，这游戏是生活的一个确定的陈述，单纯地趋近我们所有的生活本身。他的作品《四分三十三秒》钢琴家不作任何演奏，只是在台上坐够时间，而听任观众自己去捕捉生活自然的声音。他的有声音乐作品也极不合常规，充满生活中杂乱无章的声响。它所强调的是声音的直接印象和感觉，但不引向任何地方，也没有哪个主题得到完成。据说，他们都受到了日本人铃木大拙介绍的禅宗的影响，即从非逻辑的、日常的、简单的生活事物中豁然开通到达存在真相的大道。“当毫不起眼的锄头、身边常见的任何一种事物被如此郑重地看待时，人生的全部秘密便会毫无保留地呈现出来。”②

这种思路同海德格尔的去除遮蔽的思想不乏相通之处。口语诗的大致倾向，与这种现象和趋势也有重叠、暗合，一致的地方。

在文学上，美国诗人威廉·卡洛斯·威廉斯则把现代派那种繁复、暗藏玄机的写作看成是一种小噱头式的写作。他坚持追求一种本土的、地道的“美国气派”。而在他看来，美国的现实是物质的、精神的、视觉的，尤其是口语的。他用口语——普通美

① 参看［法］卡巴内《杜尚访谈录》，王瑞芸译，文化艺术出版社1997年版，第158页。

② ［日］铃木大拙：《通向禅学之路》，葛兆光译，上海古籍出版社1989年版，第38页。

国人的语言讲述了一个生机勃勃的美国，他关注的是事物，信赖的是感觉，而对观念则表现出强烈的不信任。受他影响，以《嚎叫》一举成名的艾伦·金斯伯格，则更以一种直率、坦诚、注重声音和吟诵效果的口语诗记录了一代人的精神经历和美国当代史。而一位长期生活在底层的诗人布考斯基，也以一种毫不掩饰，甚至有些粗俗的诗歌，在美国的大众乃至全世界大众中，都产生了不小的影响。在英国，第二次世界大战以后最有声望的诗人菲利普·拉金，也是一位用略带嘲讽的、冷静但却硬朗的口语进行写作的诗人。采用口语，而不是雕琢、精致的文学语言写诗，似乎也是一种（其中一种）世界诗歌的趋势。我们不能说中国的口语诗受到了它们的影响（事实上，口语诗兴起时，这些诗人的汉译本都还不曾面世），但我们可以肯定，中国的口语诗，无意之间，也汇入了世界文化史的这一潮流，并成为其中重要的有机部分。宽泛一点说，我们似乎也可以把当代中国先锋艺术领域的很多现象，诸如崔健为代表的摇滚乐，一些蓝调音乐，一些说唱音乐，美术界的一些波普艺术，行为艺术，电影界里从张元到贾樟柯的一些实验电影，一些独立制作的纪录片，等等，都看作是这一潮流的组成部分。另外，德国哲学家沃尔夫冈·韦尔施针对当代愈演愈烈的全球审美化现象，尖锐地指出："第一，使每样东西都变美的做法破坏了美的本质，普遍存在的美已失去了其特性而仅仅堕落成为漂亮，或干脆就变得毫无意义"；"第二，全球化的审美化的策略成了它自己的牺牲品，并以麻木不仁告终"；"第三，代之而起的是对非美学的需要，这是一种对中断、破碎的渴求，对冲破装饰的渴求。"[①] 在此基础上，他

① ［德］沃尔夫冈、韦尔施：《重构美学》，陆杨、张岩冰译，上海译文出版社2002年版，第112页。

提出必须“重构美学”，要让美学超越艺术和哲学问题，涵盖人们的日常生活、感知态度和传媒文化。有意思的是，韦尔施把后现代的听觉文化当作是一种伟大的革命构想，他希望以听觉文化那种以接受为主、不那么咄咄逼人的交流关系作为模式，来平衡意味着证据、理念、理性的视觉文化。他指出：“视觉关注持续的、持久的存在，相反听觉关注飞掠的、转瞬即逝的、偶然事件式的存在。因此核查、控制和把握属于视觉，听觉则要求专心致志，意识到对象转瞬即逝，并且向事件的进程开放。视觉属于存在的本体论，听觉则属于产生于事件的生活。”① 显然，口语诗在基本的方面，似乎更靠近和更亲和这种注重声音、充满理解、含蓄、共生、接纳、开放、宽容等属性的听觉文化的范畴。而与口语诗相对的那些更多的采用隐喻、意象和修辞技术的诗则接近于视觉文化。虽然这两种文化各有利弊，但强调共处和互动的听觉文化在接受学的意义上更具优势，这是没有疑问的。

四

口语诗的诞生与成长，当然与当代中国文化的某些背景、环境、潮流和倾向相关，甚至在一定意义上说，它也正是当代文化的产物。否则我们很难解释，为什么在不太长的时间和不太广的区域里，会出现那么多具有“家族相似”特点的口语诗歌，其主要的原因固然是诗歌系统内部相近根源和相似困境的推动，但文化的覆盖和暗示作用也不可低估。但是反过来说，作为对存在

① ［德］沃尔夫冈·韦尔施：《重构美学》，陆杨、张岩冰译，上海译文出版社2002年版，第221—222页。

的领悟和深思，作为对自身和世界的测量、界定和命名，作为时代心灵或精神最敏感的触角，当代诗歌实际上也正处于文化最前沿、最先锋的位置，它对文化的发展也起着某种引领、推进的作用。但这却也是通常不太为人注意，不太为人称道的一个方面。

40 年以前，苏珊·桑塔格就发现："当今的艺术更接近于科学的精神，而不是传统意义上的艺术精神，它强调冷静，拒绝它所认为的那种多愁善感的东西，提倡精确的精神，具有'探索'和'问题'的意识。"[①] 这几乎也是二十年前，中国口语诗刚刚开始时的写照。桑塔格指出："我们所目睹的，与其说是不同文化之间的一种冲突，不如说是某种新的（具有潜在一致性的）感受力的创造。这种新感受力必然根植于我们的体验，在人类历史上新出现的那些体验——对极端的社会流动性和身体流动性的体验，对人类所处环境的拥挤不堪（人口和物品都以令人目眩的速度激增）的体验，对所能获得的诸如速度一类的新感觉的体验，对那种因艺术品的大规模再生产而成为可能的艺术的泛文化观点的体验。"[②] 她敏锐地辨析说："人们可以完全不触及一个时代的感受力或趣味，而去把握这个时代的思想（思想史）和行为（社会史），尽管这种感受力或趣味渗透于这些思想和行为中。"[③] 她认为："我们所看到的不是艺术的消亡，而是艺术功能的一种转换。""艺术家不得不成为自觉的美学家、不断地对他们自己所使用的手段、材料和方法提出质疑。对取自'非艺术'领域的新材料和新方法的占用和利用，似乎经常成了众多艺术家

① ［美］苏珊·桑塔格：《反对阐释》，程巍译，上海译文出版社 2003 年版，第 344 页。

② 同上书，第 343 页。

③ 同上书，第 321 页。

的首要的工作。”[①] “它反映了一种新的、更开放的看待我们这个世界以及世界中的万物的方式……关键之外在于，有着一些新标准，关于美、风格和趣味的新标准。新感受力是多元的，它既致力于一种令人苦恼的严肃性，又致力于乐趣、机智和怀旧。”[②] “然而，艺术的目的终究是要提供快感—尽管我们的感受力要花一些时间才能赶得上艺术在某个既定的时间提供的那种快感的形式。同样，人们也可以说，现代感受力抵消了当代严肃艺术的表面的反享乐主义，比以前任何时候都更深地涉及通常意义上的那种快感。”[③] 的确，20 世纪 80 年代以来，包括口语诗在内的中国先锋艺术，贡献给当代文化的，似乎首先和首要的，正是这种“新的感受力”，它是一种既包括立场、自我定位、眼光、角度、方法、技术，也包括观念、认识、行为的复杂的、综合的、松散的又有着某种内在统一性的感受力，这样，它对文化的影响也就不只是一些思想上的，同时更是思路上的和思维上的，是一些细部上的和细节上的，因而，常常也就是整体上的。

拿口语诗来说，它在摆脱了三个世俗角色（韩东语），清除了历史的、文化的、意识形态的遮蔽之后，首次返回我们的生存现场，返回我们自身真实的生命感觉，对我们的存在境况进行了深入细致的研究和说明，这里面既有一种脚踏实地的生存论立场，也标志着一种平视的、镇定的、较为成熟的认识论。这不是要剥离人们身上种种先天的和后来附加的“积淀”、限定和各类关系，而是在现象学的还原中，直接地、直觉地，也是充分和综

---

① ［美］苏珊·桑塔格：《反对阐释》，程巍译，上海译文出版社 2003 年版，第 343 页。

② 同上书，第 352 页。

③ 同上书，第 351 页。

合地让它们呈现出来。这不光是对我们生存境况的测量，更是对我们生存境况的承当，而且，只有这样，才能打开我们宿命的缺口，开放我们生存的更多、更广阔的可能性。在此基础上，口语诗对普通人的价值，尤其是每一个具体的、个体的人的价值，对日常生活的发现，也赋予我们的生命以细节、乐趣和尊严。

口语诗是一种出自肉身的诗歌，尤其对那些压抑生命、压迫身体的“理性”、“文化”表现出一种抵制和反抗。这是一种从终级关怀和形而上神话立场的后撤，一种由精神幻想向真实肉身的还原，一种由绝对的、抽象的存在向相对的、具体的存在的过渡。它更尊重和依赖人的生命直觉、身体的真实感受和正当需要，它也正视人的潜意识、欲望和冲动，它的“造反”和“革命”带有某种青春气息和生机勃勃的力量，它的许多充满酒精和荷尔蒙气息、充满对身体的遐想的诗歌，有一种摧枯拉朽的破坏性和冲击力，但它们为划出公共生活和个人生活的界限，为个人生活的恢复和完善，起到了向导的作用。

对都市生活的那种现代感的开掘与发现，似乎也是从口语诗开始的。它特别注意城市发展带来的身份错乱与危机，日常生活乃至个人感受的不稳定性与不确定性，尤其是潜伏在生活结构中的悖论和荒诞，这些有形无形的压力迫使诗人寻找并探索自我在困境中的角色定位和应对策略，考虑到现代化不可抗拒的发展趋势，几乎每个人都将或多或少、或迟或早地被裹挟进这种都市的飘浮感中，口语诗的这种发现就带有相当的普遍性和感染力。

总的说来，口语诗的这些努力和探索，要远远早于当代小说界的所谓“新写实”、“新状态”、“王朔式调侃”、“身体写作”、“都市小说”等浪潮，在深度和力度上，也远远超出了小说及其他文体（它也启发和训练了大批作家，后来不少小说作者都出身于成功或不成功的口语诗人)。这是一直没有被人注意到的文化事实。当然，退一步说，也是可想而知和理所当然的文化事实。这不是口语诗的初衷，但却是它始料未及的后果，这是先锋诗歌未经授予的使命，但它却完成了这一使命。

附　录

新诗与现代诗

现代社会的多元化和民主化带来了许多好处，这且不说，但无可否认的是，它也降低了许多领域的准入门槛，为一些人的无知和谬论开了绿灯。文学和艺术就成了这样一个常常为外行人诟病的领域，诗歌当然首当其冲，好像只要是识文断字，谁都可以来插上一嘴。

比方说，在2006年，一个写了几本作文式的畅销书的青年人，已经开始判决现代诗没有什么必要存在了，他对诗人的工作非常不屑地说，只要多按几次回车键就行了。应该说这个小伙子还是有点小聪明的，他确实抓住了诗歌的一个特点，那就是分行。的确，如果一个人郑重其事地把散文分行排列，那他就是在公然向大家宣称，他在写诗了。但这年轻人和其他傻瓜有所不知的是，分行排列，只是诗歌的一个必要条件，但还不是充分条件（不懂逻辑学，理论最好免谈）。要成为诗歌，还要满足一些其他的，却也是至关重要的条件。

中国新诗迄今已有90年的历史，时间不算太长，但也不算很短了。尽管有人否定新诗有任何传统（包括新诗史上著名的老诗人），另外一些人则坚称新诗不仅已有传统，而且已经是不凡的、不俗的传统。但反正新诗存在着，不光在专门的诗歌刊物，也在教科书、报纸副刊，甚至广告词和随便什么闲人高兴了就调侃一把的玩笑里，连粗通文墨的人也都习以为常，见怪不怪了。新诗业已成为一个大文类，成了一个大筐，什么风花雪月，什么酸文假醋，什么道听途说，什么伪劣哲理，只要分行排列，只要合辙押韵，朗朗上口，统统都是新诗，所以一些自我尊重的诗人不得不从这里面给自己另辟一块特区，那就是现代诗（诗人徐江在这方面的诸多论述尤为引人注意）。现代诗这个名称考证起来也挺麻烦的，要是从谱系上说，大概要从李金发、戴望舒开始一直扯到台湾的纪弦（光是这个名单的入选和排序就够让人头昏脑涨了，而且可以预料，还可能争得大打出手），既复杂又费事。我们还是撇开词源学上的这些繁琐论辩，直接切入实质性讨论。照我理解，所谓现代诗，即是具有现代主义品质或者现代主义倾向的诗歌。现代主义则是一个艺术史分期概念，它涉及一整套世界观、认识论和美学趣味的预设性的、前提性的东西（不知道的人可以找参考书查去，这儿懒得解释和抬杠）。所以北岛跟张永枚、高红十（20 世纪 70 年代的两位诗歌“红人”）很不一样，于坚和那些在报纸上歌颂节日、假装惊讶风景、抒发螺丝钉情怀的人更是不同，原因就在于现代主义这个底色的不同。众多外行人搞不清这里面的重大区别，把现代诗和新诗一勺烩了，自己出了洋相的同时，也暴露了一个文学常识还远未搞懂、远未普及的问题。

现代诗当然也是新诗的一部分（如果说与新诗相对的是古诗，那么与现代诗相对的就是新诗里除了它自身以外的所有诗歌），但它也一直致力于同新诗拉开距离，划清界限。正如我们国家前现代的刀耕火种和后现代的 IT 业并存一样，我们的诗歌界情形也是如此：顺口溜同不知所云共在，诗刊社同《葵》杂志和《诗参考》并置，好在口径不同，方向各异，大家井水不犯河水就是了。这并不像进化论那样意味着新的就一定比旧的好，但一个时代有时候还是有一些主导氛围、主导形式的规定性的，比方说，即便你今天写得跟李白一样，那也没意义了，就是这个道理（有人在歌厅模仿歌星卡拉 OK，惟妙惟肖却挣不到一文钱，还得倒贴）。毋庸讳言，现代诗或明或暗地、自觉不自觉地与西方文化史、西方艺术史背景相互映照，这并不奇怪，既然已经是世界文学的一部分，人类的所有文明成果都是它要汲取的资源。更何况现代化和现代性（以及与此密切相关的现代艺术）原本就不是民族性的产物。反倒是在已故的毛泽东主席指出的那个新诗发展方向上，即古典加民歌的配方（有些人还嫌不够，再加上一些虚情假意），基本上不可能出现现代诗。现代诗通过不断地违规和越界来为自己开拓疆土，创造新的范式。这里既需要保持脐带的相连（即保持与新诗传统积极的对话关系，诸如采用现代汉语、非格律化等等，不然也就丢了血脉，不是那么回事了），又得发明和发现新的题材内容和形式语言。其中的分寸和度量（也没谁把这些指标标示出来）就是看一个诗人存乎一心，运用之妙的把握了，就是对诗人感觉和平衡性的考验了，在这个微妙的大范畴里就是探索，超出去就成了胡闹了。

通常说来，中国新诗同中国古诗一样，都擅长对情感，尤其是情绪的表现和处理。很多人据此以为，诗歌的使命只是抒情。现代诗的抱负要大得多，它要面对和把握的，是人的整体状态。这里面当然有情感和情绪，但也还有思想和智性、人的整个心理，还有现场感、过程性、动作、细部和细节的具体性诸多要素，它要写的是人的生活，是生命的完整性与混沌性，这是一个重大的和根本的转变。它比单一地抒情要复杂和高级，如果说新诗（还有古诗）主要是平面作业，那现代诗就已经是一个立体工程了，它类似一种全息摄影，试图给我们一个总的、整体的印象。当然不是说每一首现代诗都是这么充满野心，都能这么面面俱到，但这确实是现代诗非常自觉的一个目标。实际上，支撑起一首诗的元素挺多的，你写了别人没有过的经验，或者你只是写了别人在文字里没有处理过的经验，你冒犯了某些权威的“神圣家族”，你触及了某种禁忌，甚至你只是把一些普遍经验或共同经验要么是简单地、要么是复杂地重新说出，都能够增加一首诗的活力，都可以把一首诗建立起来。但诗歌的胜利最好也还是在诗歌领域。所以有时候我们也要问一句，你的这些发现真的是一种诗歌发现吗？你能确保你这不是把其他诗人的陈词滥调，甚至更等而下之，把政治学的陈词滥调、经济学的陈词滥调或者社会学的陈词滥调挪用过来拉大旗作虎皮吗（而陈词滥调就是陈词滥调!）？你能肯定你的诗不是一般人在其他场合的老生常谈吗？尽管有的诗乍看上去也挺新鲜的、挺过瘾的，甚至挺解恨的，但它是不是过一阵儿就失效了，过一年就可笑了呢？世间一切皆可入诗，诗却并非无所不能，它只发现它能发现的，只表现它能表现的。换言之，它的发现和表现只能是诗的，是诗歌这种媒介先天已经蕴涵的，却还需要无数诗人不断去探索和开发的能力，这不是绕口令，也不是诗歌的原教旨主义，而是诗人对自己的艺术形式本身的尊重和捍卫。钱钟书先生说起过诗画分殊的问题，诗就是诗，画就是画，表扬诗如画或者画如诗，都不是好的、恰当的恭维，诗歌作用于人的，正是维特根斯坦所谓说不清楚的部分，用康拉德的话说：“是我们生命的天赋部分，是我们快乐和惊讶的本能，我们的怜悯心和痛苦感，是我们与万物的潜在情谊——还有那难以捉摸而又不可征服的与他人休戚与共的信念。正是这种信念使无数孤寂的心灵结合在一起。”甚至它应该让读者陷于迷失和混乱才对，既然它是新的发明，陌生感就是必不可少的，所以诗歌的启蒙没准儿会让你更糊涂而不是更清楚了。

把诗歌语言和诗歌发现分开来谈乃是出于一种不得已，实际上这本是一回事情。诗人的水准、成色、质地也主要体现在这个地方（在这里，亚里士多德也许能给我们一点启示，他认为形式早已蕴涵在素材之中，而质料也在生成和转化为形式，上升为形式）。柏拉图曾经讲因为人灵魂不朽，总是继承有一种被遗忘的知识，我们要做的不过是把它唤醒；语言学家乔姆斯基也说，人有着某种与生俱来的、先天的语言能力，这是我们学习语言的基础和前提。由此类推，至少在理论上，每个人可能也都是潜在的诗歌读者，就看谁有本事把他召唤出来、调动出来和创造出来。毕竟，人类意识和审美经验的可传达性和可分享性，已经构造了诗歌和其他艺术的坚实基础。诗人应该深知自己的语言处境，也深知自己的使命。他的主要任务就是发明一种独特的、能够容纳他的整个人本的诗歌语言。就像一个调情高手，他必须善于撩拨。他要辨别、掂量、算计，要对自己作品有一个效果预期，但这多半并不是通过实验，而是通过直觉和天才完成的（是否有一个内在的辨识系统？就像音乐家对音符、旋律、节奏、和声这些东西的天然敏感），这也就是于坚等人早年所说的“语感”，要是没有这个东西，趁早改行算了。当然并没有一种公认的、通行的诗歌语言，如果有的话，那准是套话，但好诗人肯定是有自己不容混淆的诗歌语言的人（旅美作家木心指出，鲁迅不光是文学家，更是文体家，文体家比文学家高级。纪德是文体家，而罗曼·罗兰就不是），他要给新诗形式增添新的内容，他要对诗歌语言和形式有所贡献。这可能也是现代诗的主要标志。对诗人而言，这与气质有关，与天赋有关，也与修炼有关，他知道怎么开头，怎么拐弯儿，怎么撒手又怎么打好方向盘，他更知道怎么跳跃，怎么加速和停顿，怎么换气，尤其是怎么刹车。他的语言的色彩、节奏、用词习惯，他的语言的特有口气、句式的细微部分、吸引力，这正是每一个诗人与读者“视界融合”（伽达默尔的概念）、发生感应和共振的地方，也是他的魅力所在（早年我们从收音机里听电影录音剪辑，戏里的人一开口，我们就听出了演员是谁）。这里头的名堂多得很，但却很难讲清楚。反正回车键在哪儿按，学问大着呢。有兴趣的人不妨研究一下，比如说，光是现代诗对“也”、“就”、“却”、“但”、“只是”、“另一个”这些词的运用，这里面包含的让步、商量、转折、限制、包容、或然性等意思，也足以成为一部现代主义方法论了（动不动就全称判断，妄下结论，那是农业时代的思维）。更别说那些具体的诗人的具体的调子了，这其中，简洁有简洁的好，啰嗦有啰嗦的好，平淡有平淡的好，激烈有激烈的好，舒服有舒服的好，难受有难受的好，只看你到不到位，像不像话。只看你能不能和自己形成有效的摩擦，造成独有的蛊惑力和催眠术了。

紧接着的另一个特点就是，既然现代诗总是向既定范式挑战（它通过反抗经典来表达自己通向经典的努力），那么它在别人看来可能就有一种未完成性，或者说可修正性，别人总感觉它粗糙、别扭，甚至质疑它的诗歌资格（它少有，甚至没有现成的标准，或者说它的标准只在每一位诗人的心中），很多勉强接受的人有时候也觉得好像还可以修改得更好一些，有些热心人可能还会直接给出具体的修补方案，他们不知道，这正是现代诗的一个标识，所有已经发布的作品就是最后的定本，它的缺点正是它的特点，甚至反过来说它的缺点就是它的优点。这也就是说，它在某种意义上必须是不完美的，完美是它的天敌。看上去没有问题的作品其实有着最大的、致命的问题，因为它恰好没有留下透气的“眼”。这不是什么遗憾的艺术，诗人觉得行了，那就是行了。谁能要求塞尚或者卢梭给自己的已经完成了的画再添上一笔呢？

这只是用归谬法对现代诗作出的一种区划和想象，是某种权宜性的方案（做方案的人总是既笨又傻），我的说法只对此刻的我有效（毛泽东主席的名言是：一上战场，兵法全忘）。现代诗不是一个可以固定和说清的事物，我们唯一能够肯定的大概就是它的不肯定，每个诗人的作品就是他最好的诗论，也才是他真正的诗论（光说好听的，没用）。考虑到现代诗的庞大规模和版图，我们对现代诗的意识和认识又岂能用浩瀚无边来概括。

第四章

牛仔裤到底牢不牢

——于坚诗歌简论

要谈论一个像于坚这样的诗人是相当困难的。奥登在《十九世纪英国小诗人》序言里开列的要符合大诗人的资格，一个诗人必须符合的（至少三个半）五个条件，[①] 即一是他必须写得多；二是他的诗必须展示视野和风格的明白无误的独创性；三是他的诗必须展示题材和处理的多样性；四是他必须是诗歌技巧大师；五是就所有诗人的作品而言，我们区分他们的少作和成熟作品，但大诗人的成熟过程必须持续到他逝世，等等，于坚几乎都已具备（当然除了第五条）。所以我们也只能从他庞大的作品系列里撷取一些较为稳定和基本的主题，大致分成几个版块来略作分析。当然，这样的分析也只能是大模样和粗线条的。

一

故乡云南，在于坚的诗歌里，是一个从开始一直贯穿至今的

① 参见《诗生活网站》，之“诗观点文库，”黄灿然译，2003 年。

重要题材。他说："故乡天堂云南，能够出生在这里，我要永远感谢上帝和我的父母。青年时代我开始在云南大地上漫游，它使我成为一个永远不会迷信20世纪流行的什么'生活在别处'的人。云南大地有一种超越历史的各种意识形态的氛围。它至今依然时常会令人想起世界的开始之地，'未来'的种种迷信使人类正在日益远离它的故乡，而云南常常令我返回到基本的故乡。"①

云南给于坚提供了一个站位或方位，一个原点，一个观照世界的独特角度。这首先表现为一种田野的、乡村的、自然的知识，一种基本的背景，一种出发点。虽然正如德国汉学家顾彬指出的："在早于西方一千多年的中国文学中，便已有了自然观的完美流露。"② 但"没有贵族就没有如在六朝时形成并为唐代的文学高峰创造了先决条件的自然观形式"。③ 而中国的自然诗或山水诗，只是把大自然作为一种静观的、"具有独立美学价值的欣赏对象"。④ 它与文人的生存是脱节的、不相干的，它被当作象征、客观关联物，当作心灵的宁静或者一种精神回归之所。而于坚则把未经隔离、未经净化处理、未经文学化的"下面"直接当作自己的来处，他甚至是带着某种炫耀感和挑衅感来讲述的："我已经出生了/在你们最想不到的地方生下来/从那些牛屎和烂泥巴里/从那些长满苔藓的门中/……我把山里的风带来了/我是受那些种包谷的人的委托/来你们城里告诉你们一些极简单的事情/我翻过你们的家谱/我知道我们大家都是兄弟/我是来告诉你们/你们母亲和故乡的消息/……不管怎么样我生出来了/你

① 于坚：《云南这边，后记》，陕西师范大学出版社2002年版，第247页。

② ［德］顾彬：《中国文人的自然观》，马树德译，上海人民出版社1990年版，第2页。

③ 同上。

④ 袁行霈：《中国诗歌艺术研究》，北京大学出版社1987年版，第383页。

们久已干旱的天空/就要看见闪电听见风暴/山风已经把你们的玻璃窗/吹得稀里哗啦响/在你们最想不到的地方/你将看见一座活生生的高原”（《山里人的歌》）。这些奔放无羁，充满野性冲击力的诗为当代中国诗歌开启了另一扇窗——自然之窗，建立了另一套参照系——与种种文化体系相对称和相背离的田野自然的参照系。于坚笔下的云南，也是一种海德格尔所说的“原在”，一种开始之地和永恒之地：“太阳在高山之巅/摇着一片金子的树叶/怒江滚开一卷深蓝的钢板/白色的姑娘们在江上舞蹈/天空绷紧大弓/把鹰一只只射进森林/云在峡谷中散步/林妖跑来跑去拾着草地上的红果”（《南高原》）。这个类似伊甸园的地方也就是生命创造、诞生、成长的地方，是还不曾为各种观念“污染”的地方，这里的居民对于故乡，对于作为家园的大地，充满着一种敬畏、感激、热爱的深情。而这种深情本身也是大地的产物：“高原的大风把巨石推下山谷/泥巴把河流染红/真像是大山流出的血液/只有在宁静中/人才看见高原鼓起的血管/住在河两岸的人/也许永远都不会见面/但你走到我故乡的任何一个地方/都会听见人们谈论这些河/就像谈到他们的上帝”（《河流》）。人生在世有许多必要的条件，诸如阳光、空气和水，但人们往往忘记了活着的第一前提，那就是地心引力。于坚提醒说：“诗歌一旦意识到它离大地太远，开始飘起来，不再是上升，它就应该向下，努力回到大地上。”①

大地之于人，不光是故乡、家园，它也是创造者，它也影响、哺育、塑造着它的人民。一方水土养一方人，特定的山川地理也要求着人的与之相对应、相匹配的能力，不只是生活于此，

① 于坚：《诗言体》，见《诗集与图像》，青海人民出版社2003年版，第246页。

而且是只能生活于此，必须生活于此。“在高山中人必需诚实/人觉得他是在英雄们面前走过/他不讲话　他怕失去力量/诚实就像一块乌黑的岩石/一只鹰　一棵尖叶子的幼树/这样你才能在高山中生存/……在高山上人是孤独的/只有平地上才挤满炊烟/在高山上要有水兵的耐性/波浪不会平静/港口不会出现/一摇一晃之间/你已登上峰顶/或者堕入深渊”（《高山》）。这想必会使他们的眼光、胸襟和气魄受到潜移默化。“我知道一条河流最深的所在/我知道一座高山最险峻的地方/我知道沉默的力量/那些山峰造就了我/那些青铜器般的山峰/使我永远对高处怀着一种/初恋的激情/使我永远喜欢默默地攀登/喜欢大气磅礴的风景/在没有山冈的地方/我也俯瞰着世界”（《作品第 57 号》）。这不是古人一相情愿的“移情”，也不是另外营造的“意境”，这就是来自大地本身的一种给予和支援，一种要求和塑造，但这也给了于坚的诗一种境界，一种尺度。

于坚诗论的一个重要观点，就是“诗言体”：“体，乃是世界的基础，存在的基础。存在着的，开始之地，世界的基本材料、元素。所指之所具体导致了言说的冲动，诗歌的冲动。”“诗歌的崇高使命，就是要反抗尺规，包括诗歌的尺规……反抗尺规就是要回到大地，回到道法自然。”[①] 于坚对故乡的言说，正像他笔下的高山大河一样，大气磅礴、波涛翻滚又泥沙俱下，这是一个与原型相仿佛、相对称的“第二自然”，不唯如此，于坚的诗也深受自然之“体”，自然的形式和状态的启发和影响，形成了某种程度上的共生关系。在他的诗里，山地被“太阳烤红”，怒江“这道乌黑的光在山下吼”，“他外表很平静/像怒江

① 于坚：《诗言体》，见《诗集与图像》，青海人民出版社 2003 年版，第 229、247 页。

的脸/在他心的深处/巨石滚动或者停下/水流湍急或者混浊/永远没有人会看出”。“伟大者的床不会像云那样轻举妄动/容纳是如此简单　保持原状　沉默/是别的东西在洪峰上喧嚣/……当时间来到　水落石出/就像寒冰　从冬天的身体中散去/水从冰里流出来/本色乃是透明/它并不担心　浅薄/并不担心/再次被旁边的混淆”（《在秋天的转弯处我重见怒江》）。他注重的是原在、自然、“本来的样子”，他不太喜欢剪裁、规划、安排，他的诗不属于巧妙、精致的类型，而有着一种大大咧咧、浩浩荡荡的气概，一种高原的“势能”，虽然颠簸、摇晃、起伏不定，但却有着开阔、粗放、不可阻挡的优势。这也正是自然的“体”或者姿态吧。在第三代诗人的庞大队伍里，像于坚这样拥有某种“自然”的写作资源的诗人似乎没有第二位，而像他这样创造出一整套“第二自然”的诗人似乎也没有第二位。这不仅给他打开了另外的向度，赋予了他某种大气和自由的风度，也给他的诗歌注入了不易觉察的有所敬畏、有所景仰的崇高气质和谦逊精神，这一特征也同样体现在他其他题材和类型的创作当中。

二

于坚关于当代生活的诗歌，是他更引人注目也是引发更多争议的一个领域。中国新诗向来很少叙事性，间或有之，处理的也是传奇、意念、情绪或某个升华的时刻。它尚不能找到它对普通人和日常生活的言说方式，已有的种种诗歌手段都不具备这些功能，人们习惯看到的是虚构的、大写的、代表性的人和事。于坚首先拒绝了这些杜撰的、类型的诗，他返回到生存的现场，返回到个人的记忆，返回到自己的日常生活，并且把诗歌建立在自己极具个性的日常口语之上："大街拥挤的年代/你一个人去了新疆/到开阔地去走走也好/在人群里你其貌不扬/牛仔裤到牢不牢/现在可以试一试/……其实你心里清楚/我们一辈子的奋斗/就是想装得像个人/面对某些美丽的女性/我们永远不知所措/不明白自己一究竟有多蠢/……有时回头照照自己/心头一阵高兴/后来你不出声地望我一阵/夹着空酒瓶一个人回家"（《作品 39 号》）。在这首不紧不慢、不惊不乍的诗里，命运感、人生的况味、有些艺术倾向的青年知识分子的日常状态、场景、略带忧伤的情绪，完整地、生动地、饱满地展示和呈现出来，仿佛朋友闲谈的口语原来有着这样令人着迷的自然节奏和声音效果，有着这样强大的表现力和感染力，也还有着这么多的层次、色调和变化、这些直接到位而不需要迂回包抄，自己展现而不需要阐释解说的诗也打开了勘探、考察并言说我们身陷其中的现实的巨大可能性。他向我们展现了当代中国社会、历史和人生的广阔画面。这里面有回忆："那楼又瘦又高又不记得是什么颜色/就像那个收破烂的老头喝了酒斜斜歪歪/小时候我天天坐在一只土黄的草垫上/望着蜂窝煤望着四四方方的天空背书/夜里最多只有八颗星我一遍一遍地数/我爸爸从来不准我跑下楼去从来不准"（《作品 19 号》）、"很多年　屁股上拴串钥匙　裤袋里装枚图章/很多年　记着市内的公共厕所　把钟拨到 7 点/很多年　在街口吃一碗一角二的冬菜面/很多年　一个人靠着栏杆　认得不少上海货/很多年　在广场遇着某某　说声'来玩'"（《作品 52 号》）；有自己的工厂同事："埋他的那天/他老婆没有来/几个工人把他抬到山上/他们说　他个头小/抬着不重/从前他修的表/比新的还好"（《罗家生》）；"从前他在食堂门口向很多人借过饭菜票/他卖工作服卖铜卖牙膏皮空酒瓶他苦恼卖不掉自己/他开病假逛太街看红红白白的标语看人们谈恋爱/他把裤管改细学华侨但一蹲下就绽开线了”（《作品49号》）；有自己的亲人：“您深夜排队买煤　把定量油换成奶粉/您远征上海　风尘仆仆　采购衣服和鞋/您认识医生校长司机以及守门的人/老谋深算　能屈能伸　光滑如石/就这样在黑暗的年代　在动乱中/您把我养大了　领到了身份证”（《感谢父亲》）；有女友：“去年秋天　她从楼上下来/白裙少女　红梳子掉了/她弯腰拾起”（《想小杏》）。他的作品显示出一种巨大的容纳力和开放性，有一种消化当代纷繁生活的强健胃口和野心，这也是他的诗招致批评的重要原因，非诗的内容、非诗的语言、非诗的形式，这是对乌托邦的、形而上的、隐喻的诗歌美学的破坏和颠覆，但别人指摘的他的缺点往往正是他的特点，正是他独有的发现和独到的贡献。当代生活的驳杂与膨胀，经验的繁复与浮泛，已经迫使诗歌扩大自己的库存，充实、增加并刷新自己的词汇量，提高自己整合处理新感受的能力，显示出与时代相称和对应的气量和胸襟。比方这首《有朋自远方来——赠丁当》：

你横渡黄河来找我
你穿过整个南方
从一号到二百零三号
二百零二家都是单门独户
二百零三号住着一千多人
你吓了一跳
怨气冲天　说是找我找得好苦
你以为南方都是鸟窝么
你个子高　天天趴在爱情里
像一匹幸福的种马
我个子矮　在爱情中钻出钻进
像一只寻不着窝的公猫

你皮肤白　我脸膛黑
太阳对我亲　对你疏
我们坐在南方的一家旅店
一见如故
像两个杀人犯　一见如故
你告诉我许多外省的天才
还有什么韩东等等
那个想当萨特的人
那个面目清秀的人
那个发誓不和老婆吵架的人
那个住在南京的人
那个体育方面只会跑步的人
你们在一个冬天读我的作品
大吃一惊
你们说除了你们
于坚就是敌人了
那小子可要防着点
说不定他已买好去瑞典的车票
我很高兴　过去我可不认识你们
我真高兴　有些话可以说说了
南方的女人很美丽　四季如春
许多男人　在那儿艳遇一生
但是在南方　你什么也不能讲
那儿有高的山
太阳只是它脖子上的金坠子
那儿有深的河
太阳掉下去也溅不起水珠

很多年　我的小屋无人敲门
韩东说我们可以聊聊
我们就聊聊
写一流的诗
读二流的作品
谈三流的恋爱
至于诗人意味着什么
我们嘿嘿冷笑
窗外正是黄昏
有人在卖晚报
喝完咖啡又喝啤酒喝凉水
其间三回小便
晚饭的时间到了
丁当　你的名字真响亮
今天我没带钱
下回我请你去顺城街
吃过桥米线

于坚正是在这里，把叙事性与间离感，把喜剧精神和智性因素，把细节的力量这样一些新的品质，加入了诗歌，形成他自己所说“雄辩”的特征。这些看似混乱、嘈杂的不和谐因素，正是诗歌血肉、活力、在场感的保证，它拓展了诗歌的范围，修正了诗歌的定义，事实上，也改变了当代诗的前进方向。华尔特·惠特曼对自己诗歌的这段评论，刚好可以作为于坚这类创作的写照：“是生活中可见形体的灵魂——是正在从地上长出的种子的灵魂——是视而不见、但却沿着轨道疾如闪电般经过的地球的必然运转的灵魂——这些才是这人的诗歌的灵魂。和它们一样，这个灵魂困扰并嘲笑人们的评判，并且准确无误地出现在成果中。事物、事件、人物、时日、时代、品质乱哄哄地翻滚着，没有止境、十分丰富，像大自然一样，看来也不顾局部，也没有特殊的目的。但是那少数几个难能可贵而有约束力的评论员的声音，一代以上或两代人的声音，必须为自然法则那不可言传的目的申辩，也为那写过印过一部分的、众人中这个最傲慢的作家申辩，他将证明他是自有文学史以来最可悲的失败，也可能是最辉煌的胜利。"① 而于坚给人印象最深的，还是对自己以及周边朋友的讲述："一些人结婚了/一些人成名了/一些人要到西部/老吴也要去西部/大家骂他硬充汉子/心中惶惶不安/吴文光　　你走了/今晚我去哪里混饭"（《尚义街六号》）。在此，语感确实成为于坚所说的"生命的有意味的形式"，诗歌返回的不是激情、观念、社会批判，而是实在的、具体的、复杂的生命本身。这里实际上也意味着一个重大的转变，即认识到存在是一种语言的存在，语感、说法、怎样写的问题解决了，才有写作的可能性，形式感、体是第一位的东西。作为经历复杂的诗人，于坚坦承自己十年的工厂经验改造了自己对世界人生的看法。"它使我意识到时间作为刻度，作为分秒小时的存在，而不仅仅是四季，事物作为冰冷无情的表面的存在，而不是什么思想的容器，我在故我思，在诗歌上，它导致我容易与那些注重具体事物，注意世界作为现象，而不是本质，精神实体的作家产生共鸣，如新小说派，自然主义，形式现实主义，传记，纪录片、乔伊斯，普鲁斯特、奥顿，弗洛斯特、拉金、威廉斯一类的，写作方式也倾向于描述的，相对客观的，冷静的，细节与具体的，非隐喻的，清晰的，

① 参见《外国文学》1987 年第 3 期，第 76 页。

物性的，形而下的这些方面。”① 正是出于这种对“看见”，对过程，对操作的热情，于坚的诗有时会有一种类似汉赋的风格，即要把形形色色、林林总总的客观事物穷尽其相，铺陈排比，尽量包容，要在广阔性、丰富性、完整性、确切性上造成宏伟的效果：“今夜我打开窗子/今夜我没有锁门/在黑暗中我睁大眼睛/在黑暗中我张开双臂/世界啊　你进来吧//如果进来一个女人/即使她样子难看当过妓女/她就是我的妻子/如果进来一个男子/即使他刚杀了母亲/眼珠上还滴着凶光/他就是我的兄弟/如果进来一个要饭的老妇/即使她一身疥疮/活不过明天早上/我就唤她一声‘妈妈’。”但于坚更忠实的还是感受的真实逻辑：“一点钟进来一只蚊子/它狠狠地戳我一针/我想都不想就是一掌/揩着蚊血　抓了抓痒//两点钟我已呵欠连天/锁门关窗上床/一头扎进梦乡/世界啊　你进来　你进来”（《世界啊　你进来吧》）。这种转折和松弛，乃至消解是于坚诗歌常用的平衡手法。这使他的诗既有宽阔的交响的声部，也伸缩、曲折，充满张力。于坚在文体上有着很强的实验热情，他的《事件》系列组诗就是一个我姑且命名的“语言学”时期，他广泛探讨了语言切近和把握现实的诸多可能性，形成一种短句、单词、词组混杂为一长句的风格。“写作　这是一个时代最辉煌的事件　词的死亡与复活　坦途或陷阱/伟大的细节　在于一个词从遮蔽中出来　原形毕露　抵达了命中注定的方格”（《事件·写作》）。他研究了静物、动作、偶发事件、甚至“谈话”、“诞生”、“结婚”、“翘起的地板”、“玻璃屋中的老鼠”，等等，这是一种同语言的搏斗和较量。“他的方式是在解构语言中建构语言，这是一种专业的知识、智慧和天才。”“在成熟的诗人那里，语言是柳叶刀和油画颜料，而不

① 参见《他们》第7期，第130—131页。

是铺路石。”[1] 他的诗要让人们在语言中看到、触摸到、感受到，“像点灯的人　一块玻璃亮了　又擦另一块/他的工作意义明确　就是让真相　不再被遮蔽/就像我的工作　在一群陈词滥调中/取舍　推敲　重组　最终把它们擦亮/让词的光辉　洞彻事物”（《事件·挖掘》）。他是深知语言的界限并不断突破这种界限的诗人，他也因此把自己的工作平台调适到一个可以控制和操作的位置之上。

三

对原初的大地的敬畏，对普通人的日常生活的依恋，很自然地就延伸和拓展为一种宽阔的文化人类学的视野；而20世纪90年代以来的许多问题，诸如全球化与民族文化传统、现代性与永恒价值、技术改造与“原在”的大地之间的矛盾和争执，也似乎只有还原成我们切身的体验和感受，才有可能梳理清楚。正是在这样的时刻，于坚开始发展并形成了一种在一个非常宽泛、非常恢弘的文明论的主题框架之下，自由探索、自由言说、自由论辩的诗歌方式。简言之，这是对世界和人性中一些基本的、不变的价值的重新提示与维护，是对更合情、合理、合乎人性的基本的人类生活的重新强调和说明，也是对诗歌和艺术中蕴涵的人类自由本质、自由意志、自由创造的诸多可能性的重新发掘和演示，“在充满神性的秋天　我有玉米的心/鸟的心　土地和种子的心　我有晴朗而辽阔的心/无法掩饰这真实的感情　哪怕在这个时代　关于它的话题早已过时/在秋天怀念秋天　如今只有回

---

① 参见《他们》第7期，第129页。

忆能抵达这个季节/我承认在我内心深处　永远有一隅　属于那些金色池塘　落日中的乡村/属于马车和拾稻穗的农夫　属于蚂蚱　属于落叶和空掉的稻田/我一向以为　秋天是永恒的　万岁千秋　千秋万岁/又是秋天的好时光　长寿的却是我　披黑纱的却是我”（《作品 89 号》）。这是一种多少显得有些落寞和孤独的声音，甚至是有些不合时宜和不识时务的声音，但这也正是诗歌的尊严所在，它在时代的喧嚣中，坚持的是感性、自然、自由和人性的基本方向，它在政治家、经济学家、社会学家给出的意义之外，又给出诗人的意义，这意义正是被普遍遮蔽、忽略和遗忘的。

《0 档案》是于坚在文体实验方面走得最远的一部长诗，被评论家贺奕称为“90 年代的诗歌事故”，被张柠称为“词语集中营”，他以“非诗”的“档案”形式，剖析了在现代社会制度之下人的某种存在状态，他用一种戏仿的档案的格式，用一种公文化的、陈词滥调式的、尽量不带感情色彩的词语，煞有介事、一本正经地对一个人的出生史、成长史、恋爱史和日常生活开列清单、描述并评论，对档案室进行观察，对表格进行登录，他其实是以一种剥离血肉的方式强迫我们注意生命，以一种抽空诗意的状态提醒我们诗性的存在，以一种反诗的诗来向我们暗示诗歌在当代的“非常”方式，用昆德拉评论卡夫卡的话说：“他创造了极为无诗意世界的极为诗意的形象。”① 在这里，个人的自由、特性毫无位置，他只是异化了的统治机器的一个工具，于坚以诗人的敏锐，发现了庞大现代社会中无形控制和支配的秘密，发现了权力不仅是压抑性的，它同时也是生产性的、造就性的，它是

---

① 捷克米兰、昆德拉：《被背叛的遗嘱》，孟湄译，上海人民出版社 1995 年版，第 205 页。

变动的、复数的、相互流动和缠绕的，处在复杂的关系中的，他的发现，与米歇尔·福柯的理论不无暗合与印证之处，借此，他就对我们时代最大的图腾——现代化提出了有力的质疑和诘问，并且在几乎不可能的极限之处，试验了诗歌的弹性、容量和变形的可能。

《哀滇池》是于坚另一部盛世危言式的长诗作品，诗人从故乡的湖泊的污染、“消逝”、“死亡”，联想到我们生存的家园、存在的根基，他大声疾呼：“世界啊　你的大地上还有什么会死？/我们哀悼一个又一个王朝的终结/我们出席一个又一个君王的葬礼/我们仇恨战争　我们逮捕杀人犯　我们恐惧死亡/歌队长　你何尝为一个湖泊的死唱过哀歌？/法官啊　你何尝在意过一个谋杀天空的凶手？/人们啊　你是否恐惧过大地的逝世？”因为他清楚地知道，远去的自然，是上帝的造物，它不光“足以供养三万个神”、“造就三万个伊甸园”、“出现三万个黄金时代”，它也是我们生活的居所和基础。“诗歌啊/当容器已经先于你毁灭/你的声音由谁来倾听？/你的不朽由谁来兑现？”他的挽歌，竟也注入了激情澎湃的力量和排山倒海的气势，但他还是清醒地终止于现实和自嘲：“我醒来在一个新城的夜晚　一些穿游泳衣的青年/从身边鱼贯而过　犹如改变了旧习惯的鱼/上了陆地　他们大笑着　干燥的新一代/从这个荒诞不经的中年人身边绕过/皱了皱鼻头　钻进一家电影院。”

长诗《飞行》大概是于坚在20世纪90年代后期最重要的作品，他以一次国际航班的洲际飞行为背景，穿梭于各个时间段落、各个国家、各种地域和想象之间，使得这部长诗成为综合的“文明论”，恢弘的“自由谈”，成为一部同许多经典作品参证、比照并争辩、较量的诗歌，这也是一部充满野心并实现了野心、炫耀才华也才华横溢的作品。飞行，的确是一个俯瞰、巡视和检阅的高度，也是一个在失重状态、思维空前活跃、奇思异想蜂拥而至的时刻。“心比一只鸟辽阔　比中华帝国辽阔/思想是帝王的思想　但不是专制主义/而是一只在时间的皮肤上自由活动的蚊子/在一秒钟里从俄国进入希腊　从大麻到天使/从织布机到磁盘　从罗布·葛利叶到康德/从切·格瓦拉到老子　我的领域比机器更自由/刚刚离开一场革命的烙铁　就在一棵玉米的根部/观察蚂蚁或蚂蚁看到的蚂蚁/我可以在写毕的历史中向前或者退后/犹如将军指挥士兵　向清朝以远会见阮籍/在民国的南方转身　发现革命的内幕　国家的稗史/越过新中国的农场看到工业的胸毛/我可以更改一个宦官的性别　废除一个文化的名次/我可以在思维的沼泽陷下去　扒开烂泥巴一意孤行/但我不能左右一架飞机中的现实/我不能拒绝系好金属的安全带/它的冰凉烫伤了我的手　烫伤了天空的皮。”这里有对古今中外诗歌经典和文化典故的旁征博引，有对天上地下、远近不同的各类现实的穿越时空界限的压缩式、并置式的白描、重彩或想象处理，有对前沿理论、热点问题和时事的轻妙戏说和评论，有自传成分、史诗结构和大量的细节，有夸张、冷嘲、自我怀疑和大胆的推断，有我们能够想象到的几乎所有诗歌修辞，它把这诸多意念、情绪、思辨、感慨、顿悟熔铸在一起，像一部多声部、多主题的交响乐，在天空飞行。其中，世界文化中的“中国意识”，进化论中的“永恒价值”，“快”中的“慢”，都在不动声色的通脱大度中得到珍视、强调和提升。在谈及20世纪末的文学和艺术时，德国人古茨塔夫·勒内·豪克曾经倡导说：“在可能的范围内，应当顾全所有关于人的解释的重要观点。片面性也是我们时代的一种病态，它应该被强有力地拒绝。"[①] 而他提出的策略正是"综合"。"综合首先只是对导致整体构成的一切过程的客观的重新组合，以及对一个由片断的部分思维组成的整体的重建。综合的方法反对对世界文化愈来愈具有灾难性的分裂。人应当在他的'总体性'（布洛赫语）中，而不是在他的个别性中获得拯救"[②]。于坚正是充分发掘和利用长诗这一体裁的可能性，全诗扇形展开，齐头并进，众声喧哗，精彩纷呈，可以说是综合的典范，也使他的文明论辽阔而深邃，充满了恢弘的气度。

与此同时，于坚似乎也越来越意识到本土文化资源的价值，这可能是一种更深的血缘上的认同，他把传统看作是一种基本的、与我们身体上的联系，是一种以美学为特征的永恒生活方式。这同20世纪革命史及其理论形成了鲜明对比并拉开了距离，这也成了被很多人批评的"向后撤"的先锋主义。但对于坚来说，"后来李白升入天空　照耀故乡中国　皇帝和他的制度被废黜/不知所终　因为在汉语中　李白就是明月/因为在这个月光如水的夜晚　我沉默在上帝的羔羊中　汉语像月光下的大海　在我生命的水井里汹涌"（《2001年6月10日，在布里斯本》）。这既是归属感的需要，更是生命中自然而然的事情。在他20世纪90年代中后期开始创作的《便条集》中，便充满了这种感兴和妙悟式的作品："早上　刷牙的时候/牙床发现　自来水已不再冰凉/水温恰到好处/可以直接用它漱口/心情愉快　一句老话脱口而出/春天来了"（《便条集18》）；"听见松果落地的时候/并未想到'山空松子落'/只是'噗'地一声/看见时　一地都是

---

① ［德］古茨塔夫勒内·豪克：《绝望与信心——论20世纪末的文学与艺术》，李永平译，中国社会科学出版社1992年版，第3页。

② 同上书，第207页。

松果//不知道响的是哪一个”（《便条集92》）；“削苹果的女人/在黄昏中削下一片递给我/我接过来的时候/碰到她有汁的手”（《便条集130》）。这是一种折扇缓慢打开，令人会心一笑的大家小品。也是于坚从贝多芬到莫扎特的某种过渡，即由目标明确的宏大主题转向走到哪儿算哪儿的自由自在，这反而有一种更轻快、更迷人的品质。在他的新作《长安行》组诗里，“伟大的容器/蒙尘纳垢/千年过去了/不动/尊重”（《大雁塔》）；“长安附近/丘陵凸起/周围是阡陌和田园/高天厚土兮/紫气苍苍/其中一座山包下/埋葬着大帝/秦始皇/和百姓一道/仰面朝天/骨骼四散/他曾经扫六合/立文字/创造中国”（《登秦始皇陵》）；“确实没有什么好看的/也就是秦人见过的那些/高天大野　广阔/毒日头下/什么也不飞/骊山苍苍/云烟茫茫/风伏在青苹之末/黄土上/有人在耕作”（《秦始皇陵上所见》）。这些机锋不见、点到为止的诗又让我们体会到汉语言的另一种久违的魅力。这当然不意味着于坚已经放弃“雄辩”（事实上，他雄辩的诗也还在继续进行），但它确实向我们展现了于坚的一种新的可能和一种更宽阔的自由境界，而一旦进入了这样的境界，他前进的道路上，除了他自己，几乎不会再有任何阻碍。

附　录

于坚《作品第39号》

大街拥挤的年代
你一个人去了新疆
到开阔地走走也好
在人群中你其貌不扬
牛仔裤到底牢不牢
现在可以试一试
穿了三年半　还很新
你可还记得那一回
我们讲得那么老实
人们却沉默不语
你从来也不嘲笑我的耳朵
其实你心里清楚
我们一辈子的奋斗
就是想装得像个人
面对某些美丽的女性
我们永远不知所措
不明白自己——究竟有多蠢
有一个女人来找过我
说你可惜了　凭你那嗓门
完全可以当一个男中音
有时想起你借过我的钱

我也会站在大门口
辨认那些乱糟糟的男子
我知道有一天你会回来
抱着三部中篇一瓶白酒
坐在那把四川藤椅上
演讲两个小时
仿佛全世界都在倾听
有时回头照照自己
心头一阵高兴
后来你不出声地望我一阵
夹着空酒瓶一个人回家

这首诗的标题对我们的分析提供不了什么帮助，我们更可能想到的不是李商隐，而是莫扎特（后者也喜欢这样命名自己庞大的作品体系，而于坚的“作品”系列从1982年开始，大约止于1988年，竟也有200号之多)。第一句，诗里就出现了大词“时代”，而它的修饰定语居然是“大街拥挤”，紧接着却落在了“一个人去了新疆”的“你”的身上，而这也不过是“到开阔地去走走也好”，（才是个“也好”?)，因为“在人群中你其貌不扬”。(这就足以成为意义吗?）我们发现，这是一首开口说话(后来见到于坚，原来他说话也就这样）的诗（在20世纪80年代初叶，它的诗资格还有待认证)，它还原了诗人具体的“这一个”的凡人身份（而非什么抽象代表或自我神化的戏剧角色)，这直接导致了诗人态度的转变（包括语气和语调。足球教练米卢指出，态度决定一切)，它拒绝隐喻（因此割裂了传统，精通破译法和推导术的诗歌教授，也要像诗中主人公面对美丽女性那样，不知所措了)，我们不妨说它是现象学的（它让我们拨开

"文学"，去看到和听到），它同时也是怀疑论的（经过这种变熟为生的过滤程序，口语成为诗歌），我们注意到诗的语感潜藏在"说话"的自然节奏之中："牛仔裤到底牢不牢/现在可以试一试"，很随意又很结实不是吗？甚至还有它奇妙的造型能力："夹着空酒瓶一个人回家"——这不是在说我吗？这不是借助一大套阐释抵达的，它直指人心，直接同我们的生命直觉对应，它还是复调式的（东拉西扯，主题、情绪、意念变幻不定，我们记起，李白的许多诗不也是这样的吗，只不过他的格律外套妨碍我们看清这一点。巴赫金只知道几个声音构成复调，殊不知一个声音里也可以完美地组织成复调）。最后我们意识到，这才是货真价实的艺术，它唤醒我们对生活的真实感受，而它又像朋友闲谈一样亲切，它可能还会唤醒不少潜在的诗人——我们干吗不试试？

第五章

让人们向我的鞋子敬礼

——韩东诗歌简论

韩东在口语诗历史上的作用是开创性的，一方面，他提出了诸如“诗到语言为止”、“告别三个世俗角色”、“第一次抒情”、“诗歌的三种声音”等影响深远的诗学命题，并且作为“他们”诗群的灵魂人物，对这一群体诗歌风格的形成起到了关键作用；另一方面，作为诗人，他以自己具有鲜明特征的一系列诗歌文本，在方向上、文体形式上，启发并影响了许多后继的诗人（无论是早期在西安，还是以后在南京，再后来在网络上，他都有不少的追随者），并使之不容辩驳地进入经典行列。所以，追踪韩东的历程并探究他的内在奥秘，既使我们进一步了解和理解这位杰出诗人，同时也有助于我们进一步了解和理解口语诗的内部源泉、发展以及变化。

一

韩东毕业于山东大学哲学系，他早年的诗受到“朦胧诗”

的影响，但他很快就对这些“深受刺激的模仿之作”产生了不满，“它们除了证明某种令人生疑的‘才气’外似乎缺少必要的意义”。[①] 在1982年毕业分配到西安前后，韩东的诗发生了深刻的转变。“我不认识的女人/如今做了我的老婆/她一声不响地跟我穿过城市/给我生了一个哑巴儿子/她走出来的那座大山/我什么也不知道”（《我不认识的女人》）。“那孩子从南方来/一路上赤着脚/经过了很多村庄/他是来投奔我/他听说我是北方的豪杰/……他们说/那是个瞎孩子/却有不少心眼儿/是个结巴/却有条金嗓子/他们说他一定能走到这里/在这以前/他就走遍了世界/见过大世面//他们还说/那孩子很讨喜/有多少女人/把他埋进自己肥胖的肉里/用泪水给他洗澡/求他留下来/做她们的小丈夫/那孩子总是奇怪地一笑/转身上路了/……北方已经开始下雪/还不见那孩子来/也听不到他的消息/我和我的妻子/整天坐在火炉旁/等着那孩子/一声不吭”（《一个孩子的消息》）。这些诗句由口语写成，既保持口语自然的节奏，又有一种删除枝蔓之后的清晰简洁之美，“老婆”、“哑巴”之类的词，也有陌生的力度感，特别是其中的意蕴耐人寻味，它貌似简单可又若有深意，但这深意又很难捉摸，更不易把握，这当然是对“朦胧诗”美学的反抗，但更像是“奇怪地一笑”、“转身上路”的某种另辟蹊径的背离和重建。“我的好妻子/我们的朋友都会回来/朋友们还会带来更多没见过面的朋友/我们的小屋连坐都坐不下/……他们拥到厨房里/瞧年轻的主妇给他们烧鱼/他们和我没碰三杯就醉了/在鸡汤面前痛哭流涕/然后摇摇晃晃去找多年不见的女友/说是连夜就要成亲/得到的却是

---

① 韩东：《有关〈有关大雁塔〉》，见《韩东散文》，中国广播电视出版社1998年版，第156—157页。

一个痛快的大嘴巴//我的好妻子/我们的朋友都会回来/我们看到他们风尘仆仆的面容/看到他们浑浊的眼泪/我们听到屋后一记响亮的耳光/就原谅了他们。”这首《我们的朋友》以略带戏剧性的场景、饱满的情感力量、微讽的口气，活画出20世纪80年代初期带有艺术倾向的青年知识分子的感受和心态，更有感染力和概括性。在《聚会》一诗中，他通过对“熟人”、“熟悉”、“娴熟”、“熟能生巧”、“熟视无睹”中“熟”字的连缀和敲打，对这种“熟”的惯性进行了轻巧的质疑，也显示了他对字的敏感、见微知著的能力和抽象开掘的思维习惯。紧接着，是他最著名的作品：“有关大雁塔/我们又能知道些什么/有很多人从远方赶来/为了爬上去/做一次英雄/也有的还来第二次/或者更多/那些不得意的人们/那些发福的人们/统统爬上去/做一次英雄/然后下来/走进下面的大街/转眼不见了/也有有种的往下跳/在台阶上开一朵红花/那就真的成了英雄——/当代英雄//有关大雁塔/我们又能知道些什么/我们爬上去/看看四周的风景/然后再下来”（《有关大雁塔》）。在这首20来行的诗里，韩东以一种平静、冷静但也略带揶揄的口气，把“朦胧诗”诗人杨炼的史诗《大雁塔》以及类似写作中联想的历史文化因素和在此基础上浮夸、浮泛的煽情因素清除得一干二净，他把登塔还原为“爬”、“看”，“下来”这样一个简单过程，不唯如此，作为一首自足的诗歌，它的不易觉察的自然节奏，它的不动声色的转折，它的简洁节省的语式，它的朴素硬朗的力量，以及它消解意义又重建意义的深度感，都给人以深刻的印象。而在另外一首诗《你见过大海》中，这种风格被推到了极致：“你见过大海/你想象过/大海/你想象过大海/然后见到它/就是这样/你见过了大海/并想象过它/可你不是/一个水手/就是这样/你想象过大海/你见过大海/也许你还喜欢大海/顶多是这样/你见过大海/你也想象过大海/你不情愿/让海水给淹死/就是这样/人人都这样。”在这首21行的诗里，“你”重复11次，“大海”重复9次，“见”和“想象”各重复5次，整首诗面对的是在大自然、人类生活和文学史上占据显赫位置，甚至天然（也不排除曹操、拜伦、普希金、舒婷等人作品的影响）具有象征性和诗意的“大海”，却使用了一种乏味、枯燥、重复、反复地排除和限定的推理方式，它的挑战性和革命性出乎人们的意料，也出乎了既定诗歌的预设框架。但在同时，它步步为营、步步推进的逻辑力量，它淡漠、坚定、镇定的语调，它对人类处境和限度的提示，又给人带来前所未有的惊喜和愉悦，也开启了诗歌发展的广阔前景。至此，韩东以一种极端的方式拓展了口语诗的实验范围，并显示了自己以限制、克制、节制为特色的语言特点，坚实、坚硬、坚定的口语风格，以及其中蕴藏的智性偏好、抽象能力和隐约的精神上的自信、强悍和优越感，小海评价说：“他真实的贡献在于，首先剔除了诗歌中强加的伪饰成分，使之从概念语言回复到现实的本真语言并具体到个人手中；其次，他使诗歌这种艺术品种从矫情回到源头、回到表意抒情的初始状态。可以讲，他无意中完成了对诗歌语言的颠覆和内部革命，是对诗歌语言的最早觉悟。”他的诗“在文体的突变、感情的强度上都令人耳目一新，特别是诗歌中直指人心的语言魔力，独到的个人节奏，强悍的意志力和社会学的批判意义，使之成为一代诗人反抗的象征，这种抛弃传统的胆魄，使他的诗具有空前的尖锐性”。①

① 小海：《关于韩东》，见《诗探索》1996年第3期，第131页。

二

1985 年，韩东调回南京，他的诗也出现了一些新的变化。在取材上偏重于日常生活的细节和个人体验，在语言上也变得柔软和柔和了一些。是不是南北地理、气候、生活和语言的差异造成的变化，我们不得而知，但韩东在对日常场景、生活经验的描述中似乎变得较为平易、温和、亲切：

月亮
你在窗外
在空中
在所有的屋顶之上
今晚特别大
你很高
高不出我的窗框
你很大
很明亮
肤色金黄
我们认识已经很久
是你吗
你背着手
把翅膀藏在身后
注视着我
并不开口说话
你飞过的时候有一种声音

有一种光线
但是你不飞
不掉下来
在空中
静静地注视我
无论我平躺着
还是熟睡时
都是这样
你静静地注视我
又仿佛雪花
开头把我灼伤
接着把我覆盖
以至最后把我埋葬

这是他的《明月降临》，已经被古今中外无数诗人书写过的月亮，在他的笔下，重新焕发出奇妙的，甚至是初始的光芒。这样的作品还有很多："我有过寂寞的乡村生活/它形成了我性格中温柔的部分/每当厌倦的情绪来临/就会有一阵风为我解脱/至少我不那么无知/我知道粮食的由来/你看我怎样把贫穷的日子过到底/并能从中体会到快乐"（《温柔的部分》）。"你的手搁在我身上/安心睡去/我因此而无法入眠/轻微的重量/逐渐变成了铅/夜晚又很长/你的姿势毫不改变/这只手象征着爱情/也许还另有深意/我不敢推开它/或惊醒你/等到我习惯并且喜欢/你在梦中又突然把手抽回/并对一切无从知晓"（《你的手》）。"我记得摸出烟来抽/四只手罩住的火/记得我们刚刚还在湖上/完全是即兴的/我记得/现在我们已经来到大路上"（《在玄武湖划船》）。对个人经验的发掘，对人与人关系情境的微妙分析，对氛围、状态、动作、色调的准确把握，使得韩东这一阶段的诗在切入生活的现场，在接近实际的生存，在开发并表现对日常生活的体会、敏感和认识方面，都有独特的发现。他的从小处着手、从细微处进入的展开方式，他在一个充满阐释可能的地方果断停住、绝不流连的控制力，他在言说过程中左右腾挪、从容转弯的悠然风度，对还原日常生活和日常体验这一向度的口语诗，有着示范和引导的作用。但韩东的不同凡响之处还在于他对准确性，甚至精确性的重视。“不大的山少量的雪/天亮以前仅有的一切/下来再也不能上去”（《天亮以前》）。“一只圆盘从他的手中飞出/一只圆盘不断地像无数只圆盘/从他的手中平缓地飞出”（《飞盘》）。“我注意到林子里的黑暗/有差别的黑暗/广场一样的黑暗在树林中/四个人向四个方向走去造成的黑暗”（《一种黑暗》）。他的诗，有时竟有一种“公理”般的简洁和无须推导但又不容置疑的“霸气”，但他的语式却又随和、亲切，很难觉察到什么“强迫性”。他自称“从感官到语言到具体情况情境”是他完成一首诗的时间次序，而“从接近事物开始接近真理”也是他的目标，在这里，真理和事物及生活本身几乎是同义词，在韩东看来，“诗歌是某种单纯而浓缩的东西”，“诗歌的方向是自上而下的”，诗人能做的，只是“等待和顺应”，所以“诗是诗人们放弃自我的结果”，“需要腾空自己，像腾空一个房间，不抱任何成见”。[①] 也许正是因为这种退让的、谦逊的、中立的态度，他的诗才更有一种单纯、天真的气质。“我打开鞋盒穿上新鞋/每一次都走过镜子/阴天又在室内又是下午/我不能绕到谁的身边/伸出一只不平凡的脚/我在家里漫游清点/外面下着雨地面/将有害我的新鞋/白

① 韩东：《关于诗歌的两千字》，见《韩东散文》，中国广播电视出版社 1998 年版，第 168—170 页。

色的鞋面完整的鞋印/抬起放下穿上新鞋后/我的小腿直想动弹/不必说冬天我独自一人/现在我真愿意去路口站岗/让人们向我的鞋子/敬礼"（《向鞋子敬礼》）。而对基本、单纯的词的喜欢，对包含具体之物的抽象的喜欢，也使韩东的某些诗有一种寓言效果："大地上只有两个人的时代/或者稍后大地上的人类仍然稀疏/生长在山谷间而让另一些山谷空着/每一次都发现北方以北/南方等于时间概念昨天/我赶着一头牛在耕作也是旅行/我去别人的田地上收获/庄稼不分彼此也没有标记/那时候每一根光线都不弯曲/牵动下巴使我们往天上的事物/离战争还有一万年末日还有两万年/我在大地上行走跟着牛不超前"（《大地上》）。在口语诗发轫和形成的初期，韩东能够选择这样一种限制而不是扩张的写法是让人多少有些意外的，他良好的直觉和艺术禀赋，大概使他较早地意识到自己才能的限度，他的不夸张、不渲染、不引申的冷静，他的直观、直接、直面现实又直指人心的确切性，他的完全排除了虚泛辞藻、干净、简省、有力，在语法意义上也是标准无误的现代口语，还有他训练有素、直抵本质的哲学思维，都使他成为广受瞩目，却也难以模仿的一位诗人。

三

韩东不是固守某种诗歌风格的人，他忠实的是自己的内心。进入 20 世纪 90 年代以后，伴随着社会的转型和变更，韩东的诗歌也开始了某种调整。他的观察和透视更加冷峻，他的情感也更丰富复杂，他的风格的个人性也更加强化，从某种意义上说，他的公共性反而有所降低，他的诗与公共经验、普遍感受的重叠和可交换性减少了。这是他的《甲乙》："甲乙两人分别从床的两边下床/甲在系鞋带。背对着他的乙也在系鞋带/甲的前面是一扇窗户，因此他看见了街景/和一根横过来的树枝。树身被墙挡住了/因此他只好从刚要被挡住的地方往回看/树枝，越来越细，直到末梢/离另一边的墙，还有好大一截/空着，什么也没有，没有树枝、街景/也许仅仅是天空。甲再（第二次）往回看/头向左移了五厘米，或向前/移了五厘米，总之是为了看得更多/更多的树枝，更少的空白。左眼比右眼/看得更多。它们之间的距离是三厘米/但多看见的树枝却不止三厘米/……只是把乙忽略得太久了。这是我们/（首先是我们）与甲一起犯下的错误/她（乙）从另一边下床，面对一只碗柜/隔着玻璃或纱窗看见了甲所没有看见的餐具/当乙系好鞋带起立，流下了本属于甲的精液。”这首篇幅较长，句子也较长的诗与韩东过去创作相比属于一个异数，它不动声色的叙述近乎科学说明，也让我们想到20世纪80年代“非非”的某些作品，韩东以罕见的耐心和不疾不徐的速度向前推进，在我们已经接近麻木和疲惫的时候，在最后给予我们轻微但锐利的一击，而整首诗则因为这有力的煞尾重新焕发了活力。这种没有立场、没有褒贬、没有判断的诗在20世纪80年代是不可想象的，因为当时的解构是由明确的反向的理念或者倾向支撑和支持的，而此时作者宁愿退居一旁，只让一个无感情、无态度的主体近乎“自动”地言说，近乎枯燥地言说，这是一种更客观和更成熟的认识论吗？我们只能揣测。而韩东的语言也增加了书卷语的成分，出现了意象的、象征的成分：“我滞留在四壁的阴影里不点灯/眼睛张开窗户张开。我吐出/对面大楼上的灯火，我叙述/灿烂火红的夜晚。你神奇深奥的喷火者/我是我的提着红色灭火器的虚无的消防队员”（《华灯初上》）。“发光的海盐擦亮沉船/在岁月深处点灯/鲸的脂肪，和下面的石油/红色的珊瑚礁附近死者的灵魂幽暗”（《纪念》）。如果说韩东以前的诗歌是“顺着语感滑翔”（韩东语）的话，这种亲切、顺畅、令人愉快的感觉到现在就开始转变了，用他自己的话说，可供平衡的因素增加了，“比如阅读的阻力、空白、跳跃，甚至匮乏和败笔，都是平衡的因素。这些因素在情绪的引力下各就各位，达到天然有效的平衡，当然是至上的境界”。“诗人写诗时，每一个词除了声音的因素，还有它的意义、联想可能以及在不断使用时产生的歧义，甚至还包括它的形状、排列位置。”① 但这种美学上的繁复考虑毕竟带有太多难以与人互换沟通的私人趣味，也增强了阅读的困难。这些诗的传布和影响受到限制，也就是很自然的事了。韩东在20世纪90年代的力作应该是《南方以南》组诗。这组写于经济特区的诗里面再次显示出韩东处理复杂经验和感受时的明彻和尖锐。“对历史无知者横渡现实之伶仃洋/会使你晕船，在教科书以外/船尾的飞沫像白孔雀尾巴盛开/曹辉的午饭在他的腹中剧烈地翻滚/而一片白色的药片使我的心平静/中间状态的人在舱内昏睡/马达均匀的轰鸣外套古老的涛声/我们的船抚摸着伶仃洋、切开了伶仃洋/……因为她的胃正呼应着伶仃洋/不像我那么敏感，但有/更值得纠正的痛苦表情/她的红西服也蒙尘、起皱/并手握相当粗的铁管栏杆进入了底舱/哈，白茫茫的伶仃洋也不是爱情的海洋”（《横渡伶仃洋》）！“我欣赏她编织的谎言/理解了她的冷淡/我尤其尊重她对金钱的要求/我敏感的心还注意到/厚重的脂粉下她的脸曾红过一次/我为凌乱的床铺而向她致歉/又为她懂得诗歌倍感惊讶/我和橡皮做爱，而她置身事外/真的，她从不对我说：我爱”（《在深圳的路灯下》）。这时候的韩东，对历史、人性和自己都有了更充分和更透彻的理解，他

① 参见《韩东采访录》，见《韩东散文》，中国广播电视出版社1998年版，第284—286页。

的诗也变得更包容、更大度也更随意。但在同时，另外一种情绪，一种虚无和悲哀的情绪，一种怀疑和幻灭的声音，一种对自己也严加解剖和审视的倾向（这些东西可不容易引起共鸣），也一再贯穿在他的诗里："我的头脑在某个地方睡不着/所以我认为自己总是醒着/我认为你来到了我的怀抱/我用我身体的感觉和空气欺骗了我自己/我将我的手伸给你，却被睡梦接收了/所以我愿意在醒着的时候睡去"（《片章》）。"爸爸，只有你知道，我的希望不过是一场灾难/这会儿我仿佛看见了你的目光，像冻结的雨/爸爸，你在哀悼我吗?"（《爸爸在天上看我》）"不渴望爱情/也不渴望其他/也不以不渴望的方式渴望着/请听幻灭者那平静的讲述//讲述我们都是尘埃/单独的和堆积成山的/幽灵般漂浮不定的和/嵌入眼目中坚硬的"（《讲述》）。这是很少或未曾出现在我们诗歌传统里的经验和心理，它的抽象性，它的深度，它的自我追究、自我拷问、自我折磨的习惯，它的固执己见和一意孤行，使得在某种程度上它成了难以索解因而也难以接近的诗歌。但这可能也正是它的价值所在，诗歌本来就不是在大众中争取公约数的，它感动的只是少数人，少数有着奇妙的心灵共振频率的读者。

进入21世纪以后，韩东的诗歌似乎出现了某种"复归"的迹象，即向早期那种简单、简洁的口语诗复归，但这与当年又有很大的不同，早期诗里隐含的意义、隐含的挑战的对象似乎都已消失，它们只是简单的片段、情境或者感觉，或者可以说，它们是关于说法的说法，关于语言的语言，是一种类似"元诗"的东西："他摇晃着一棵树/使之弯垂/甚至还抖落了几片叶子/像一阵风暴/其实是一个醉汉//在这条街上，其他的树/静静地立着/没有喝醉的人/沉稳地走着/并侧目而视"（《他摇晃着一棵树》）；"血，在便纸篓里/新鲜的，殷红的/在山顶洞人时代/它滴落在裸露的石头上/新鲜的，殷红的”（《月经》）；“年轻的时候/像国光苹果/多年以后/像橘子皮/只有现在/是肉的”（《我的皮肤》）。率意为之，随机而动，不在乎什么内涵，甚至也不再讲究什么语感，但却达到了某种“本真”。韩东是在寻找只有他自己适合、只有他自己能够运用的言说方式，作为有着深厚诗学积累和非凡创造力和影响力的资深诗人（21 世纪以后，他的很多精力投向了小说，他的长篇和短篇小说都很有影响，他还参与了一些艺术活动，如拍电影等），韩东有着足够的坦然、自信和洒脱。

附　录

韩东《这些年》

这些年，我过得不错
只是爱，不再恋爱
只是睡，不再和女人睡
只是写，不再诗歌
我经常骂人，但不翻脸
经常在南京，偶尔也去
外地走走
我仍然活着，但不想长寿

这些年，我缺钱，但不想挣钱
缺觉，但不吃安定
缺肉，但不吃鸡腿
头秃了，那就让它秃着吧
牙蛀空了，就让它空着吧
剩下的已经够用
胡子白了，下面的胡子也白了
眉毛长了，鼻毛也长了

这些年，我去过一次上海
但不觉得上海的变化很大
去过一次草原，也不觉得

天人合一
我读书，只读一本，但读了七遍
听音乐，只听一张 CD，每天都听
字和词不再折磨我
我也不再折磨语言

这些年，一个朋友死了
但我觉得他仍然活着
一个朋友已迈入不朽
那就拜拜，就此别过
我仍然是韩东，但人称老韩
老韩身体健康，每周爬山
既不极目远眺，也不野合
就这么从半山腰下来了

这首诗是韩东 2002 年的新作，跟他早年那些名气更大的作品一样，还是说话的诗歌。要说变化，也许就是“字和词不再折磨我/我也不再折磨语言”，（有过这样的事吗？）但那种迷人的口气，那种寥寥数笔就构造起一个自足世界的非凡能力，甚至那种漫不经意的随便间隐含的傲慢，一如其旧。

大概一般政客、小文人和庸众们会感到奇怪甚至吃惊（上海的变化不大？在草原居然没有天人合一？不对啊，这人准保有病，地球人都知道的事情他竟敢不知道），但这就是诗，这也才是诗人（可能很多年以后人们才会恍然他才是对的，诗人的“对”在深处、在未来），这就是诗人灵魂的分量和灵魂的质量。

第六章

像一列火车那样

——"他们"诗歌简论

《他们》是一份民间文学刊物，1985 年创办于南京，截至 1995 年，一共出过 9 期。在口语诗的历史上，《他们》起到了极大的作用。一方面，"他们"贡献了最杰出、最重要的诗人和诗歌，另一方面，"他们"对口语诗的诗学理论建设、口语诗的尺度，口语诗的路向，也有着决定性的影响。

因《他们》而聚集的"他们"并不是一个组织，前后 10 年的时间，人员进出流动，但韩东作为实际上的主编和"灵魂"人物，他对诗歌的理解和个人趣味对刊物有很大的影响。刊物也始终保持一贯的风格和品位。所以，把"他们"作为一个诗学追求近似，诗学观念相容的松散群体，应该是可以成立的。

韩东在后来指出，"他们只是一个交流平台，一个沙龙，一种氛围。"① 但就是通过这个平台，这个沙龙或这个氛围，"他们"提供了一种写作的可能，一种口语的方式，一种诗歌的道路。用诗人丁当的话说："《他们》的出现提供了一个参照系，

---

① 韩东：《关于他们及其他》，见《他们》，2003 年 12 月。

对诗人的写作起了积极的推动作用。当时我就说过，为《他们》而写作。这种方式使很多诗人的才华得以释放。而且《他们》在当时尤其是与众不同的，它是纯粹的作品，而许多民刊就像旁边摇旗呐喊的角色。《他们》使那些可能优秀的诗人成长为优秀的诗人。不仅如此，可以说，他们启发了一代诗人。”①

“他们”并没有提出过明确的纲领或主张，在1986年的两报大展上，韩东执笔的宣言如此写道：“我们关心的是作为个人深入到这个世界中去感受、体验和经验。我们是在完全无依靠的情况下面对世界和诗歌的。现在我们的身上投射着各种各样观念的光辉，但我们不想，也不可能用这些观念去代替我们和世界（包括诗歌）的关系。我们不会因为某种理论的认可而自信起来。认为这个世界就是真实的世界。”“他们”诗人不是根据什么诗歌理念走到一起的，他们因为作品相遇，又通过作品交往，更通过作品相互启发，也通过作品分别建立起各自不同的说话态度和说话方式。这是更信赖文本的力量的诗歌圈子，他们向20世纪80年代的中国先锋诗歌运动贡献的，也主要是文本的力量。至于以后韩东提出的“诗到语言为止”、“三个世俗角色之后”，“第一次抒情”；于坚提出的“语感”、“从隐喻后退”，等等，也只有联系他们的作品，深入到他们作品的内部才能得到理解。他们的共同倾向是逐渐显露的。他们强调诗歌的语言构成性质，更倾向于从具体、客观、自己特定的语言出发，更注意诗歌与日常生活的关联，更注意如何写而不是写什么。他们与过去那种高蹈、升华、站在虚构一边的国家象征体系不同，呈现出下倾的姿态。“他们”的诗歌更关注存在和生命的真相，“他们”是普通

---

①　参见《丁当现场访谈录》，见丁当诗集《房子》，河北教育出版社2002年版，第126页。

人的诗歌，“其姿态是反讽、富于幽默感和谦卑的，其朴实无华的感情反对无病呻吟和矫揉造作，其语言更侧重口语、肉感、感受性、具体、动作性、客观叙述、叙事性，注意散文、戏剧、小说的因素与诗性的结合”，“使汉语重新成为一种生活的语言、富有幽默感和具有解构性和颠覆性的语言”。①

但是，“他们”诗歌的倾向也招致不少批评。最有代表性的是理论家朱大可。他认为：“他们在怀疑种族神话和英雄美学的同时，向一切平庸的事物妥协，成为加入市民意识形态的新阶层。”“这是在灰色光线笼罩下所发生的事件，即以生活态度对艺术态度的取代和僭替，它的犬儒主义哲学最终消解了诗歌至上的神话。”“在激情、信念和想象力尽悉湮灭的时刻，只有猥琐的日常经验和语言‘尴尬’地剩下，然而它们居然成为构筑市民诗歌的新颖材料。”② 而旅美学者杨小滨则把“他们”指为“顺世者”，即“游荡于日常生活之中，但却是被日常生活淹没的，认可了甚至内在地赞美了这种生命在日常生活中的崩溃的”，“把现实的冲突和荒诞转化为日常语言的愉快絮叨”。“舍弃个体及个体的判断力，把自我物化到处在于自我的大众群体中去，在那里，‘生命’只是一个集体的东西，是盲从的祭献品。”③ 显然，这些批评还是建立在精英意识和浪漫主义美学基础上的。他们不明白，贬损、回避、疏离现实正是浪漫主义美学溃败的原因，而对现实的估量、批判和超越，恰恰需要长驱直入，需要进入它的内部，这实际上需要更大的自信、勇气和智慧。而且所谓现实也并非铁板一块，长期为主流意识形态压抑着

① 于坚：《关于中国当代诗歌》，见《中国诗人》2003年第4期，第195页。

② 朱大可：《燃烧的迷津》，见《聒噪的时代》，湖南文艺出版社1998年版，第19—20页。

③ 杨小滨：《历史与修辞》，敦煌文艺出版社1999年版，第135—136页。

的民间现实里，未尝不蕴涵着生命的元气、活力和健全常识。所以，起码的事实是，不是那些假装对现实、现场、现状不屑一顾的虚构派和高蹈派，而恰恰是“他们”这样的诗人和诗歌，对现实进行了深入的勘探和真正的承当，并在此基础上，进行了美学的和诗歌的超越。

下面我们就对几位重要的诗人进行一番巡礼式的简单评述（于坚、韩东已有专论）。

丁当

丁当（1962—　）是一个写诗时间不长，作品数量也不算多的诗人，但却是一个有着广泛影响的，在第三代里备受瞩目的诗人，这不能不归结为他独特的个人魅力。

丁当的诗特别善于勾勒20世纪80年代初期他自己、他的朋友圈子的处境和心境。“你在没有时间的地方/你在不是地方的地方/你就在命里注定的地方/有时候饥饿/有时候困倦/有时候无可奈何/有时候默不作声”（《房子》）。有些无聊，有些无奈，又有些憧憬，还有些莫名的惆怅和感伤。“那一年你流落异乡/一头长发满脸凄凉/普通话说得又酸又咸/怕洗衣服穿上了人造皮革/有时上大街逛逛/两只眼睛饿得滴溜溜乱转/咽不下馒头就夹上半包味精/半夜还撅着屁股给老婆写信/闲腻了就和我切磋切磋拳脚/女学生敲门你吓得不知所措”（《收到一封朋友的信怀旧又感伤》）。“你说起，小时候/偷了家里的铁锅去卖/吃足了冰棍，又拉肚子/结果一顿巴掌，两斤蛋糕/你的头发长了，短了/我的脸色好了，坏了/把一部电影共享/又将一瓶啤酒分开”（《故事》）。自然、平易、随便但也暗含节奏的口语居然有这样对人物、事件、情绪、氛围的表现力。丁当说："我对我自己作品的要求就是哪怕有些句子不完美，有些败笔，但它必须具有真气。""一首诗应该具有直指人心的力量。我在写作时假想的读者肯定不只是诗人。""我的诗都是不经意地得来的。"[①] 但这样放松、这样听任"真气运行"的状态和方式反过来又保证了它的准确性，它的给人深刻印象的音乐性。有时候他的节奏有着打击乐式的推进感和节拍感："一瓶酒一把鼻涕一把泪又想起一桩旧事/一生未娶一个康德一个安徒生一辈子怎么过令人难过/一双皮鞋一个小巷一个老婆一蹬腿就是一辈子/一个星期天一堆大便一泡尿一个荒诞的念头烟消云散"（《星期天》）。"爸爸和妈妈结婚了/一个在工厂做工/一个在商店打盹/而我们/统统来到学校/端坐在木头上/用木头脑袋对准老师/把老师钉在黑板上"（《学校》）。丁当说过："我没经历过的生活，是我愿意选择的生活。"[②] 这给他的许多诗带来某种"想象性"。比方说，"我每天照常上班，对当代姑娘不屑一顾/人们议论纷纷，这家伙怎么突然变样/我下班匆忙回家，和貂蝉或西施接吻/坐在破沙发上，犹如赫赫帝王"（《背时的爱情》）。"我和你吃饭，爱人类、走很多路/读白居易/或者瓦雷里蹩脚的诗篇/所有的黄昏/你都用来写诗/脸儿蜡黄，高吟低诵/窗前的花瓶插着塑料玫瑰/而我坐着、站着、躺着/一口是烟，另一口是酒/全部心思在你身上"（《女诗人》）。"一张讣告他顿时声名大振/照片被放大像个劳模还被众人仔细研究/他被誉为圣徒吃素不嗜烟酒不沾女色/他死了以后除了他没人能够代替"（《死者》）。这种混合着自嘲、讥讽、颓废等复杂情绪的诗有着很强的概括性和感染力。丁当"在路上"

① 见丁当诗集《房子》，河北教育出版社 2002 年版，第 123 页。
② 同上书，第 121 页。

的行吟诗人的一面也是他的标志性特色："现在最好有一瓶酒，一个女人/我就可以直达人间的任何地方//我就可以在冬天，看见裙子和裙子/下面的景色。这是最重要的理由//从北方到南方，要走多远/那个傻笑的空姐，从她的一只乳房到另一只"（《乘喷气机去南方》）。可惜的是，这位热爱生活胜于诗歌的诗人，终于像兰波一样搁笔不写了（他后来竟成为中国保险业的高级管理人员，可见诗人的潜力和弹性）。在他的一首诗里，实际上他已提前向我们透露了这个信息。

为什么，我要以一个诗人的心境在此流连
而不去爱浅尝辄止的生活
汩汩涌出的黄昏，爬出我的长裤
我愿赤裸着，飞过一个又一个年代

除非我忘掉曾经有过的一切
像一只昂贵的空酒瓶　　站在黑暗内部
我多么希望在世上一事无成
这才是真正的挥霍——诗人又算什么

——《在未名湖散步》

于小韦

旷地里的那列火车
不断向前
它走着
像一列火车那样

于小韦（1961—　）这首简单的、又不太简单、有点像同义重复的诗给人以难忘的印象。他是在“他们”的中期加入的，他写的更少，但他诗歌“冷静客观的形式，简约节制的语言，和画面感很强的描写”，[①] 使他成为他们群体里一位很特别的诗人。

“那个/小女孩依在/父亲的身边/那个青年/整理着/长/长的/鞋带/很长//很长的棕色的/鞋带/她跟父亲说/没有见过/这样/长的/鞋带，她/羡慕他/有一根/好看的/鞋带/此刻，它/正穿过/一个个/孔眼”（《可以吹过草地的风》）。于小韦独特的视角标明了这个诗人独特的立场，与那些注意宏大事物的诗人不同，他的眼光落到几乎从来不为人注意，更没有进入过文学和诗歌领域的鞋带——这一具体而细小的物体之上，而他的句读法更是出乎人们的习惯和意料，一根长长的鞋带，值得用这样关注、这样惊奇、这样喜悦、这样缓慢的语气咏叹式地说出吗？这里面有一种重大的转变。“在于小韦的想象中，世界是有它‘本来面目’的，问题在于怎样使之准确地、不受干扰地呈现在我们面前。”“在具体的写作过程中，文化意味着过分的修饰、歪曲和掩盖，意味着已有的陈词滥调，它的功能充其量不过是一种‘再现’。穿越式清除文化雾障是于小韦的特殊任务。于小韦异常极端地否定了再现的意义，他被发现事物的热情所鼓舞，要求直接呈现。”[②] 于小韦的呈现，并非完全排除了个人情感判断，他的思想、他的感情，溶解在他的直觉里。他甚至认为自己是一位抒情

① 于小韦：《火车·作品简介》，河北教育出版社2002年版。

② 韩东：《第二次背叛：第三代诗歌运动中的个人及倾向》，见《韩东散文》，中国广播电视出版社1998年版，第131页。

诗人，只不过这种情感是含蓄的、内敛的、细微的。“肯定是一只/黄色的兔子吗/‘是一只/黄色的/绿眼睛的兔子’//没有再问/或者是/兔子/高高的青草/无数条河道/很多只将要/蹿出的兔子就生活/在里面”（《黄色的兔子》）。看来，只要清除了文字和文化上的种种伪饰，只要让我们重返天真的境地，我们就会发现生活中许多不为人知的秘密，也体会到人性的朴素和温暖。于小韦的断句也是他独有的贡献。“我只是凭直觉对诗的句子作长短处理，再就是我希望读者按照我的节奏去读我的诗，这样便可更好地感受我在诗中所要传达给他的东西。”①“年轻画家和他的晚餐/黑色脊背的诗集/凝固不动/妻子已被鸟群/带去很远/最后一道汤，再也/没有送来”（《直立着头发的青年画家和他的晚餐》）。在这里，于小韦让我们清楚地意识到，汉语的可伸缩、可曲折的特殊性质，口语节奏的重要性，以及说法对看法乃至活法的重大影响力。

小海

在一个早晨
我读到你的诗
我想你现在正走回家
走过一片木栅栏
推开花丛
……

① 于小韦：《一次书面采访》，见《火车》，河北教育出版社2002年版，第92页。

那扇门早已让风吹开
窗户一尘不染
诗人站在门外
这情景让我热泪盈眶
我想看清诗人的面容
可诗人此刻已经进门
可诗人此刻已经把门关上

——小海《读诗》

小海（1965— ）是一位少年天才，当他加入“他们”的时候，尚不足20岁。但他又是其中相对保守的一位。这主要是指他的取材、他的主题，还有他的言说方式。他好像是那种诗人——相信自己的直感，相信自己脱口而出的话语里自然蕴涵的诗性。“大海背靠了死亡，打着响呼噜/现在安然入睡了/时间，是一座古老的/海上的灯/在那里发光”（《K小城》）。“你看我变得如此花言巧语/善于幻想而终归现实/看见了你，我打心眼里高兴/你没变，还是老样儿/你总喜欢提起往事/在往事里你可不是什么王子”（《搭车》）。“男孩和女孩/像他们的父母那样/在拔草/……那些草/一直到她的膝盖/如果不让它们枯掉/谁来除害虫//男孩和女孩/必须弯腰拔草到午后”（《男孩和女孩》）。小海的诗，采撷自口语的片段，有时也有民谣的节奏，他不交代背景，也不讲述事件，纯然是情绪的展示，但在这情绪里，却也未尝没有复杂的感慨和深长的况味。对童年生活过的乡村的反复讲述，是他在题材上的一个持续的特点：“河水要流的/要把这些岸边的船载走/留下房屋、枯草堆、竹篱笆/光秃的树木/……这些村子的名字/很久就流传下来/而今，这些村子/只有在黄昏时/才变得美丽/人们愉快的问候声/也在黄昏/才特别响亮”（《村子》）“我必将一年比一年衰老/不变的只是河水/鸟仍在飞/草仍在生长/我爱的人/将和我一样走去//失去的仅仅是一些白昼、黑夜/永远不变的是那条流动的大河”（《北凌河》）。这种对农业文明的伤逝之情，也许，还有它更多和更大的象征意义。但不管怎么说，小海给主要以城市作为背景的“他们”诗歌注入了一种自然和清新。

吕德安

在《他们》创刊号上，吕德安（1960—　）的这首诗非常引人注目：“我们走在雨和雨/的间歇里/肩头清晰地靠在一起/却没有一句要说的话//我们刚从屋子里出来/所以没有一句要说的话/这是长久生活在一起/造成的/滴水的声音像折下一支细枝条。//像过冬的梅花/父亲的头发已经全白/但这近乎于一种灵魂/会使人不禁肃然起敬//依然是熟悉的街道/熟悉的人要举手致意/父亲和我却怀着难言的恩情/安详地走着”（《父亲和我》）。中国人特有的父子之情，被写得如此从容、饱满、宁静，却又如此微妙、含蓄、默契。吕德安有一种古典的、舒缓的、低吟的说话节奏，但里面包含的则是现代人怀旧的、落寞的、感伤的情怀。“装草的人似乎很懂得/享受这大片青草/他把草堆得很高/远看就像房子一样/……眼前还有更大块的青草/等候他下次再来/等候他记得下次再来/屈身在这绿色的怀抱”（《献诗》）。“你不要说手指/当你们相遇的时候/风儿轻轻吹拂/不要说这是凉凉的//也许事情就是这样/但你不要说——/只是当你突然怀念起什么/就请你就怀念着什么”（《吉他曲》）。吕德安自承：“有一个时期，我从民谣中意识到一种类似音乐的对位法，它可以体现在诗行的排列、词的对比和段落之间，是因为它首先意味着某种迷狂，或者说它意味着某种情感的原始状态。”“现实不是一面镜子，只有我们在它那里真正找到我们自己时它才是。”[1] 吕德安正是用他缓慢的诉说，用他笔下的小镇、渔村、昔日的场景，以及活动其间的淳朴的人和他们同样淳朴的生活，反衬出我们现代生活的急促、紧张和缺乏诗意。“当我们认定自己是从一支牧歌中被放逐出来的，现实就变得加倍残酷了。”[2] 但即使我们不进行这样的对比和联想，吕德安那些简单的，甚至略显笨拙的、一次次地重复和微妙变化的诗句，也能让我们沉静和愉快。

王寅

王寅（1962—　）是“他们”早期的重要成员，他同时也是“海上诗群”的主要作者。他的诗作也不算多，但像他的居住地上海一样，显示出某种带有异国情调的洋派。一方面他写的内容就是国外的：“英国人幽默有余/大腹便便有余/做岛民有余/英国那时候造军舰有余/留长鬓脚扛毛瑟枪有余/打印度人打中国人有余/……英国人也就是行车靠左有余/也就是伦敦阴雨有余/也就是英国人有余有余有余”（《英国人》）。“就像阳光那样，我得眯起眼睛看他/他应该有声响/不是含糊地咀嚼一片烟叶/或者蝴蝶/调羹或者碟子/落在路易丝安那州的某一棵橡树下”（《华尔特·惠特曼》）。“鹅卵石街道湿漉漉的/布拉格湿漉

---

① 吕德安：《天下最笨拙的诗》，见《顽石》，中国工人出版社 2000 年版，第 2 页。

② 韩东：《第二次背叛：第三代诗歌运动中的个人及倾向》，见《韩东散文》，中国广播电视出版社 1998 年版，第 132 页。

漉的/公园拐角上姑娘吻了你/你的眼睛一眨不眨/后来面对枪口也是这样”（《想起一部捷克电影想不起片名》）。他巧妙地把这些域外的事物、人物和知识组织起来，联想、议论、揶揄，他的诗歌里也就有了一种世界背景和世界意识。因为遥远的异域本来就是诗意的一部分。不唯如此，王寅的口语本身就似乎包含了一些译文（或者说我们在翻译外国电影里见识过的念白）的成分和味道：“想象一个大侦探沉重地走上吱吱作响的楼梯/脱下雨衣，地上满是水/想象你只乘了三站车最好只是两站/等我干掉这个最胖的中学同学/塞进他的钱包然后/然后我说雨很大我说谁也不会知道我说/请进/我很爱你是的很爱/我决心已下/一脚踹开雨水混浊的日子/默默地大声读书”（《下雨的时候》）。这种语气或者腔调有一种比我们的市井式的口语优雅和别致的特点，它的转折和变化更多，更富于对暧昧情绪的抒发和表达，它在中国也是流行在知识分子阶层的，似乎也能暗示修养和教养，甚至还带有某种清高孤傲的气质，王寅的诗也让人注意并意识到语调的特殊作用。一首漫不经心、东拉西扯，甚至懒洋洋的诗原来是可以承载许多的：“书已成为书了，我也已死去/年深月久了，都有点发灰了/他们都有点忧郁//像深色鸟的鬃毛排列得整整齐齐/好像每天室外都在下雨，深思默想/他们又埋头干什么”（《好像每天室外在下雨》）。“我们如此成功/穿越阳台栏杆穿越鸟巢/到对面那座山上/子弹也不退缩还有打开盖的酒瓶”（《我们如此成功》）。“我不是一个可以把诗篇/朗诵得使每一个人掉泪的人/但我能够用我的话/感动我周围的蓝色墙壁/……谢谢大家/谢谢大家冬天还爱一个诗人”（《朗诵》）。王寅的这些诗，他的意识、他的语感、他的处理方式，无疑对口语语言的丰富和发展提供了新的可能。

朱文

朱文（1967—　）是他们后期的重要成员。他的不同于“他们”的理工科教育背景，他的独特思维，他对强烈效果的重视，以及他诗中的20世纪90年代背景，给“他们”注入了新的活力。

朱文切入诗歌的角度总是很小，但他有办法把它扩展成一个很有辐射力和连带内容的广阔领域：“有了一块砖头，从对面飞来/将玻璃砸成四块。其中/一块留在窗框上，另外三块/摔到地面上，再次/碎成许多小块//春光明媚，全是因为孩子们的/奔跑。他们成群结队地/冲过来，欢叫声/盖过脚下玻璃‘嘎嘎’的碎裂声”（《机械》）。在措辞上，结构的安排上，细节的精确选择上，他的容纳力更强，显得漫无禁忌：“这是朋友艰难度日的城市，我/看到街道痉挛、广场蠕动。古老的/城市从清晨到傍晚不停地呕吐——/分泌液、沙子、胃和/我的几个朋友//他们慌忙地挤着公共汽车，眼睛/盯着出租车的屁股，鼻子嗅着/浓烈的发胶味，嘴里说了一句：/‘真让人心疼’”（《让我们袭击城市》）。他的想象有时候非常残酷：“婚礼现场顿时乱成一片。猫吃了耗子/老虎吃了猫，人打死了老虎，狗熊又/吃掉了人。这成了我婚礼的真正宴席。/而我的新娘趁着夜色吞吃了我青草的/新房，然后腆着肚子逃往美国。新婚/之夜，一觉醒来，我赤条条地躺在草/丛里”（《爱情故事》）。有时候又非常怪诞：“堤岸上，我已不太耐烦，时不时地/掀开衣服的下摆，用刀/刮着腹部的鱼鳞”（《唱给鱼恋人的歌》）。他似乎在寻找一种含混、坚硬、猛烈的情感效果。在平易但又似乎颇有寓言的《他们不得不从河堤上走回去》一诗里讲述的孩子故事充满了宿命感："快天黑了，水肯定很凉，/河也要变得深些，这种时候，/连鱼也不会在水里一直待下去，/去了鬼知道的什么地方。/他游不了那么远的，李兵清楚/……在船闸那，他终于爬上岸来，/一声不吭，两腿发软，/浑身却像银子一样发亮。"在他新近的作品里，他怀疑与批判的主题进一步加强，但也有了更让人伤感的吟唱性："我要叫你一声好姑娘，/并且抱紧你，不让你混同于其他好姑娘/需要你口中的空气放松我的呼吸，/需要你身体里的黑暗将我藏匿/如此集中的爱，如此散乱的心/就像寒冷拥抱奔腾的水，使之成为冰/就像炎热拥抱锋利的冰，使之成为水/我抱着你，抱紧你，抱紧你/你是我的冰美人，你是我的水性杨花，/你是我的毒，你是我的命……"（《秋风起，落叶黄》）。"美丽的躯壳带来一种幸运的生活，/别墅、汽车和精美的食物，/与财富做爱，与地位调情，/并在心里把幸运理解成唯一的幸福。//物质的高潮滚滚而来，/精神的痉挛源源不断，/两次高潮之间，些许的冷淡啊/谁也看不见"（《小戴》）。依靠个人直觉对庞杂题材的穿透，节奏感，尤其是基本词汇的并列带来的力度，使朱文的诗成为"他们"诗群里最具挑战性的文本之一（好像光是写诗也还满足不了他的巨大精力，他还是先锋小说家和先锋电影导演）。

另外，"他们"早期女诗人小君、陆忆敏的诗也独树一帜，引人注目。小君（1962—　）的诗婉转亲切，平静中含有深情，平淡中藏有执著的语调非常有感染力："爱人/我要学会过艰苦的生活/我要学会穿男人的衣服/我要变得像你的兄弟/我要和你一起流浪//我要在没人的田野里/披散开柔弱的发辫/插满紫色的小花/让你看/我还爱美/我还是个女人//我要养七八个小孩子/让他们排成一队/让他们真哭、真笑、做真人//很老很老了/我们才在没人知道的地方/找一个安静的小屋子//孩子们都大了/爱干什么就去干吧/种田，做工/流浪也行/打猎也好/我相信他们都是好人//我扶着走不动路的你/你扶着看不清天的我/每天每天走到小房子外/采回一大堆茂盛的草/让我们的小屋充满生命的味儿”(《我要这样》)。一时间她有很多模仿者，当然，这种气息又是很难模仿得到的。

陆忆敏（1962—　）的诗则敏捷机智：“纸鹞在空中等待/丝线被风力折断/就摇晃身体//幼孩在阳台上渴望/在花园里奔跑/就抬脚迈出//旅行者在山上一脚/踏松/就随波而下//汽车开来不必躲闪/煤气未关不必起床/游向深海不必回头//可以死去就死去，一如/可以成功就成功”(《可以死去就死去》)。甚至有种倜傥的风度，她似乎也受到美国自白派女诗人的某种影响，音调里有苏醒的女性意识的尖利清脆，这给当时的诗坛带来新的感觉和启迪。

中后期的“他们”还有不少诗人，也都各具特色，限于篇幅，兹不赘。

第七章

我们仅仅是生活的雇佣兵

——“非非”与“莽汉”诗歌简论

“非非”诗人群比“他们”诗人群稍晚。以1986年自办民刊《非非》为标志，在20世纪80年代的第三代诗歌运动中，“非非”以其更极端的艺术倾向和更彻底的实验精神，发挥了重要的影响和作用。

“非非”大体可以分为理论和创作两个方面，理论部分的主要发言人是周伦佑和蓝马，而创作部分的主要代表则有杨黎、何小竹、小安、吉木狼格和尚仲敏等人。

在“非非”理论的阐发上，除了周伦佑和蓝马联合撰写的一些诗学宣言外，两人实际上还是有一些分别的。比如周伦佑的兴趣更多地倾向于文化和社会学方面，而蓝马更侧重语言学和哲学方面，但又都统一到非理性和反传统这一基本的态度上。

在1986年的两极大展中，“非非”诗人的“非非主义宣言”是给人印象最深、影响也最大的一套理论，它提出了诗歌创作“非文化”的理念。

所谓“非文化”，就是要求诗人把立足点插进“前文化”的世界。这个前文化的世界，也即“非文化”的世界，它比文化更丰厚、更辽阔、更远大，更充满创化的可能。它是文化的诞生地。非非主义崇尚对这个世界的自由出入。

“非文化”这一理念的意义，首先是要诗人与世界真正接触和直接接触，即“感觉还原”，为此要摒除感觉活动中的语义障碍；其次是要使诗人的直觉体验直接和真正进入前文化的世界，获得非文化的意识，不受干扰涂抹，要摒除“语义网络”构成的种种限定，即“意识还原”；最后是要求诗歌语言承担前文化经验，这就要“非运算地”、“非文化地”使用语言，以便捣毁语义的僵死、板结和确定性，从而最大限度地解放语言，即“语言还原”。在语言方面，非非主义要求对语言施以三度程序的非非处理：第一是语言的“非两值定向化”，超越是与非价值评判，探索多值乃至无穷值的开放性，赋予语言新的表现力。第二是在诗歌语言中扫除抽象和概念化，清除推理和判断。第三是把语言推入“非确定性”，使老化了的语言因多义性、不确定性、多功能性的恢复而焕然一新。

“非非”理论所反映的，实际上还是“影响的焦虑”，只不过它把压力扩展为整个文化的。它对文化遮蔽性和压抑性的诊断和批判是有道理的，事实上，西方哲学史上卢梭的主张，西方现代主义艺术里回归原始的倾向，甚至中国思想史上此起彼伏的复古潮流，现代史上章太炎乃至毛泽东的某些思想与之也不是没有暗合与比照之处。但它不能回避的悖论在于，正是文化，也正是他们所要逃离和反抗的文化让他们意识到这些问题；而这些批判本身，正是文化的产物。当人们天真时，人们是懵懂的，当人们懂得天真时，人们就已不再天真了。这也正是“非非”不可克服的困难，当它反抗时，它是深刻的，当它建设时，它还得从反抗的对象那里寻求支援。它的写作模式更像是一种理想方案，它几乎没有多少可实践性和可操作性。但是“非非”的贡献在于，它对20世纪80年代诗歌写作的场地进行了清理，使人们更清楚地意识到我们写作的文化处境和语言处境，尤其是，它提供了一种目标，一种方向，一种新的可能。虽然很难甚至不可抵达，但它至少激发和鼓舞了朝向那一境界的努力。

作为诗人的周伦佑（1949—　）和蓝马（1955—　），也贡献了一批"非非"诗歌作品。如周伦佑的《第二道假门》、《自由方块》等。评论家李震指出："这是一个脑壳里装满了'文化'的人提供的非文化文本。""它的真正成功在于设置了一道幻化出来的文化空门，并由此进入了文化真空。"[①] 这些由诗、散文、引语、插话、绕口令、互不相干的文化的时评和图案等多种文体片段无逻辑地拼贴而成的实验诗"无疑属于一种文人自语。当然，它的再现性仍然是存在的，只是方式更奇特而隐蔽而已。"[②] 而蓝马的诗《水银张口的夜晚》、《六八四十八》，则走得更远，"在石阶上画两个等号/把十二个地方涂白/放一把椅子在边上/打开这张纸"（《凸与凹》），完全不知所云，由于它拒绝它的文化语境的意义，它当然也不能从这个语境中获得意义。这也是一个提醒。任何创作都是在一定文明和文化体系里进行的，是人类艺术长链的环节，忽视既定文化的上下文关系，结果只能是自外于和自绝于现存的文化系统，那几乎是无效的和无意义的。

真正显示了非非创作实绩的是几位在早期没有多少理论建树的诗人。其中杨黎、何小竹、小安是比较突出的代表。

杨黎（1962—　）早期的诗歌即已显示出与众不同的特点。比如《怪客》："恰巧那天夜里有雪。这家伙/侧着身子/穿一件

① 参见《艺术广角》1989年第5期，第9页。

② 王一川：《中国形象诗学》，上海三联书店1998年版，第158—159页。

黑色的风衣/挤进了所有房屋中间最矮小的一间小木屋//黑点//路边酒店里/店小二和几个喝酒的老头正在谈论怪客时/那位穿红色风衣的女人/急匆匆地走了进来/外面，雪尚未融化。”没有社会历史的内容，也没有明确的情感指向，有的只是惊险电影和悬念小说里常见的恍惚感和神秘人物。杨黎营造的，主要是场景和氛围，最后：“对于你来说/我便是怪客。”这的确是杨黎在庞大的第三代诗歌运动中的自我写照和形象定位。用韩东的话说，“第三代诗歌的共性特征——实验，几乎是由他独自给出的。”①在“非非”时期，杨黎以《冷风景》、《高处》等作品，使“非非”的某些理念，终于有了实践层面的结果和标志。“这条街远离城市中心/在黑夜降临时/这街上异常宁静//这会儿是冬天/正在飘雪//这条街很长/街两边整整齐齐地栽着/法国梧桐/（夏天的时候/梧桐树叶将整条整条街/全部遮了）”，“这是一条死街/街的尽头是一家很大的院子/院子里有一幢/灰色的楼房/天亮后会看见/黑色高大的院门/永远关着”。杨黎以一种平静、缓慢、不动声色也不厌其烦的语气，讲述着这条从夜晚到天亮、从下雪到雪停、安静的、有一个人正从街口走来的街和街景，他好像是一点点地让整条街和自己的叙述沉静下来（几处声音反而增加了静谧效果）和澄清下来（几近纤尘不染的透明），而深深浸入阅读的我们，也不自觉地让自己的心境沉静和澄清下来，所谓艺术的净化和升华，指的大概正是这种作用吧。这种低吟的、独自的、貌以客观的口语化语言其实有着催眠术般的强迫和引领作用，有一种不易觉察的吸入式的语感，这种取消诗歌抒情、修辞和铺排的成分，尽量使用名词，用“摄像机”式的眼光来观察

① 韩东：《第二次背叛：第三代诗歌运动中的个人及倾向》，见《韩东散文》，中国广播电视出版社 1998 年版，第 138 页。

和处理外部世界的诗歌深受法国新小说作家阿兰·罗布·格里耶的影响。罗布·格里耶认为人不再是小说的中心，小说的中心是物，作家的使命在于叙述自己有限的经验，创造一个更实体化更直观的世界，要体现事物原初的真实。杨黎在《冷风暴》的标题下写上“献给阿兰·罗布·格里耶”，正表明了他们的某种内在关联。但在中国当代诗歌史上，这样清除了杂质、不带丝毫烟火和浮嚣之气的清澈、透明的语言几乎是前所未有，它更趋近王国维所推崇的“无我之境”，而我们也意识到，“无我”居然也能这样诗意盎然。杨黎的实验还证明，语感或者语言效果对诗意的促发和转化的关键意义。我们看看他的《撒哈拉沙漠上的三张纸牌》：

一张是红桃 K
另外两张
反扣在沙漠上
看不出是什么
三张纸牌都很新
它们的间隔并不算远
却永远保持着距离
猛然看见
像是很随便的
被丢在那里
但仔细观察
又像精心安排
一张近点
一张远点
另一张当然不近不远

另一张是红桃 K
撒哈拉沙漠
空洞而又柔软
阳光是那样的刺人
那样发亮
三张纸牌在太阳下
静静地反射出
几圈小小的
光环

这首诗有什么意义，或者退一步说，有什么意思呢，不得而知。但我们却分明感到它难以言说的魅力。杨黎的《高处》是另一首让人意外和不知所措的作品："A/或者 B/总之很轻/很微弱/也很短/但很重要/A，或是 B/从耳边/传向远处/又从远处/传向森林/再从森林/传向上面的天空/……这夜晚多宁静/多轻/多短/又多么重要/森林上面的天空/多蓝/森林里面/又是多么黑/什么也看不见/什么也没有/什么也不曾发生/只有 A/或是，B"。如果说《冷风景》里还有一些具体事物，还暗示着某种境界的话，在《高处》，这些都消失了。周伦佑评价说："走过那条街时，他失去了思想，失去了感情甚至失去了情绪。现在，他连仅有的一点冷热感也丧失了。他一贫如洗。《高处》达到的是一种言之无物的境界。"① 这可能是一首更作用于听觉的诗，但正如瑞士语言学家索绪尔在其名著《普通语言学教程》里指出的："在语言中，既不能使语音独立于思想而存在，也不能使思想独立于语音而存在……要建立一个全靠使用和公认而赖以存在的价

① 参见《非非》第 2 期，第 136 页。

值体系，就需有群体的存在，个人无法规定任何价值。”[①] 抽空语言中的所指，这种语言连能否成立都成了问题，杨黎的这种极端探索至少标明了这种语言探索本身的不可逾越的限度。

何小竹（1963—　）以组诗《鬼城》进入“非非”的行列。“我仍然没有说/大房屋里就一定有死亡的蘑菇/你不断地梦见苹果和鱼/就在这样的大房屋/你叫我害怕”（《梦见苹果和鱼的安》）。“羊在山上跑/那人看雨从羊背上走近/于是采菖蒲的孩子//说刚才还看见/有一个太阳/菖蒲挂在木门上了/女人在洗澡/忽然想到那头牛了/两天前就生了病”（《菖蒲》）。“你不敢关门/你用鸡毛装饰窗户/窗外的月亮/是你鸡毛的脸//我不敢向你说起/那面镜子/很远的地方/有人死去/我只好把牛皮蒙在门上”（《对于巫术的解释》）。这里面的确是鬼气森然，简单、孩子气的口语后面，是巨大的阴影，它在暗示和指代着什么，我们很自然地联想到何小竹的苗族文化背景，还有那里巫师的传统，这其实已经不太“非非”了，但这种神秘主义和不可知论还是令人愉快。在接下来的《第马着欧的城》里，何小竹继续着他莫名其妙的诉说：“接过他手上的水/眉毛便失去了记忆/便有两只手横穿死亡的草地/在塔楼上下着一盘无字的象棋/地狱就在楼下/死者打着灯笼/走上山来/山顶上天空是一张亡羊的皮/最后消瘦的/白色的塔”（《死者打着灯笼走上山来》）。在这组诗里，单句是简单和清楚的，但组织在一起后，它们之间的线索、逻辑和递进关系却是断裂的，我们甚至不能形成较为清晰和稳定的感受，诗作是内部弥散的，这也预示着何小竹已经走到一个转折的关头。

---

① ［瑞士］索绪尔：《普通语言学教程》，转引自《文学批评理论》，高名凯译，北京大学出版社 2000 年版，第 115—116 页。

女诗人小安（1964—　）的诗，也许是天生不喜欢那些抽象之物和意义体系，反倒有一种更接近“非非”意味的平易自然：“你一早出门去/抽着这种烟叶/我做饭时/也能闻到/那时/表明你要回家了/我手上的动作就更快//有时候/我也偷偷抽两口/（我太累了）/绕着那小块烟叶地走两圈/每次总是又舒服又习惯……我私下里打算/翻过年去换个地方/老种这种烟叶/也够腻味的//当然/在你面前/我还是很规矩的”（《种烟叶的女人》）。脱口而出，安闲自在，句式的简捷和情绪节奏的变化真正达到了轻松，她的女性语气也消解了许多男诗人刻意的设计性。“我从那儿经过的时候/太阳还出来/我看见灯光下一张通红的脸/小尼姑/我是多么开心/谁叫你上这儿来/起这么早/也不戴顶漂亮的帽子”（《早起的尼姑》）。这里面有一种源自内心的单纯和喜悦，也带着口语本身的生趣，这种看似意义无多的诗似乎更让人注意和领略到语言本身的魅力。

经过十余年的沉寂之后，在新世纪初叶，原先的“非非”诗人杨黎、何小竹等人又组建了“橡皮”诗歌网站和“橡皮”诗歌网刊。以此为中心，一个“橡皮”写作群体开始形成，从诗学主张和主要成员构成上，我们可以把“橡皮”理解为“非非”的一种延续和发展。

“橡皮”在诗学观念上的一个调整，是杨黎提出的“废话”说。他坚持废话即是诗歌的标准。“诗歌写作的意义，比如乐趣，就是建立在对语言的超越之上。超越了语言，就超越了大限。超越语言的‘语言’，就是我们孜孜以求的、期待的废话。废话是语言的极限、盲区和‘永恒的不可能’”。[①] 何小竹也认

① 参看杨黎《打开天窗说亮话》，见《小杨与马丽》，河北教育出版社 2002 年版，第 241 页。

为，“取消了意义的表达，诗意的流露，剩下的就是诗”。[1]“反语感”，乃至“超语义”，成为“橡皮”群体的新的追求，“这样的写作无疑是一种‘极限’写作，每一次‘减法’将面临的既是‘发现’，也是‘绝境’。绝处逢生，是这种写作状态最形象化的描述”。[2]从他们新近的作品来看，杨黎增加了一些叙事性和情色感，极端的实验色彩反而有所减弱：“不要把诗写得太大了/就像不要把爱情谈得太过激烈/那天晚上，我对三个女人中的其中一个说/说完后，我们站起来就往外走”（《不要把诗写得太大了》）。何小竹摆脱了鬼气，写出了更靠近废话的“非诗”：“那天我请向阳夫妇喝茶/傍晚时又一起喝了啤酒/他说，他们住在两门茶店子方向/那里环境很好/他特别提到了芭蕉/他说，到芭蕉树下喝茶/这就是向阳的邀请”（《向阳的邀请》）。小安则还是那样轻快、简单，却有似有深意：“你要怎样才能走出去呀/把你的头/再偏向右边一点/使双手放在最正确的位子上/……你回到家里/走在大街上/身上有一种标志/与生俱来呵/你如此喜欢香蕉/而厌恶苹果”（《精神病者》）。相比之下，加入“橡皮”群体的年轻诗人们好像更能领会“废话”的真谛：“天上的白云真白啊/真的，很白很/白非常白/非常非常十分白/特别白特白/极其白/贼白/简直白死了/啊——”（乌青《对白云的赞美》）。“在长生殿/因为一个赌/我输了一条烟/我们这几个古人/像更早的古人一样/喝酒　吹牛/听音乐/还抽着我买的/牡丹牌香烟”（竖《在长生殿》）。从“非非”到“橡皮”，诗人们从诗歌目标、诗歌观念一直到诗歌语言，都带给我们极端的、极限的挑

---

① 何小竹：《加法与减法》，见《6个动词，或苹果》，河北教育出版社2002年版，第7页。

② 同上书，第8页。

战。他们的影响主要在于，对汉语诗性潜质的勘探，对诗歌和语言可以相互促发这一特点的发现，对“榨干了意义”之后的语言效果的充分实验，这些对于开辟汉语诗歌的前景，既是一种基础和限度的测量，也是一种潜力和可能的保证。

但是，必须指出，如果一味强调诗歌的语言学性质和游戏性质，（甚至是有意）抽离开其中的人性内容，那也可能让诗歌作茧自缚，限制它并且妨碍它，使之成为一条狭窄的轨道。这里面的反例是杨黎本人的近作：“这些天来/我一直住在露天/和亲人朋友们一起/斗地主、下围棋/看电视直播/打发一次又一次/余震降临前/软弱过剩的时间/说句大实话我非常怕/但却没有哭过一次/在表面的平静中/内心更坚信一个道理/与自然和平相处/基本上是人类的/一厢情愿”（《地震中想》）。“谌烟，原名陈璐/1984 年生于/湖南省衡阳市/2001 年就读/湘潭大学哲学与/历史文化学院/2004 年 6 月 3 日/服毒自杀/2007 年 5 月/我偶然读到/她的一些诗歌/其中有一首/叫《我想卖身》/是这样写的：/班长通知我/后天补交学费/四千四百元/妈的批，这是我/读完之后/脱口而出的/一句脏话/我不敢说这诗/写得真好/哪个狗日的敢说/这诗写得真好”（《为一个叫谌烟的少女而作》）。这是针对现实的典型的杨黎式的反应，饱满的诗歌，情真意切，颇具反响。可见，好的诗歌仍然是需要“内容”和“灵魂”的，“废话”和“纯诗”还要谨慎。

“莽汉”诗歌的出现是在 1984 年春天，比“非非”要早两年。把“莽汉”和“非非”放在一起讨论，不是因为他们诗学观念相近，而是因为他们太不相近了。如果说“非非”致力于清除诗歌里的主观因素（无论是理性、文化还是自身情感），那么“莽汉”诗歌则完全是自我表现的。他们的一致性在于对既定文化体系的怀疑、嘲讽和反抗，而他们的渊源还在于，“莽汉”诗歌的一些作品正是在《非非》上发表的。

“莽汉”诗人们在对诗的追求上，无所谓对现实的超越与否，忽略对世界现象或本质的否定或肯定。轻视甚至反感对“真”的那种冥思苦想的苛刻获得。诗人们唯一关心的是以诗人自身——“我”为楔子，对世界进行全面地、最直接地介入。诗人们自己感觉“抛弃了风雅，正逐渐变成一头野家伙，是腰间挂着诗篇的豪猪”。以为诗就是“最天才的鬼想象，最武断的认为和最不要脸的夸张”。[①] 这篇“莽汉”诗歌的宣言大致勾勒出了“莽汉”诗人们的写作倾向。他们那些惊世骇俗的诗句，对于温良、敦厚、高雅、含蓄的中国诗歌传统不啻是一种颠覆和冒犯，是一种破坏和挑衅：“我想乘一艘慢船到巴黎去/去看看凡·高看看波特莱尔看看毕加索/进一步查清他们隐瞒的家庭成分/然后把这些混蛋统统枪毙/把他们搞过计划要搞来不及搞的女人/均匀地分配给你分配给我/分配给孔夫子及其徒子徒孙/……我想乘一艘慢船到巴黎去/沿途我将同每个国家的少女相爱/不管是哪国少女都必须美丽/她们将为我生下品种多样的儿子/这些小混蛋长大后也会到处流窜/成为好人坏人成为杰出的人类/无论走到哪里人们都会注意他们/他们的眼睛会是黑漆漆的颜色/从滚滚的人流从任何场合/我也会加倍提防这些杂种他们是谁/他们是我的儿子我的好儿子”（胡冬《我想乘一艘慢船到巴黎去》）；“虽然我不懂事，不正派，思想是一个色胆包天的登徒子/爱上丰满的女人和纯洁的儿童总是没有合法地位/在女友眼中看来的确是不太深沉，处理事情不够老练沉着/并且常常陷入抽叶子烟的处境/但是又不愿意考研究生而改变地位/只是一股脑地写情书、写史诗，颠倒黑白/哎！我希望女人们的吻不要贴上/一块年富力强

① 参见《现代诗内部交流资料》，成都，1985 年，第 41 页。

的苹果牌商标/使我在最后感到一丝不快/见鬼”（马松《咖啡馆》）；“我要抽烟要喝酒醉醺醺地去找老丈人出气把红山茶插进他的耳朵五粮液灌进他的鼻子然后/找他姐姐请教有关感冒方面的问题/我要在红烧肉里放进大量大量的巴豆/放进十包以上的上清丸银翘解毒丸阿司匹林/她们吃完后最好把盘子也舔干净/然后把小狗叫来叮嘱它紧跟主人/干完这一切后我才去写寻人启事/谁拾到我老婆就去和她结婚”（陈东《鲜色水果》）。谵妄、夸张、故意使坏、恶作剧，嘲弄一切也嘲弄自己，亵渎神圣并在这种亵渎中体会到解放的快感，这就是“莽汉”诗歌里莽汉式的文化反抗。

正像全世界各地的青年们一样，中国青年也承受着时代的、特定环境的和特定文化的压力。在20世纪80年代早期，在敏感的大学生中，这种感觉更加强烈。这是一种莫名的、难言的、无形的痛楚，是一种贫困与轻松奇妙交织的复杂感觉，他们对大一统体制和老一套说教已深深厌倦，但又找不到信仰和寄托的替代物，他们要挣脱和反抗压迫他们的种种桎梏，却又痛感它们的无所不在，他们愤怒却没有明确具体的指向，他们只能以反抗作为自己的基本姿态和形象定位，但这种反抗是普泛的、情绪上的和倾向上的，某种程度上，这种愤怒和反抗正是他们自我确证、自我宣泄、自我疗救的寻找归属感的一种尝试。

正像李亚伟在后来指出的那样：“莽汉这一概念从一开始就不仅仅是诗歌，它更大的范围应该是行为和生活方式。”① 正因为他们对普遍的“正常”的生活采取了蔑视的、否决的态度，他们的诗中也就充满了一种对自己已有的或想要有的生活炫耀式的、挑战式的展示。这是一种波希米亚风格的、有点类似马尔克

① 李亚伟：《英雄与泼皮》，见《诗探索》1996年第2期，第131页。

姆·考利在《流放者的归来》一书中描述的格林威治村式的艺术家的生活，一种与流行的价值观念相悖的、美学原则高于道德原则、生命冲动胜于理性控制、多少显得有些放荡不羁的生活方式。它的随心所欲、任情使性甚至不负责任，是很有诱惑力和感染力的。考利指出："对于所有的艺术家来说，艺术宗教比根本没有宗教要好得多。即使他们没有足够的才能，不能成为这一宗教的圣徒或先知，这一宗教还是向他们提供了工艺质量的完美典范，这种典范实际上是道德典范，使他们在放浪形骸之外有一个坚定不移的目的。""另一方面，当艺术宗教试图成为伦理学体系、成为生活方式时，它就失败了……所有那些极端步骤仅仅在理想上是极端的，在生活上总是有后果的。试图在自己周围创造一个真空的年轻人终于会发现他忍受不了。""一个关于艺术的新概念正在取代那些认为艺术是无目的、无用处、完全是个人并永远和愚蠢的世界相对立的思想。艺术家和他的艺术又成了世界的部分，产生于世界，并且也许能影响世界；他们又承担了早先的，而且是必不可少的任务，即揭示艺术的价值并使之更具有人的特征"。[①] 但所谓"莽汉"，毕竟主要还是想象中的、诗歌中的莽汉（莽汉行为即或有之，想来也不是根本的方面，尤其不是我们的研究所要关注的问题）。他们的贡献，还是在于给诗歌带来了无所顾忌的青春活力和一种来自民间的、元气充沛的一种粗放的气质。"莽汉"的作者多为在校和离校不久的大学生。作为受到良好教育的诗人，他们反文化的语言其实也还是一种较为书面化的"文化"语言，但他们糅合了口语，特别是粗鄙的口语；拉长了句子，使之成为一种多音步的、起伏不定、摇曳多姿、尤

① ［美］马尔科姆·考利：《流放者的归来》，张承谟译，上海外语教育出版社1986年版，第254—256页。

其适于朗诵的句式；加强了其中情感的力量，经常是把愤怒与忧伤、疯狂与颓废混合在一起，形成强烈的效果；还有贯穿其间的幽默感，这似乎是川人特有的一种眼光和言说习惯，敏感于他人、自我和生活中荒诞、悖谬的因素，并给予辛辣的、喜剧式的处理。莽汉诗歌，在题材上、态度上、语言上给当时的诗界带来轰炸般的影响，也给口语诗增加了一种叛逆的、个人色彩浓烈的、滔滔不绝的、语不惊人死不休的奔放感和自由气质。

提到“莽汉”诗歌，不能不提到李亚伟（1964— ），作为主要的、代表性的、作品量宏大的诗人，他使“莽汉”诗歌具备了某些经典意义并使自己成为“莽汉”诗歌的一个象征。

若干年后你要找到全世界最破的
一家酒馆才能找到我
有史以来最黑的一个夜晚你要用脚踢
才能发现
不要用手摸，因为我不能伸出手来
我的手在知识界已经弄断了
我会向你递出细微的呻吟
现在我正走在诺贝尔领奖台的半路上
或者我根本不去任何领奖台
我到底去哪儿你管不着
我自己也管不着
我现在只是很累，越累就越想你
可我不知你在哪儿，你叫什么名字
你最好没名字
别人才不会把你叫去
我也不会叫你，叫人的名字没意思

在心中想想倒还可以

我倒下当然不可能倒在你身边
我不想让你瞧不起我
我要在很远的地方倒下才做出生了大病的样子
我漫无目的的流浪其实有一个目的——
我想用几条路来拥抱你
这比读一首情诗自然
比结婚轻松得多

别现在就出来找我
你会迷路走到其他男人家中
世界上的男人有些地方很像我
他们可以冒充我甚至可以做出比我更像我的样子
这很容易使心地善良的女孩上当

你完全可以等几年再来找我
等我和钢笔一起倒下的时候
你别着急，尽量别摔坏身子
别把脚碰流血了，这东西对活着的人很有用处
我会等你
地球也会停下来等你

——李亚伟《给女朋友的一封信》

比较起来，在众莽汉中，在对时代和背景氛围的描述和渲染，在对同伴和自身形象的刻画和勾勒，在对情绪的宣泄和控制中，还是李亚伟来得最为确切、最为饱满，也最为感人：“中文

系是一条撒满钓饵的大河/浅滩边，一个教授和一群讲师正在撒网/网住的鱼儿/上岸就当助教，然后/当屈原的秘书，当李白的随从/然后再去撒网//有时，一个树桩般的老太婆/来到河埠头——鲁迅的洗手处/搅起些早已沉滞的肥皂泡/让孩子们吃下，一个老头/在讲桌上爆炒野草的时候/放些失效的味精/这些要吃透《野草》、《花边》的人/把鲁迅存进银行/吃他的利息/……大伙的拜把兄弟小绵阳/花一个月读完半页书后去食堂/打饭也打炊哥/最后他却被蒋学模主编的那枚深水炸弹/击出浅水区/现已不知饿死在哪个遥远的车站/……中文系就这样流着/教授们在讲义上喃喃游动/学生们找到了关键的字/就在外面画上旋涡画上/教授们可能设置的陷阱/把教授们嘀嘀咕咕吐出的气泡/在林荫道上吹过期末//教授们也骑上自己的气泡/朝下漂像手执丈八蛇矛的/辫子将军在河上巡逻/河那边他说/'之'河这边说'乎'/遇到情况教授警惕地问口令：'者'/学生在暗处答道：'也'/中文系也学外国文学/着重学鲍狄埃学高尔基，在晚上/厕所里奔出一神色慌张的讲师/他大声喊：同学们/快撤，里面有现代派"（《中文系》）。这首传诵甚广的名作在一定程度上似乎可以作为"莽汉"正当性的辩护词。李亚伟自承："我们仅仅是生活的雇佣兵/是爱情的贫农/常常成为自己的情敌/我们不可靠不深沉/我们黑质而白章，触草木尽死/提防我们哪，朋友/我们是不明飞行物/是一封来历不明的情书/一首平常人写的打油诗"（《硬汉们》）；"我有无数发达的体魄和无数万恶的嘴脸/我名叫男人——海盗的诨名/我绝不是被编辑用火钳夹出来的臭诗人/我不是臭诗人，我是许许多多的男人/我建设世界，建设我老婆"（《我是中国》）。他的散漫、洒脱、感伤、愤怒、讽刺、自嘲也有着更丰富的细节、层次和方向，这一切又被控制和平衡在一种有着独特停顿和换气感的长句之中："我的脑袋在诗句中晃过我的身体在一片金秋天下朝你出发/好季节啊这地球长满酒店老板肥而又壮/来一场大丰收我真想/迅速溜遍中国/把日子混个透/……中国实际上是一个/调皮捣蛋的国家想到自己是正经八百的中国人我心里/直乐狠狠拐过下午一下子拐得太猛迎面跟/单位领导撞个满怀他表扬我上班准时打算封我/为第 108 名理事这家伙在古代大概是宋江这宋江/心里也明白如今青年都想做一把手不停地拉帮结党建立/公司创办流派宋朝的办法已经不行想当初/那边的老哥们发明了火药罗盘之类历史老师们骄傲极了/没多久火药到了八国联军手里弄得俺曾祖们那批京津青年/挨了一顿好揍哥伦布及后来的洋哥们把罗盘借去轰轰烈烈/地航海走得好远今年夏天我勒了很久的腰带处加对/哥们姐们多次敲诈勒索方才走到武当山的半腰在那儿/还有几个老爷子拿着罗盘查看风水呢!”(《我和你》)。他把现代汉语曲折、变化的表现力推向了极致，也成就了别人无法模仿和替代的“李亚伟式”的诗歌风度和说话风格。

“莽汉”诗歌很容易让人联想到 20 世纪 50 年代美国的“垮掉派”诗歌，但实际上当“莽汉”们接触到“垮掉派”诗歌时(1985 年以后)，他们的诗歌已经成型并成熟了，他们只是在精神上、气质上、姿态上互为盟友并彼此参照。他们也没有垮掉派坚持的时间那么长（“莽汉”诗歌在 20 世纪 80 年代中后期即已风流云散)，造成的影响那么大（只是在中国，在口语诗的领域和大学生的范围之中)，但这些 20 岁出头的年轻人，以近乎挥霍的方式，展示了他们独有的焦灼、痛苦、反抗以及浪漫主义精神，他们粗野的、坏孩子式的语言为 20 世纪 80 年代的中国诗歌带来了猛烈的冲击、活力和元气，并使自己成为青春或者 20 世纪 80 年代的某种标志和代表。

附 录

杨黎《旅途》

有一个小女孩
被汽车轧死了
就那么轻轻一下
她就躺在
路的中间
有少许的血
从她身上流了出来
她的父亲正从前面跑来
她的母亲趴在她的身上
已经无法哭出
许多人
围在四周
交通顿时阻塞
来往的汽车在两边
停了长长一串
我恰好在其中一辆车上
我得赶到那边去
坐开往远处的火车
但小女孩躺在路中
没有哪一辆汽车
敢从她的身旁开过去

那是郊外
一个普通的下午
阳光明亮而又温暖

写过《冷风景》的杨黎当然有纯净和透明的语言，它能够让人镇定下来和沉静下来，这是他独有的贡献。但这位“袍哥”未必没有自己的世界观和方法论（老大不是那么随便能当的），这才是诗歌的“魂”啊，这首小诗可谓代表。

旅途，既是真的旅途，当成象征也未尝不可。悲剧（这个词重了，杨黎正是要把它写得普通和日常）而不动声色，平静中人们各行其是，而死亡之上阳光温暖明亮，其间几种视点难以觉察的巧妙转换，但又有现代的冷和“酷”，不铺张、不渲染也不引申，让我这个后来的阐释者也理屈词穷，这就远不是什么“非非”或“废话”所能涵盖的了，或者说好诗都有这种挤破和溢出分类法和既定概念的力量。

第八章

我要把它全买成炸药

——伊沙诗歌简论

1990 年，正值 24 岁本命年的诗人伊沙（1966— ），写出《饿死诗人》一诗。在诗中，他以一种决绝与决裂的方式，向现有诗歌秩序发难并挑战。因为“你们”，他宣判——“那样轻松的”“复述”，是无艺术难度，无独特发现的惯性写作，而“你们”复述的农业，更是一种与自己的生存脱节的、充满错乱和悖谬的虚拟：“城市最伟大的懒汉/做了诗歌中光荣的农夫。”所以，他呼吁：“饿死诗人。”这在不期然间预言并命名了一个时代，那种建立在农业社会基础上，以虚幻抒情为主要手段的诗歌已经失效，已经快作废了，诗人倘若不想被饿死，必须开辟新的空间。这首以后变成谶语式经典的诗歌也显示了伊沙的个人特点——把话说绝并以“艺术的杂种”自名，的确，这正是以后他的个人特征和个人命运。

一

20 世纪 90 的代，对于中国人来说，的确是一个深刻、广泛的迅速变化的时期。前所未有的新现象，前所未有的新经验，前所未有的新的矛盾和新的震撼，不断困扰、刺激和压迫着这个古老民族。尤其是，这多半是一些在既定文化和文学传统之外的，从未被处理和经历过的事物，这也成为摆在诗人面前的难题。一种策略采取的是视而不见的鸵鸟态度，继续在风花雪月的传统里抒情，即已被伊沙宣判饿死的那一拨儿，另外一种，则是以某种高傲的姿态，自以为是地对抗时代。但对抗也是有条件的，它需要深入、知己知彼的碰撞和摩擦，保持距离未必是有效和有利的。的确，诗人们需要学习，需要知道自己的环境，知道自己的处境。而最好的方式，就是研究它、描述它、深入它、观察它。可以说，诗歌的 90 年代，伊沙正是一位突出的、敏锐的记录者和阐释人。

在伊沙的第一本诗中《饿死诗人》里，仅看标题我们就会惊讶他的题材——他选择题材的挑战性：结巴、占卜大师、野种、夜行者、假肢工厂、日本妞、强奸犯、阳痿患者、危楼、叛国者、女囚、烟民、收尸者、太平间、愚人节、蚁王、案件、废品店、侏儒岛、色盲、乞丐王、老狐狸，快乐小丑，等等；而在以后的诗集里，又有模特、电脑、使馆区、中国朋克、食素者、方程式汽车大赛、公共浴室、菜市场、京剧晚会、动物园、酒鬼、国际象棋人机大战、发廊、球迷、嫖客、窃听者、朋友家的厕所等进入他的视野。显然，在不成文的文学等级里，特别是在诗歌版图里，这些闯入者显得粗暴、可疑，来路不正又身份卑贱，这是为以往的诗歌秩序排斥和拒绝的，不被认可更不能接纳的毫无诗意甚至反诗意的事物，这是异类和另类，但这也是 20 世纪 90 年代中国的现象学。伊沙选择这样的出发点，倒也不是什么草根底层，而是被主流指认的所谓“边缘”，是有问题的有毛病的灰色领域，光照从未抵达，知识分子不屑一顾也无缘领略的地方，但这也正是我们的基本处境，我们生存的真实现场。他讲述、他介绍、他引领，津津乐道又洋洋得意。他的眼光，他的趣味，他的说法确乎与众不同。很难想象，出身高级知识分子家庭，毕业于北京师范大学，接受过良好教育的伊沙何以会以这样一个“陌生”的世界来震惊诗坛并激怒读者，也许是青春期的叛逆心理，抑或是对正统诗界的厌倦，但恐怕都还不尽然。大概是他意识到“边缘”的、另类的世界和生活本身，即是它无须辩护的存在理由，它们自有其自身的世界观和方法论，那是另一种知识，另一种思维，另一种方向，相对于各就各位、安排就绪的主流社会，相对于已沦为程式和套路的文学规范，这些混沌、粗野和粗放的“无名”社会，反而有一种原初的、本然的，更贴近生存和生命的生机勃勃、喜气洋洋的智慧。生活大于理念，更大于狭隘的文学，生活同时也是生活的知识、生活的状态、生活的态度。所以，伊沙在此吸取的乃是生活的元气，这是构成一个诗人动力结构的基本要素。而且，它们也帮助伊沙发现并意识到自身蕴涵的这种旺盛、健康的生命活力。这些题材本身，就已具备了造反的、起义的、革命的品质、就已具备了刺耳的、刺目的，咄咄逼人的、乱糟糟的特性，同时也具备着一种热闹的、狂欢的、明亮的民间喜剧精神。

这几乎是世界文化史和世界文学史上常见的“痞子与绅士”故事的翻版。在代表等级、秩序和既得利益的“绅士”们看来，缺乏教养、张牙舞爪、横冲直撞的“痞子”简直就是一种亵渎和破坏，是一场灾难。但令他们吃惊和窘迫的是，他们的“完美”、“高雅”居然不堪“痞子”们的轻轻一击，而“痞子”们那些生气旺盛、粗糙甚至“反动”的作品反倒很快登堂入室，进入新的经典和传统的行列。这曾经是拜伦的经历、济慈的经历，也是伊沙的经历。他的那些“非诗”的诗歌，带着压抑不住的力量，迅速招来非议和批评，也招来大量的追随者和模仿者，并形成了一种新的、声势浩大的诗歌潮流，成为不容忽视的诗歌现象，使得先锋诗歌的内部格局、关系和方向发生了变化。

二

苏珊·桑塔格在《文字的良心》一文中指出："作家的首要职责不是发表意见，而是讲出真相"，"以及拒绝成为谎言和假话的同谋。文学是一座细微判别和相反意见的屋子，而不是简化的声音的屋子。作家的职责是使人们不轻易听信于精神劫掠者。作家的职责是使我们看到世界本来的样子，充满各种不同的要求、区域和经验。作家的职责是描绘各种现实，各种恶臭的现实。文学提供的智慧之本质乃是帮助我们明白无论发生什么事情，都永远有一些别的事情继续着"。[①] 这也正是当代诗人的新的使命。新的现象要求新的透视学，一种包含智性的透视学，换言之，诗人的世界观同时也将是他的认识论。伊沙正是这样，把一种喜剧的眼光，一种笑声，一种谬误推理的策略引进了当代诗，这也成为他独有的贡献。

"资产阶级/用裹着糖衣的/炮弹/将我们/打翻/这是论断//事实上/无产者也不是/可欺的/儿童//我们趴在/巨大的/糖弹之上/吃/厚厚的糖衣/将他们/全都吃光/然后四散/逃走//然后/远远望着/赤身裸体/婴儿般/天真的炸弹/听个响儿"（《事实上》）。从悖论出发，从错误介入，这正是利奥塔德提出的后现代主义知识语用学的一个"步法"，其目的是生产出广阔的未知领域，这也与卡尔·波普的"证伪说"相通，这种我不知道我相信什么，

① 转引自《书城》，黄灿然译，2002年第1期，第92页。

但我至少知道我不相信什么；我不知道我赞成什么，但我至少知道我反对什么的言说方式看似轻巧却深刻有力，有一种从关节点的细枝末节处摧毁堂皇大厦的特点，更有一种四两拨千斤的机智。尤其是，建立在“把无价值的毁灭给人看”（鲁迅语）的喜剧思维上的嬉戏式的批判，更有着一种在以往的诗歌里前所未有的快乐和犀利：“那男孩手指太阳/给我们布道/这是——日/日你妈的‘日’/他的声音/响彻了这个早晨/令我这跑来命名的诗人/羞惭一生”（《命名：日》）。“在这清风拂面的早晨/小木匠学手艺//手把手的师傅/教他打棺材//为什么？为什么？/瞪大双眼勤学好问//什么也不为！师傅说/棺材——简单”（《拜师学艺》）。“希腊啊希腊！令我祖国的诗人心猿意马/希腊啊希腊！瞧我祖国的诗人使劲拉稀”（《感叹》）。“阳光从背后刺过来/我看不见你脸上的伤/只见你光头明亮/但是你说：她是舒服的”（《强奸犯小 C》）。“我爱/本城的下水道/就像农民爱他的地窖//虽然今晚/我躲在下面不是为了偷情/而是为了藏身”（《我爱本城》）。在此，我们绕到了事物的背面或侧面，从反向或逆向重新审视，原来世界不是我们想象的那样，也不是我们知道的那样，我们感到它的深不可测和变幻无穷，更感到伊沙式的透视法的威力。在此，喜剧性不只是一种观照的角度和习惯，一种认识论，它本身也成了对象世界的某种结构和本质。所以，笑声照亮现实，笑声胜过雷鸣，笑声使世界豁然洞开。而这一切，正是为已有的和既定的意义系统所遮蔽，所掩盖、所压抑的，这些发现在某种程度上也是颠覆，翻转和修正：“一个酒鬼/在呕吐　在城市/傍晚的霞光中呕吐/在护城河的一座桥上/大吐不止　那模样/像是在放声歌唱/……我想每一个人都有其独特的/对生活的感恩方式”（《感恩的酒鬼》）。“我们在暮色中抵达矿区/谈论着我们想象中/煤矿工人的非人生活/不知道这里的生活/也是火热的/在我们看见/电线杆的那些包治/性病的海报之前”（《抵达矿区》）。而借助已有的非诗类文本顺势进行戏仿，也会在这种互文的滑稽性效果里，生发出新的意义，并形成杰姆逊所说的“机遇性无边写作”：“我不拒绝　　我当然要/接受这笔卖炸药的钱/我要把它全买成炸药”（《诺贝尔奖：永恒的答谢辞》）。“非洲儿童的饥渴/紧咬美国妈妈的乳房/拼命吮吸里面的营养/里面的营养是褐色的琼浆”（《广告诗》）。“这是一帮信仰基督教的农民/问题的严重性在于/他们种植的作物/天堂不收　　俗人不食”（《中国诗歌考察报告》）。“从那时起/继续上溯到史前/在人类制造的历次战争中/因为偷情而没有逃离将倾的屋宇/最终葬身火海的好男好女们/永垂不朽”（《私拟的碑文》）。

三

与第三代诗歌里相对平缓的叙事语调，线性结构，较为客观的描述以及语言上常见的“零度风格”不同，伊沙在自己的诗歌里，特别凸显出一种生命力的奔涌、健康个性的表达和对语言的游戏性原则。他认为，诗歌也是竞技：“当板砖拍上去，当棍子抡起来//岂容你瞻前顾后/杂念乱闪//在打架中手软/是不负责任的表现”（《风光无限》）。“他说：你的目的/是要用最少的动作/即最短的时间/把球送到对方/最危险的地带去”（《一次性触球》）。这也可以看作是他的艺术原则。出于天性中对平庸的厌恶或蔑视，也“因为在语言上获得了某种天赋”，对汉语这种“高度词语化和高度文人化的语言”，伊沙表示，“对母语有抱负的诗人将改造它，将其从词语的采石场中拉出来，恢复其流水一样的声音的本质”。[①] 他是绝不允许自己的诗里不出现意外和快感的刺激的。他的诗追求效果，既要求创造的欢乐也要求阅读和接受的欢乐，体现出一种他独有的锋利、速度和爆发力。“只一泡尿功夫/黄河已经流远”（《车过黄河》）。“梅花梅花/啐我一脸梅毒”（《梅花，一首失败的抒情诗》）。“这个秦俑有觉悟，他说/我不入地狱/谁入地狱/”（《点射》）?“我继续胡闹？在河里摸鱼/在天上飞行并且调戏了一只鸟”（《乡村摇滚》）。在他的名作《结结巴巴》里，他由口吃这一特殊的生理现象，看到了某种个体言说的困境，他进行的是将错就错，以毒攻毒的实验，这种语感不仅带给人全新的体验，而且更有一种拗体的快感：“结结巴巴我的命/我的命里没没没有鬼/你们瞧瞧瞧我/一脸无所谓。”尼采曾经说过：不应歪曲我们的思想来到我们的头脑中的实际的方式，而自《朝霞》开始，他所有的书中，所有章节都是用仅仅一个段落写出：“这是为了让一个思想一气呵成，是为了让它以当它快速地，舞蹈式地向哲学家跑来时所表现的那样固定下来。”[②] 他还嘲笑那些博学之士，“思想对于他们像是一种缓慢、犹豫、类似艰苦劳动，往往要付出英雄饱学之士的汗水的活动，而根本不是那种轻松、来自天神，如此近乎于舞蹈和飞扬的快乐”。[③] 伊沙的方式正与尼采相仿，他以一种乍看上去不乏粗糙、潦草、简单的形式来“说话”，但这种脱口而出的口语正是最直接、最切近、最鲜活的母语，它既有简捷、率直、狂放的特征，又包含着当代精神，与都市生活的明快利落合拍，同时它语言的音乐性、结构的戏剧化，对节奏、回旋、韵脚的讲究，也

---

① 伊沙：《有话要说》，见《伊沙诗选》，青海人民出版社 2003 年版，第 6 页。

② 转引自米兰·昆德拉《被背叛的遗嘱》，孟湄译，上海人民出版社 1995 年版，第 137—138 页。

③ 同上书，第 137 页。

有着别人无法模仿的，不着痕迹的技术。伊沙这些多由短句构成、铿锵有力、凶狠、透辟，有很大回旋余地和想象空间的诗歌，其实已不只是日常语言，它是日常语言的华彩、巅峰和高潮体验，它给20世纪90年代诗歌注入了新的快感和冲击力，起到了一种重新带动的作用。毕竟，充满魅力的语言和富于创造性的形式，是可能唤醒潜在的诗人和表达欲的。

21世纪伊始，诗歌进入了韩东所说的“网络写作和自由发表”时期。伊沙以每月一帖，平均20首左右的产量继续冲刺在诗歌创作的前沿。他说：“我自知我是这样的写作者，需要一个有形的现场，让表现欲和创造力结为一对孪生兄弟。我需要一个舞台。”① 人到中年，他以同代人中罕见的职业状态和职业精神展示着他的“个人进行时”，他的诗，内容更加庞杂，取诸回忆、经历、现状、时评、感想，等等，不一而足；情感更加复杂、丰富和沉重；形式却更加随意、轻灵、散漫；他的新作让人联想起鲁迅杂文的状态，依托具体的情境，阐发具体的智慧，感兴生发，随物赋形，一语中的，一语道破，一语成谶，他是中国诗歌领域少有的既贡献出独特的诗歌作品，也贡献出独特的诗人形象的诗人，“他大胆而朴素地使用了自己的肉体和灵魂。他必须利用总是在身边的要素重新创作诗歌。他必须让自己照他本人的模样渗入诗歌，无法无天，肌肉肥厚，酷好声色，热爱各种东西，但是在宇宙万物中他最热爱的是男人和女人。他的工作将用不寻常的方法来完成。”② 与那些自称戴着面具的写作的人相反，他似乎从来都不觉得有掩饰自己的必要，这既出自于自信和坦

① 伊沙：《我的英雄》自序，河北教育出版社2003年版，第2页。

② 参看［美］惠特曼《华尔特·惠特曼和他的诗歌》，见《外国文学》1983年第3期，第69页。

然，也是他的《原则》："我身上携带着精神、信仰、灵魂/思想、欲望、怪癖、邪念、狐臭//它们寄于我身体的家/我必须平等对待我的每一位客人。"而在此之前，也没有谁这样展示自己《灵魂的样子》："你是否见过我灵魂的样子/和我长得并不完全一样/你见过它　　有点像猪/更像个四不像/你是否触摸过它/感受过它的肌体/我的灵魂是长了汗毛的/毛孔粗大　　并不光滑/你继续摸下去/惊叫着发现它还长着/一具粗壮的生殖器。"而一旦拆除和打通了自我的隔离之墙，"真相使你自由"（《梦中名言》）。他似乎也更理解和认可了自己的命运："这辈子我身为一名/脏乱差的诗人/恋着我们脏乱差的祖国"（《没发出去的 E-mail，给 G》），这时，他的回顾："当运送肉食品的冷冻车/外观仿佛灵车/在人群稀少的大街上/徐徐驶过时/每一个街角/都蹲着一个大脑袋的少年/默默咽下一口唾沫"（《红色中国的回忆》）；他的发现："某个由广场/这么大的容器/盛载的伟大时代/像水一样漏着/现在已变得/一滴不剩"（《时代的广场》）；他的感慨："江湖之上/遍地都是/此等对手/让我从一时空虚/走向一世虚无"（《从空虚到虚无》）；他的一行诗妙论："跟丫做爱好苦"（《伟大的结语》）！都成了既有"轻舟已过万重山"的飞驰感，又深藏着犀利的确切性的诗歌，并作为 21 世纪诗歌的独特声部，开拓着中国当代诗歌的新的空间。

四

伊沙在一首短诗里曾这样写道："为什么/别人只见我/体内的娼馆/而你总能发现/我灵魂的寺院/并且/听到钟声"（《非关红颜也无关知己》）。2003 年，他的长诗《唐》向人们展现了他的另一端，这首诗由300多篇短章构成，可与蘅塘退士那本著名的《唐诗三百首》选本互相印证和比照。由此我们也意识到了诗人的大小之分。这不光体现在天赋方面，也取决于他们的工作态度。仅凭灵感、偶发兴趣和冲动，或者基于其他外在需要而来写作的多属小诗人，而大诗人则在诗学上拥有自觉和抱负，甚至是野心。所以小诗人通常无需认真对待（因为他们本身就没有把自己认真对待），而对待大诗人，我们就必须综合考虑：他的写作史，他的诗学倾向，他潜在的、有待完成的全部作品系列。一旦一个诗人开始向大诗人的目标迈进，他早晚会碰上一个认同和归属的问题，即他该怎样了结和处理同既往传统的关系问题，这实际上也是诗人在全部创作生涯中必须反复面对、持续回答的问题，也是检验一个诗人的成色的有效标准。无疑，每个大诗人都应该是文明长链中的一环，都必须在一个历史关系框架中获得支援、感应和位置。一个没有传承的诗人是无法和既往的文化史及文学史对接的，换言之，他就是无足轻重，可以忽略不计的。伊沙的《唐》，正完成于唐代被称为“长安”的城市，正完成于自己的又一个本命年（36岁），这是出于什么隐秘的内心需要、契机和“唤醒”，我们不得而知。但它作为新世纪诗歌的又一个重要收获，可以说出现得既意外（在向前走的现代化进程和向西看的全球化进程之中）又顺理成章（我们也该回顾和清理一下了，否则前瞻和新的道路都将不可能），它使韩东的著名判断——“现代汉语的外延大于古代汉语。古汉语活在现代汉语之中，而不是相反”有了绝好的证明，它向我们展示出传统以及传统的绵延、生长和变化，也展示出当代生活的背景、渊源和容纳力。它还促使我们纠正自己的思维惯性和错觉——实际上，一个后现代的诗人未尝不是唐人的知音，同样，一个擅长解构的诗人也未尝不能建构。

耶鲁大学的布鲁姆教授在他那本极具启发性的《影响的焦虑》一书中指出，强力诗人之于传统和前辈，总有一种迟到的感觉，有一种爱恨交织的俄狄浦斯情结。因此，他必须深入这个传统来解除它的武装，通过对从前的文本进行修正、位移和重构，来为自己的创造力和想象力开辟空间。表面上看，伊沙的《唐》与这些程序不乏同步和类似之处，但伊沙并未受制于布鲁姆那种西方人二元对立的思维模式，他追求的，是另外一种更融洽、更和谐的交流和互动，是一种“影响的焦虑”之外的愉悦，彼此欣赏和推杯换盏。在《唐》中，伊沙遍邀唐代的各路诗人，不是关公战秦琼式的打擂比武，而是忘年之交，血亲相认，是不拘礼数和俗套，不分时空和身份的放松、亲切、时有笑闹的朋友聚会。伊沙正是以一种随便的、平易的、自己人的态度径直进入，如同推开家门，继续交谈，好像一直在场，不曾分别。启功先生曾经指出：“唐以前诗是长出来的，唐人诗是嚷出来的，宋人诗是想出来的，宋以后诗是仿出来的。嚷者，理直气壮，出以无心。想者，熟虑深思，行以有意耳。”① 我们不妨借此发挥，“嚷出来”的诗与今天脱口而出的口语诗似乎血缘亲和，而“想出来”的诗跟强调修辞的学院派诗歌也显得家族类似。伊沙辨认出李白——“那是我在音乐厅里。无从领略的声音/诗歌的声音/这么本质”。“当我放声朗读/真是口感妙极。”那是“好诗之于口腔才有的性高潮”。这正是大多数人习焉不察的入口，里面是通向唐朝，连接我们相互身体和声音的大道。伊沙的“与舌共舞/与众神狂欢/与自由的灵魂同在/诗，是唐的心”（《唐》题记）就此开始。

诗人之间的对话总是精彩的，尤其是当双方都是高手的时

---

① 启功：《启功韵语》，北京师范大学出版社1989年版，第12页。

候，尤其是当双方都状态奇佳的时候。这不光是诗学、境界和诗艺的讨论，也是人生，抱负和命运的讨论，也许这本来就是一回事。“而想见的人/总是能够见到/那也是因为/想见得狠了。”这里面一种兄弟般的心心相印和惺惺相惜：“李白/这皇皇中国/无人解你/好为庐山谣/兴因庐山发/的天真与朴素。”“颓靡到底的李白/诗中犯混的李白/才是自由的李白/可爱的李白。”“在李白的诗行之间/分明是他的体味。”“哦，在幽州台上/我遇见了/千年以前的/我。”“该同志果然有料/且是猛料。”但在体贴入微，别有会心之余，也时常有拨转马头，分道扬镳，虽然“太阳滚滚而来/歧路爬满大地”的情况依旧，但伊沙对诗人命运的理解，似乎变得更悲观和透彻，也更轻松和决绝，这当然是时代的馈赠，“这才是我的诗经/他引我从业/并为之献出所有/却将我引向必然的失败”。“在我们每个人/所投奔的远大前程/和一意孤行的/死路一条上/都不会有故人相随。”“大道如青天/甘愿不得出。”在这些时候，我们切实感到时间和地点、语境和心境的不同。这些不同还特别体现在对待唐诗里那些现在看上去多少显得病态的方面，伊沙仍是他惯有的毫不客气和直言不讳，这也是一个后代诗人负责任的精神，因为这同时也是对自己的警醒和清理：“男子玉手/艳词丽句。”“恐怖的太恐怖的。滑稽的太滑稽的。”“你的壮美意境/你的奇特反讽/也难以掩饰/你的混账逻辑。”另外伊沙的兴趣点和注意力还特别集中在诗艺上面，着迷于技术细节，反溯、还原并想象一首诗的诞生过程，这也是为一般诗人忽视并缺乏，但其实对一个诗人至关重要的能力，可以说，诗人的“段位”由此拉开：“是王维的手艺/让我相信了他/我不相信/这仅仅是手艺/我该相信做得最巧的/还是说得最好的人。”“每一个川人/的第一次出蜀/就仿佛白日里的初夜/他初次看见的东西/对他十分重要。”在《唐》中，一方面伊沙赋予唐诗以当代性，使之在新的语境里被激活，而另一方面，唐诗想必也加强了他的母语意识，加强了他对山川景物、四季运行、人民基本生活（以上种种多已被现代化所遮蔽）的感受，他喜欢在姓名前像唐人那样标明“长安”，这不仅是心理暗示，也是真实感觉：“长安东郊清新的早晨/我曾那么熟悉。”但他也补充了唐人忽略的：“空气中还有一缕/田间粪便的气息。”在与唐诗的对话中，他始终占据主动，借用哲学家冯友兰的概念，这不只是“接着说”，也是“对着说”。他有时直接用原文，有时转译为白话，有时加以引申；有时让它偏离、拐弯、走入绝境；有时略作评点，稍加戏谑；有时干脆另起一行，从头再来；这样，文言和白话，古代氛围和时代感，唐朝和当代中国互相撞击、互相生发、互相照耀，再加上伊沙本人独有的、按捺不住的游戏天性、喜剧眼光和良好的对位感，使得《唐》成为钱钟书推崇的“巧取豪夺”和“脱胎换骨”，成为罗兰·巴特赞扬的“快乐文本”，使我们在阅读中得到少有的兴奋和享受：“我在异乡天空/看见故乡月明。”“深林人不知/知也难知我。”“明月来相照/如照亲爱的。”“让我把好琴弹乱/此情可待成追忆/只是当时已惘然/让我把琴弦弹断。”有时他的节奏自然而然地接上了流行音乐，我们也因此感悟到诗与歌的共生关系。还有一个重大的区别是，如果说唐诗还多半属于剥离的诗，提纯和净化的诗，那么伊沙则是把生命中遭逢的一切都纳入并转化为写作资源。“要让我的《唐》灌满我个人现实的风。”作为长诗，《唐》的晶体式结构也给我们以启示：让部分闪耀并映照整体。卡尔维诺在《未来千年文学备忘录》里提到的轻灵、简洁、确切、显豁和繁复等品质，不仅是他所说的欧洲文学的长项，事实上，伊沙的《唐》正显露出这样的特点，它们同时也是以唐诗为代表的东方美学的固有部分。

现在我们还很难判断《唐》在伊沙整个创作中的地位和意义，但可以肯定的是，以前还从未有人这样写过，以后也未必有人能这样写。《唐》以后的伊沙将更加开阔和自由。考虑到他是一位不断给人带来意外的诗人，我们无需预测他的未来，但我们可以有足够的理由期待。

五

鲁迅曾批评过“无声的中国”。可是今天中国的情况是，人人都想发言，都在发言，人人都有满腹的话要说。当然，喧嚣的最终结果仍是“无声”。的确，在这个复杂纷繁的时代和社会，人们面临着认知的困惑，以及与之相连的表达的困境。汉语在寻找它的声音，同时它也在向诗人们索要。理论上说，每个诗人、每首诗都以一种最可能的方式在发现并展示某种“诗意”，但毋庸置疑的是，并不是每个诗人和每首诗都能够做到“发现”，更别说展示得充分、有效和完满了。同样，正如特里林所指出的那样，“真诚”，这个经常是不乏真诚地自诩的态度或愿望，也不能保证你就一定能够达到“真实”。比如说，回头清点，我们承认，似乎还是波德莱尔，更深刻地表现了19世纪下半叶的法国。我们同意，好像也还是杜甫而不是别的什么人，更好地呈现了盛极而衰的唐朝。艺术的法则是残酷的，在这儿没有什么民主可言。诗歌从来都是，以后也将永远是伟大和艰难的艺术。所以，我们必须学会省略和漠视“群氓”，要穿越大气层，直接往“远处”看，往“高处”看。

无可争议，作为中国诗坛最重要的诗人之一，伊沙的标志就是其作品的丰富的“生发性”，他也一直是当代诗歌灵感的一个源泉。他的极端探索，对很多他的同时代诗人，是基本的参照系；对相当多的青年诗人，则具有引领和示范的作用；而对另一些不喜欢、不赞成他的诗人而言，他也经常会给他们以反向的刺激。但于他自己，只不过在按照自己的目标和惯性在“劳作”，在完成“天命”。

如果说，在20世纪，伊沙主要是一个叛逆的诗人，是一个“破坏者”，致力于（也成功地）挑战并颠覆原有的美学秩序，那么，在新世纪，他更像是一个“建设者”，他开辟并创造了一种崭新的诗歌理想、诗歌精神和诗歌方式，已经和正在加入并成为新的传统。我们知道，在现代艺术里，一个最重要的要求和尺度就是“创意性”，即在观念上、在方法上，作品能在多大程度上动摇并改变原有的思维习惯、眼光和实现方式，而提供新的、创造性的替代模式。毫无疑问，伊沙在这方面贡献良多。

在写作中，也和其他事情一样，有意无意、或多或少，人们会有顾忌或禁忌，可能是美学观念的限制，也可能有技术上的障碍，也许还与胆略和情怀有关，总之，大多数人很难甚或无法抵达“真实”。所以，他们多半没有获得自由。在这个意义上，文学，我是说最好的文学，因此总是一种拯救和解放。在中国诗歌里，甚至，往大里说，在中国语境里，伊沙是个少有的例外。不知道是什么原因，他有一种罕见的坦然，也由此独自突进到人迹罕至的荒野，我只能将此归结为天性和气质。简单说来，先锋诗人无非是勘测和发掘了新的题材领域，或者是在既定的题材范围里开发出新的宝藏，或者是创制了更有效、更有力的方法和形式。可以说，在这几方面，伊沙都有突出的贡献。追溯他的历程，这个特点是一以贯之的，就是永远从坚硬的、活生生的事实出发，永远向读者提供令人信服的同时又是震撼人心的真实，不仅是细节、现场的真实，也是想象的真实、心灵的真实，更是灵魂的真实。

限于篇幅，我们只能大略地、挂一漏万地点数和浏览一下他的作品。

长诗似乎是近十年来的新现象，它考验着诗人的创意和构思、结构与控制等综合实力，一时间风云际会。在长诗方面，伊沙是一位先行者，从很多方向进行了实验和探索。其中，《天花乱坠》散点透视，四面开花，妙谛取诸世相人心，确实是天花乱坠，落英缤纷。在《燥》里面，“五脏六腑的梦乐队/有着重金属的灵魂”。他以一种摇滚音乐的激越节奏，展示了自己激情的来源，以及从任何地方都能起飞的全天候战斗力。《唐》这首由300多篇短章构成，可与蘅塘退士那本著名的《唐诗三百首》选本互相印证和比照的长诗，伊沙把自己的“来历”和渊源连接到一千多年前的唐朝和唐诗，这与他那些关于“现世”的作品遥相对应和并置，构成了他辽阔的视野和思路，也显示了他整个作品系统内部的张力和某种灵魂的宽度。《晨钟暮鼓》把诗歌写回散文：“晨钟暮鼓，山河岁月，/艰难时日，世纪诗志。”与他的分行诗歌形成有趣的“互文关系”，在交融参差中，打开了新的意义空间。《灵魂出窍》以一次体检为契机，直逼生与死的极限，“老子像是一个要死的人吗”，进行了一次惊心动魄的自我拷问。《网语真言》、《有话要说》等诗论即诗，既带有网络唇枪舌剑的鲜活气息，又闪烁着夫子自道的真知灼见，是近期诗歌理论建设的重要成果。《蓝灯》则“与某些人做得正好相反/越是走向世界//我越是不会丢弃/这类不可译的诗句//与母语的尊严无关/我是在捍卫写作的真理”。在今天，国际间诗人们的背景越来越“重叠”、“趋同”，交流越来越“同步”，甚至可能在同一个会场“竞技”，伊沙的这次英伦诗旅，淋漓尽致地表达出某种“文明穿越”和“文明超越”，这一点对以后汉语诗的意义可能尤其重要。而系列长诗《无题》，重新引进修辞来激活口语，这些难以命名、现在进行时的诗歌，又一次显示了他面对未知事物的敏锐，以及变形和幻化的才能，这是包容的诗歌，也是敞开的诗歌。请看《无题（10）》：

电视里
有一大队野马
在渡河
河中的鳄鱼
在集结
发起凶残的攻击
咬下一匹是一匹
野马群以一换十
大部渡过河去
在河的另一边
有茂盛的水草

“这就是时代
和我们身处的现实”
你指着电视的
画面在讲演
令我倒吸一口凉气：
“我靠！你我二人
可都属于跑得慢的
野马呀”

“那就只好

听天由命了！”
你继续说着
就在这时
我们共同的上司
从你背后
那深不可测的水中浮现
一跃而起
忽然张开鳄鱼的长嘴
咬断了你野马的脖子

现实和想象，口语和意象，在这里没有分野，更没有界限。它的涵盖面和穿透力也达到了新的高度。可能正是基于这样的考虑，诗人任意好评价说，这是全球化时代最先抵达的汉语诗歌。而他最新的系列组诗《梦》则打开了现实与非现实、超现实的神秘通道，匪夷所思又五味杂陈：

我给舅舅写好了一封信
准备去邮局投寄这封信
母亲叮嘱：“你把咱家的
电话号码写在信封背面”

“信封上不许乱涂乱画”
我很不耐烦地回应母亲
走在去邮局的路上
我还在想着此事：到底有无这项规定？

通往邮局的唯一的路

是我儿时常打巷战的那条小巷
迎面看见了我的舅婆
我叫她："舅婆！舅婆！"

她不理我
看我的表情就像不认识我似的
我这才恍然想起：她已经死了
死在我们家族多灾多难的 1997 年

我惊出了一头冷汗
赶紧掏出手机拨通家里的电话
对着母亲嚷道："妈，我现在相信有鬼了
我在街上看见死去的舅婆了！"

手机里传出母亲的声音十二分保真：
"儿子啊！你怎么忘了呢？
妈也早死了——
跟舅婆同一年死的呀！"

——《梦（1）》

但他日常的创作更是令人惊叹。21 世纪以来，他几乎每月发布一组新作，累积起来，早已千首以上。这个纪录，无人能出其右，以后恐怕也无人能够打破。诗人遭遇的一切，都在这里汇聚，并转化为诗歌。"那是命运之神/叼着烟斗/吞云吐雾/站在其身后/握着他这管/粗大的血肉之笔/在写。"他的短诗（包括组诗），一方面，带有鲜明的"伊沙式的"个人戳记，比别人总要犀利，比别人总要成分复杂，总要多一些意外和"偏移"，另一方面，似乎也变得松弛、随意，语言的亲和力下面暗藏玄机，经常是在意义的分岔处戛然而止。他自称：“我与诗的关系早已经不是思考，而是感受，终于发展到享受了——不是道出诗，写出诗，而是活成诗，活成诗意本身。在这亘古不变的俗世上，没有比做一个诗人来得更幸福的了！”这些无所不包、植根于自身经验和感受、兴趣广泛，激情奔涌的作品，也就成为名副其实的史诗和“诗史”。

作为一个时间单位，10 年，在一个人的生命周期里，是一个很长的时段了，在文学史上，已经是一个断代的概念。谈论诗人伊沙的 10 年，我们首先遇到的困难，就像是勘探队员，面对着的不是一块石头，一堆石头，一座山峰，一种地质结构，而是一个山系和一个高原。此人的作品量如此之浩大，主题和题材如此之丰富，方向和体裁如此之庞杂，他几乎独自支撑起一个独立的、特别的诗歌品种。更重要的，他创造了他自己诗歌的主人公，一个近乎完美的诗人形象。要知道，大诗人不光是写出杰作，长远来看，他主要是（虽说是不经意间）写出了作品后面的自己，诗歌和诗人、文本和人本交相映照（屈、陶、李、杜、苏等，莫不如是，他们差不多已经成了我们熟悉的朋友）。我们只要注意这个有趣的现象就够了，伊沙遭遇的批评，经常不是针对诗而是针对人的。这样（如同历史里常见的），那些针对他的敌意，也构成了他荣誉的组成部分。

附 录

伊沙《饿死诗人》

那样轻松的　你们
开始复述农业
耕作的事宜以及
春来秋去
挥汗如雨　收获麦子
你们以为麦粒就是你们
为女人迸溅的泪滴吗
麦芒就像你们贴在腮帮上的
猪鬃般柔软吗
你们拥挤在流浪之路的那一年
北方的麦子自个儿长大了
它们挥舞着一弯弯
阳光之镰
割断麦秆　自己的脖子
割断与土地最后的联系
成全了你们
诗人们已经吃饱了
一望无边的麦田
在他们腹中香气弥漫
城市最伟大的懒汉
做了诗歌中光荣的农夫

麦子　以阳光和雨水的名义
我呼吁：饿死他们
狗日的诗人
首先饿死我
一个用墨水污染土地的帮凶

1990年，出于一些奇怪的原因（我们就不去说它了吧），在纸上种植麦子，成为相当多的中国诗人看上去回报率最高的一种营生，用我们一位朋友的话说，那真是挡也挡不住，麦地狂潮啊，就是在这个时刻，这首诗出现了。

甫一开始，正值24岁本命年的诗人伊沙，就站到一个向“你们”挑战、与“你们”对抗的立场上（这几乎也成了后来他的标志和命运），这是基于一种起码的写作伦理：“你们”那种“轻松”而且“复述”的诗歌还有必要存在吗？因为事实是，“北方的麦子自个儿长大了”，那是与我们无关的、大自然本身的创造。而这些吃饱了的诗人（哲学家冯友兰妙论：文艺乃是人吃饱饭、没事干弄出来的），摇身一变：“城市里最伟大的懒汉/做了诗歌中光荣的农夫。”考虑到中国诗的长期农业背景，假扮农民肯定是安全的、讨巧的、迎合惯性的，但这更是懒惰的、怯懦的、缺乏职业进取心和荣誉感的。尤其是，因为与现代文明疏离，这种写作在我们的生存现场几乎是无效的。很简单，纸上的麦子是不能吃的。于是，“我呼吁：饿死他们/狗日的诗人”，他甚至连自己也未赦免（“首先饿死我”）。后来伊沙自己检讨说，此诗尚留有意象痕迹，他特别不满意其中标准的男中音腔调（其实这好像也是他的一种声音特点，于坚戏称为“歌剧腔”），但这恰好赋予此诗一种“正”，一种不同于阴损的逼人阳气。另外，饱满的激情，坦克般的推进力，措辞强烈、激烈乃至猛烈，也都是我们熟悉的贯穿于伊沙诗的要素。一诗成谶，紧接着“饿死诗人”的年代就开始了，但似乎并没有谁真的饿死，这是否得归功于此诗的提示和警告？写诗混饭者，可不慎乎？

12 年以后，在此诗的故乡西安，大雁塔下的浓阴里，吴思敬老师总结说：《饿死诗人》指认并命名了一个时代，这就叫经典。

第九章

在与魔鬼相搏时我们胜了

——“新世代”诗歌简论

“新世代”是20世纪90年代后期诗人伊沙在主持《文友》杂志的《世纪诗典》时创造的一个诗学命名。它主要用来指称那些继“第三代”、“后朦胧”之后登上诗坛，从20世纪90年代起开始活跃在中国诗界的那些“先锋”诗人。这一代诗人的大部分都出生于20世纪60年代，他们是80年代诗歌大展的缺席者和迟到者，但他们也是80年代先锋诗歌运动遗产的继承者和发扬者，在他们崛起和成长的90年代，他们更是先锋诗歌艺术的发掘者和代表者。这一命名，由诗人提出，并很快得到不少诗人的响应和认同，它补上了从“第三代”到已经迅速登上诗坛的“70后”诗人中间的重要一环。并且，这是在没有宣言，没有纲领，更没有潮流和运动的背景下，建立在坚实的文本基础上的一次事后追认式的命名。它对梳理和评论20世纪90年代以后的当代中国诗歌，提供了一个有效的批评角度和代际概念。

20世纪90年代与80年代诗歌环境的不同，主要在于那种社团式、集体式、潮流式的诗歌运动彻底退出了诗界，诗人们不能再从某种主义、某种浪潮、某种流派中寻求庇护，他们必须退回到自己，退回到自己真实的生存和独立的诗学思考中去，面对已经发生变化并且还在飞快变化着的纷繁现实，他们必须自己作出独立的判断并发出独特的声音。这种孤独无依、寂寞无援的处境在某种程度上也促使他们更加珍视他们发现并划出的那片神圣而不可侵犯的领地——私人生活。他们（由于历史的境遇）特别意识到个人生活、个人体验、个人心理与国家、社会、集体的生活、历史和事件的距离、分别和差异，因而不再倾向于从大于自身、外在于自身的文化和美学价值体系里去寻找自己的附加值，也不愿意再依附于宏大叙事和集团式运动，而更多地注重从个体的角度和立场，从自己特定的背景和境况，从自身独特的生命体验出发，去实现自己的人生与艺术理想。这并不意味着他们选择了逃避社会和游离社会的态度，而是指他们从 20 世纪 80 年代时的那种救世冲动和舍我其谁的使命感中冷却下来、摆脱出来，坚信生命和诗歌乃是个人的事，只有个人的真实存在、真实感受和真实表达才是一切诗学价值的起点、判断依据和最后归宿。与此相关，“无论在诗里是以反叛者的形象出现，还是以一种审慎的思索者形象面向读者，这一代诗人都对社会、对人、对现代文明以及生活本身抱以强烈的关注。这关注在很大程度上构成了他们各自进行诗歌探索的动力。而那些诗歌中诸如‘反讽’、‘感伤’、‘悲悯’、‘幽默’、‘颠覆式仿写’等特色正是因为有了这一关注作为依托，才真正超越了诗艺的层面，也成就了许多诗人的个人诗歌品质与魅力”。[①] “新世代”这种历史情境或处境，未尝不是一个歪打正着的有利契机，因为诗天然地与对自我的寻找和认同有关，与对周遭环境的追问和考察有关，与内心

---

① 徐江：《世纪初的新世代诗歌》，见《今日先锋》第 12 期，天津社会科学院出版社 2002 年版，第 194 页。

的痛楚有关。有人把20世纪60年代出生的这些感觉不适却又病因不明，无根基亦无归宿，缺少朋友甚至也没有像样对手的诗人们称作精神上的漂泊者，他们的文化身份有待确定，他们的整体形象尚未完成。为了修补破碎的灵魂，为了缓解外在的压力，诗歌涌现了，这既出于自然也出于必然。这是我们理解“新世代”诗歌的一个起码判断。

艾略特说过，一个人超过25岁还要写诗，那他一定要有历史感。“新世代”诗人都是30岁以上的人了，他们究竟是否获得了这种不可或缺的能力和品质呢？如果是，他们又是如何处理的呢？在这里，我提醒人们注意，这些诗人作品中的时间因素，正是这种对于时间的感觉，使得他们的诗成为现在进行的诗，流动的诗，笼罩着某种命运感的诗。帕斯指出：“现在开始的诗歌，没有开始，它在寻求时间的交叉、汇合点。”它也是一种“调和的诗歌：体现在没有日期的此时此刻中的想象”。[①] 在他们笔下，一种即使不是由他们首创，但至少是由他们广泛应用的诗歌叙事学得到了展开和完善。这主要是指这样一种语气，一种沉着的节奏或一种书写的方式：比较客观，比较冷静，比较多自我分析和质疑，这里面有沧桑、有感慨、有心情，但这些往往退居比较次要的位置，它首先是呈现。中岛说：“我们坐在纪念的日子里。”他追问：“我们忘记了什么？”这确实是一个重大的转折，既从情感到现象，从自我到世界。这里有一种摆脱了青春妄想和幻觉的成年感，一种意识到从前和以后、意识到自身的渺小和脆弱的觉悟，一种把表调慢、仔细观察其纹理的特殊趣味，一种在路上的颠簸感觉，一种对故事，对日子，乃至对死亡的持久

---

① ［墨西哥］奥·帕斯：《批评的激情》，赵振江译，云南人民出版社1995年版，第38页。

关注，即便是触及情感和自我，也往往把它们放置到一个更大的背景，一个互相缠绕的关系框架中去，这是第二次自我认识，也是更为成熟的自我认识。

与之相关，他们需要一个位置，一个既便于观察又便于自我隐藏的位置，也就是一般人所说的立场或站位。这里我想用反讽这样一个诗学词汇来概括他们与时代的关系。这是指一种拉开距离、保持距离的较为疏离的态度，作为有了一些经历和经验的人，尤其是在这种社会加速行进，人们充满了一种乘客似的晕眩感的时刻，保持这样一种较为清醒，甚至略带嘲讽的眼光当然弥足珍贵。当代生活的驳杂与膨胀，特别是强有力的商业逻辑以及在此基础上的生存境遇的荒诞性，使“新世代”的许多诗人自觉不自觉地转向一种批判立场，对生活中的怪诞和悖谬进行喜剧处理，或者转而退居一旁，去营造自己的精神空间，这里既有居高临下的优越感，又有置身事外的洒脱，而透视和判断力也因此增强了，反讽无疑是一种明智和安全的策略。正是借助这样一种断然分开的关照距离，他们对历史这一异己力量进行了有力、有效也有快感的抵抗，并赢得了这一不对等关系带来的冲突。这也是诗人之为诗人的关键依据。

作为受过良好的、正规的学院教育的许多“新世代”诗人，在面对文学和文明的态度表现出明显区别于第三代和70后诗人的一种严谨和苛刻。“对写作的敬畏之心不仅使他们更多地贴近艺术上的谦卑和质朴，而且在对待自己的成果上常持一种怀疑心态。”[①] 这种低调的、不事声张的努力既保证了他们进一步的探求，但有时也推迟了与外界的沟通。他们的成长期太长了（相

① 徐江：《世纪初的新世代诗歌》，见《今日先锋》第12期，天津社会科学院出版社2002年版，第194页。

对于20世纪80年代很多少年成名、昙花一现的诗人)，但他们成熟后状态稳定，后劲充足，更多了一些专业精神和职业精神，很可能他们也是可以写得更多和更久的那类诗人。

“新世代”诗人的大多数，也都是口语诗人。他们采用和处理的口语，与20世纪80年代的第三代诗人相比，也有一些重要的变化。单纯的形式主义效果的考虑退到了次要地位，他们似乎更注重这种口语中蕴涵的人文立场，当然这种立场是隐蔽的，但却是坚定的，是具体的，而非姿态式的。同时，他们也更注重口语的情绪性、现场感、个人色调以及在一首诗里总的协调与平衡。口语诗变得更丰富也更生动了，传达的信息和意蕴也更复杂和更微妙了。他们发展并深化了20世纪80年代以来口语诗的探索主题。下面，我将选择几位重要的新世代诗人略作评述。

阿坚

阿坚（1955—　）是新世代诗人里最年长的一位，也是经历最具传奇性和丰富性的一位。他曾参与1976年的四五运动（而其他大多数新世代诗人那时还是懵懂的儿童)，1978年他从工厂考入大学，1983年春即从任教的中学辞职（他可算是当代中国最早的自由职业者了)。以后，旅行和写作，兼做零工。他还当过运动员，主编过《啤酒报》，出版过小说、乐评和随笔以及数种旅行记。他的诗数量庞大，取材多样，内容芜杂，形式独特，他特立独行的生存方式和与此相对应的文本状态，展示出诗人与诗歌对自由之境的向往、勘探和趋进。

“我们所做的，不是伟大的事情/当明白这一点，我们很从容。”“不再寻找，手里的已经够用/我们也不必节省应该的生命。”“展开自己的手/无数道路纵横/抚抚自己的头发，方向数不清”（《找不着伟大》）。“太阳上路的时候，刚刚早晨/流星上路的时候，正是夜深/风儿上路的时候，不分时辰/白云上路的时候，蔚蓝均匀”（《空中的路》）。这是他出发时的歌曲，自信、大气而舒展。他对民谣节奏，有一种天然的敏感，他的一组诗，就叫做《当代谣风》：“枕着钱包，很难睡着/不枕钱包，又怕丢掉/钱多生鬼，梦中乱闯/挣到了钱，丢掉了觉”（《有钱难买好觉》）。风趣中有着通透的智慧，这种洒脱当然也很容易转化为充满情色意味的场景：“我问好么，今晚应该/她不说不，脸儿深埋/小腰如云，小手如胎/春虫吟吟，夜流窗外”（《平儿》）。这里面我们既能联想到《诗经》、《乐府》的传统，又有着当代文学里少有的自然和清新。他还有一些诗歌则向我们展示他所经历的种种带有荒谬性和喜剧感的特殊生活：“我在报社混饭有时也混点其他/一陌生人进来，裙子却很眼熟/我说我是助编，你跟我谈吧/她说哇，你好年轻啦主编先僧/她递上稿子，我问还有么/她扭扭裙子，像个特号花蕾/我知道这种花裙子带扣很活/她假冒天才，我就假冒主编/坚持原则，啥时让搞啥时上稿。”“写文章可以不吃饭，吃烟就行/烟比饭贵，可文章越卖越贱/终于邮递员喊我拿图章，好听/却骗人，不是汇款是挂号退稿/无法去胡同商店再赊账”（《破落中的维持》）。这种灰色的、市井的、嬉闹的，甚至是快乐的诗篇显示了一种包容时代和生活的野心，也展示了一种既不自高自大、也不自轻自贱的、平视社会与自身的眼光和胸怀。这里面的诗人形象，也彻底还原为它的肉身——在现场的、貌似形而下的、经常是困顿的，但却欣然享受着这一切的平民，他通过滔滔不绝的、插科打诨的、自嘲的、机智的“说话”也超越了他讲述的状态，而向我们奉献出一种浑浊的、喧腾的、俗气却也健康的诗意（有兴趣的读者还可参看他的小说《独自上路》等等，与他的诗歌，主要是他的生活都形成某种互文关系，在中国，活得如此无拘无束的家伙可真是不多)。这是阿坚的长诗《自由宣言》：

无数故事的闪现，很多个省份
很多种好酒很多次西藏很多姑娘
很多次馋后吃饭才是报仇解放
很多次断烟后抽烟才抽出天堂
很多次逃离她们才回到故乡自己
很多次买书卖书，书架像饭店客房
很多次干挣不了大钱的工作很多次借小钱
钱也会说话，我听得懂，装不懂
……
有时自由了没有，你也不知道
界线不绝对，得进入自由很多、才有反应
反之，刚有了点自由，人就特警醒
仿佛已经背离自由十万八千里了
自由与不自由之间，有一宽阔地带
在自由看来，那中间地带也属不自由

在这首长达100多段的诗里，阿坚带我们观看了、分析了、解释了自由——这个人的灵魂里最重要的元素的今日处境，这轻松后面沉重、欢乐底下疼痛的一面。这已成为当代长诗里的一部不可复制的重要作品。

阿坚的口语带有很强的北京话特征。这既给了他一种爽脆流利的气势和动感，但也带来了缺乏节制、浮滑、饶舌的缺憾。有时候诗歌还是需要有一些阻力和摩擦的，阿坚在我们读得顺畅的同时也会略感到回味的不足。

徐江

徐江（1967—　）是新世代诗人里的重量级作者和多面手。他自办并主编的《葵》杂志，在整个20世纪90年代和21世纪头10年，为先锋诗歌（尤其是口语诗歌）的发展，起到了重要的推动作用。他兴趣广泛，涉猎极多，在小说、随笔、电影、音乐、体育和时尚评论方面，也有不少的建树。这些因素也都曲折地作用于他的诗歌，使之成为博杂、斑斓、很难把握也很难说尽的独特作品。

徐江早期的诗歌，有一种受过良好训练的学院派色彩，或可称之为“哀歌”时期：“谁曾经吻过悲伤/像秋吻着下坠的枫叶/像马用唇/触动冰凉的料槽/那时节我还未曾注意到/那时节那丛林尚未消失。”“噢，有什么在阻止我们/爱你或被你拒绝/从河的流纹上把你识见/我们最后的节日/我们吹不熄的那支蜡烛”（《哀歌》）。主题是青春式的命运感慨，但从中也可看出世界现代主义文学的某些痕迹和影响。他诗歌的素材来源之一是童年的经验和回忆：“这般的时辰黄昏已经到来/这般的时辰道路已经阻塞/贴紧窗玻璃冰凉的面颊/我知道母亲正涉过人流向家走来/……呵我们的好妈妈你回来了我们多高兴/请原谅我们孩童瞬间的谬想/在与魔鬼相搏时我们胜了/我们保护了自己的母亲尽管她不知道/那一刻我们在想我们的好妈妈不能死/她不能死要是她死了我们可怎么办”（《好妈妈，老妈妈》）。这里面有一种20世纪60年代人特有的失落、迷惘和感伤。这种情绪基调后来也一直闪现在他以后的创作中，成为他的某种背景底色。20世纪90年代中期以后，徐江诗歌的重心有所下移，他把《伟哥》、《东单小姐》、《“深蓝”》、《黛安娜之秋》、《黑哨的一天》都扩充到自己的诗歌版图之中，使之增强了当下的现场感：“对苦难和生活的清醒正视/才是医治我们诗歌的‘伟哥’。”“她们的笑容/行走中被摧残所滋润的青春光泽/炫目得令我震惊。”“之后，她为我们打开电视/那维庸踏在枯骨上，表演 MTV/‘古今美女今安在……’/一只手从窥视口伸进来/拨开了文明的暗锁。”“呵，文明就像炉膛里的一张纸/你掏它/却只抓到灰烬//棋局、传媒、电子鸡……/更深的蓝在操纵一切/我们不得不//去积攒足够的诗句/以备人民安度/新时代的荒年。”“一周前，在四号路市场/看见卖熟食的桌案上/有什么东西闪光/走近才知道，一个猪头/眼眶下有两道冰痕//它们透明着/一点不像冻住的泪水/也怪，熟得发白的猪脸/冰痕像泪水流淌/那时路灯/天哪，路灯是那么暗/甚至比不上/一瞥间我头顶的星星/夜晚，我看见猪泪流淌。”我们注意到，徐江诗歌的一个原则或特点：“诗里的口语应该和说话时的口语有所区别。前者是经过提纯的，而且还要对以往的书面语有所包容和改造。”“在我的理解里，诗的语言不完全等同于说话，更多的是靠近倾诉、自语，有时甚至靠近雄辩。”① “雾里的脚步有点像电影里军队开进小城/雾里也有诗的遗骸：有关牛在湿漉漉的原野上走，以及一些雷同和另类的爱情/雾在你的自行车座上滴了几滴露水/雾里有鸡叫，有肃杀，有外省城市早晨短暂的沉默，有坏心情/雾让一些模糊的事情日渐清晰起来，比如小时一次罚站，足球场上的一次漏判，国家在街角处扮过的几个鬼脸/雾没有声带，没有手机，雾大起来//雾把窗帘后我孤独的脸遮没，朋友你只听到了我放松平常的声音/如果这时你想哭，

① 徐江：《答唐欣问》，见《中国诗人》2003 年第 4 期，第 215 页。

但你还是不要哭/因为雾在这片土地上，会散的。”的确，他的这种优雅、舒展、略带书卷气的诗句不仅保证了对现实的间离和距离感，也使得他的在同代人中罕见的古典式的抒情气质有了恰如其分的形式。与之相关，徐江也对一些诸如自由、青春、世界之类的抽象大词进行了情景化的清洗、敲打和重新定义，使这些原本与我们的生存密切相关的基本概念恢复鲜活的本质：“我指给你看高楼窗上反射的余晖/路旁草叶上的泪水/这个时代的一只蜻蜓/并告诉你/这是你我相聚在梦中。”“关于青春/你们总不停地去赶它们/而我则把那些留下来/去吃今天的大队蚊子。”“我记起这些年已很少再见到/夜晚的长庚星/我瞎了/你也瞎了/而世界是盏不朽的明灯。”对瞬间和片段的迷恋，与其他人迥异的发散式、连带式的结构法和水平方向无限伸展的联想能力，以及对停顿、转折、空白、跳脱等技巧的娴熟运用，徐江的诗正变得开阔、包容并带有一种漫不经意的随便。这尤其体现在他新近的大型组诗《花火集》和《杂事诗》里：“无边落木萧萧下/不尽徐江滚滚来。”“让我看遥远的遥远的遥远的/切近的切近的切近。”必须敏感于“草飞起来/睡在草背上的露珠……”，也必须深信“你发亮的忧伤/我身体里也有”，还必须有把握，“丽日中的天蓝/我对异乡从不陌生”。他自称：“‘杂’在这里，有几分对辩证的、形而上气质的偷偷强调。至于多年来我个人的作品，从生活中取材的范围本来就杂；况且生活本身给我们思维的刺激和赐予，也从来都是驳杂的；这些都正好合拍。”他说：“文学怎么可能‘纯’呢？那将导致作家、诗人的写作背离人性和基本的人道。文学的‘纯’恰恰是从‘杂’中得到提炼和体现的……写诗人不能仅仅满足于被自己在诗歌上的伟大理想所役使，他要自觉地回归于一种个人对世界的强大逼视，以身处文明和生活漩涡之中的自身感受，去回应周遭事物对人类尊严和智慧的挑战，并在这一过程中，始终让诗歌安于‘孤独者（首先是生活中的）的艺术’本位……”这是他笔下的《阿迅一族》，也即鲁迅的后裔和同胞，甚至是可能的、潜在的鲁迅：“开出租的鲁迅/卖报纸的鲁迅/写诗的鲁迅/在电视台当主持人的鲁迅/研究了鲁迅半辈子的鲁迅/失业的鲁迅/每周集体去郊外/爬一次山的鲁迅/半夜上网的鲁迅/梦想着青春诗会或鲁迅文学奖的鲁迅/卖笑的鲁迅/一米九二的鲁迅/女鲁迅/长六趾的鲁迅/留莫希干头的鲁迅/不停摁响门铃/派送超市清单的鲁迅/骂鲁迅的鲁迅/美丑胖瘦/不一而足的鲁迅。”就这样，他甚至把他恢弘的诗论直接写成了诗歌：

在黄昏临近时
写一首模仿之诗
夕阳下的空气温暖
天地昏黄宛如
沙尘暴驾临金秋
我忘了我声音的原样
和第一个召唤我的声音
所有第二位第三位的声音
现在请让我喝一口水开始说
艾略特是伟大的因为他
辨认着戒律且呼吁遵守它
金斯堡是伟大的因为他藐视戒律
并对另外一些不成形的戒律卑躬屈膝
同时歌颂了手淫和母亲
布考斯基是伟大的因为他更粗鄙
并从这里出发走向了真正的高贵
王维是伟大的因为他没有比陶渊明更加伟大

李白因为杜甫的崇拜而伟大
杜甫伟大因为在漫长的岁月里一度没什么人
选他的诗还想把他从唐朝驱逐出去
李商隐是伟大的因为他朴实的
把《锦瑟》放在了诗集的第一首
屈原是伟大的因为我们吃着粽子而顾不上
他的委屈和诗
苏东坡伟大是因为他的啸他的傲他的铁砧把句子敲出
银质的润泽还有街边那些酒楼附会的红烧肉
普希金伟大因为他歧视自己的阶级而且让一些
仇恨这种歧视的中国人厚颜无耻地崇拜
歌德是伟大的因为他老奸巨猾小心翼翼在泥流中
没有弄脏自己贴身的内衣他的诗心
聂鲁达是伟大的因为他多变幼稚却没有像马雅可夫斯基那样
死在独裁者的阵营里他为自己选对了死
鲁勃佐夫是伟大的歌手没有死于酒但死于老婆的擀面杖
他让一阙抒情变得雄浑粗壮起来
雅姆艾吕雅普雷维尔是伟大的他们曾让我初近诗歌的天空
充满了金子一样富足的华彩
帕拉索列斯库是伟大的因为他们是另外的伊沙
傅立特是伟大的因为他平静口语更嚣张和挑衅
策兰是伟大的因为他让北岛和家新吵
其实他可能比他们吵得还有略微伟大
但这不等于说他就比巴赫曼汉特克高级
诗歌史是伟大的因为同样伟大的名字你不可能数清

而且那些伟大的私生子还在源源不断地被生出来
诗人也只能是语言的私生子
他们像卡通片里的宝宝让观众看着别扭但看看也就习惯了
更伟大的是诗歌虽然高高在上它却只是文学的一部分
文明的一小角智慧和昏聩的寄居壳
你不会一下子看到花甚至有人死上八辈子也照样看不到
我说的是他们这些人这些世界只要他们还有一天心无和谐

在此我们大略可以了解和认识徐江的某些诗歌趣味和诗歌理想。他也试图在诗歌里容纳当时的所有感受，不浓缩、不省略，平等地、平行地并置和展开各种经验和心绪："秦长城是土的。/看那残'墙'时，我吃一惊：这么说始皇帝和范喜良同志，都毁在这个上？/'墙'我只上到三分之一。鞋不跟脚；一身汗，被风吹得难受/对自然和人文尊重，还需符合身体//下面：远望是八荒/载我的女的士司机，正左右搜罗，摘回一大把七里香，说要拿回家晒干，给老公泡茶//朋友站到'墙'尽头唱歌，我是后来知道的"（《秦长城》）。无法概括也无法提炼，但这就是心灵的真实，散文化的句式则使用大幅度的跳跃来平衡。"我的头发里藏着头屑和北中国沙尘的一部分/我的字里藏着你和生活的另一部分。""爱一只电线上的麻雀 爱一只电话旁的鼠标/爱形形色色的人 爱着爱。""路灯下 打工妹咆哮着在殴打那个打工仔/我站在过街桥上。""业主们用沥青在小区墙上痛骂开发商/'新世界'骗人。""35 岁站在自家附近看草坪里的风/造物主的感觉呵。""食物自动上门/切莫草率行事/先把心手洗净/再要悉心辨析。"非常辽阔又非常细微，万物皆备，一心映照，这样的看法、写法或者说法打开了生活到诗歌以及诗歌到生活的无数条隐秘通道，也更开启了诗人自己的写作大道：

许多事都不一样了
许多清澈
正在我眼里浑浊
许多浑浊
我能看到它清澈
救火车每天在街上
咬稿纸

以下这句是不变的——

我信有天使在我的屋顶上飞翔

这就是今天这个据说是无诗时代的诗歌，它不仅带给我们感动，也帮助我们找回生命的尊严和情趣，并重新唤起我们的感性。

侯马

侯马（1967—　）在《傍晚来到天津》一诗里这样写道："一个异乡人/黄昏时来到异地的滋味/你们都尝过/有点兴奋新奇，还有点茫然恐惧/但重要的是/它激起了我爱和活着的勇气。"侯马自己的诗，也正是在诗歌的异地上开始的。

侯马的早期作品，是对我们习焉不察的日常现实的一种异样透视和异样发现："这是一个冬天的夜晚/青青的果皮旋转着拉长/甜的汁粘在刀刃上/最后我心醉神迷地摆在你的沙发上/像赤裸而雪白丰盈的苹果摆在盘中”（《削苹果的女郎》）。“于是傅琼向雪凝望　　同时/雪也摆出同样的冷漠朝傅琼凝望//她们相互估量相互仇视甚至爱慕/两种温柔的对视”（《凝望雪的傅琼》）。“一个下意识的动作/女秘书问：/在白天也有蚊子吗?”（《在办公室想割麦子》）“有谁按衰老的方式生活/有谁按雪花降落的速度行进着/那个我曾经喜欢的人/在急急回家的路上/听到了弃婴的哭声”（《圣诞的日子尚未来临》）。这种在我们通常的视角之后、之外、之想不到的地方发现的一切，原本正是现实生活的一部分。解除有意无意的遮蔽，让它敞开、照亮，这就是意外的诗意。这也是当代诗人不同以往的新的使命。在侯马看来，“诗歌生成的奇迹包含着密不可分的降临奇迹和推进奇迹”。“当代诗歌不是激情之作，而是心智之作。”“重要的是不落俗套，这要听心灵的，更要听大脑的。”① 的确发现需要智慧，而表达和传达这种发现，则需要更大的智慧。或者反过来说，没有对后者的控制，前者也是不能实现的。出于天性的敏感，也出于对理趣的迷恋，侯马似乎特别善于从生活的缝隙处捕捉到这种令人不安也令人豁然开朗的情境：“一枚樱桃/落在围棋盘上/棋手没有邀请它/裁判也不理睬它/黑白棋子/向边角惊散”（《落在围棋盘上的一枚樱桃》）。“金别针被弃在地毯上/绿绒中它像潜艇王/我捡起它放在书桌面/……我要用你代替掉了的纽扣/你肯定干得比胶布好”（《金别针》）。而在他的另一首代表作里：“这时一辆卡车/爬过乡间土路/种猪在它的油箱上/顺便吻了一下”（《种猪走在乡间路上》）。这真是匪夷所思，但这种良好的对位感正是

---

① 侯马：《抒情导致一首诗的失败》，见《顺便吻一下》，青海人民出版社1999年版，第166页。

诗人创作的秘密。侯马以后的诗加重了分析的力度，这主要是指，他处理的情境要更复杂和更微妙了：“这些翠绿的花儿呀/有整整一麻袋/沿马路摆开/它的原料是可乐瓶子/花儿，比弃尸纯洁/比灵魂颜色深”（《卖塑料花的农夫》）。“天上飘着新雪/地上堆着脏雪/她热爱这漫天的雪花/也心痛两只光洁的脚丫”（《脏雪》）。在他新近的组诗《九三年》里，侯马以一种小警察平静和平实的口气，向我们展示北京小胡同里那些普通布民不为人知的命运：“这位老哥像柔软记忆中的一段硬物/长久地挂在冰窖胡同公厕的横梁。”“刘奶奶在前门住了七十年/愣是没有去过一次天安门。”“这个女人真是敢张嘴/这怎么可以呢/诸位想想一个妓女，披着警服?”“呀，目睹这现代一幕的变迁/有人顾不得顾影自怜/一个男人要走多少路/才能被人称作男子汉/一个婊子要生多少娃/才能有人喊她一声妈/李红的旗袍裹着她的躯体/李红的智力含着她的美德/只有在酒吧旋转着挂在天空时/才能看到逃离的李红努努嘴好像一个吻。”这是一种交织着悲悯、同情、理解和尊重的感情，又是一种把自己置身于适当位置的态度，这也是口语诗里最为关键的分寸感。伊沙称侯马为“温和的先锋派”，指的正是这种沉浸于专业知识里的，对诗的内在构成与细节、诗的张力、诗的自足与成熟度的精确把握。侯马近作里的故事性也颇为引人：“他送她回家/他站在雨中呕吐/她的酒劲过去了/在车里冷得发抖/……他不让她说下去，说知道、知道/他告诉她关于响声/是风雨吹落了高楼的一块玻璃/在车机器盖上刻下了深深的一道痕。”这种节制、点到为止、见好就收的说法也对口语诗的继续推进提供了启示。

侯马的新作《他手记》（写于21世纪）是一部重要的作品。无论对他自己，还是对当代的中国诗歌。对它的议论和表扬已经不少，在这儿我只想补充几个没有怎么被人谈及，却未必不要紧的方面。

火车把他们运到海滨城市之后
他们（暑假社会实践团）
又挤上了一辆公共汽车
这辆公共汽车在行驶中
拐了一个弯　或者
是上了一个坡
总之，突然
一个海，横亘在车窗外
他们没有一个人见过海
没有一个人想到过
这么伟大的东西
会如此真实而又简单地摆在那里
他们不约而同，非常响亮地
发出一声惊呼
把正在工作中的司售人员
和日常生活中的当地乘客
吓了一跳，他注意到
一个少女生气的表情
他知道，他一生都不会忘记
这来自灵魂的喜悦合唱
由五十条来自内陆纯真、朴实、内心狂野
而又孤陋寡闻的嗓子发出
他的同代人　三生修来的同船渡
似乎愈是真实愈难以置信
愈简单愈有力愈像一个谜

当晚的海滩晚会
他们玩猜拳游戏：老虎、杠子、鸡
他永远喊鸡
多么不可思议啊，他战胜了所有的对手

——《他手记 450 海》

忘了是在哪儿看到的，马雅可夫斯基有次朗诵，台下有人挑衅说，你们不是声称为人民说话吗？怎么一口一个我呢？老马反诘说，沙皇倒是老说我们，但他只代表他自己。这差不多也是中国现代诗歌的特点，诗人们大都习惯于第一人称，但过去总以集体代表自许，现在个人价值暴涨，就只代表自己了。这么写的好处是亲切、贴身，并有着不容置疑的权威性。（其实，“我”就真的能说得清我吗?）可能很多人还没有意识到，侯马在诗里把主人公换成第三人称，是一个重大的转变。从“我与世界”转为“一个隐身的、匿名的、低调的作者与世界和世界里的他”，这个角度和站位的调整，必将改变我们对世界和自我的既定印象和既定形象，从而带来新的发现。他不是我，不太是，不完全是，可也不是外人，至少是最接近我（戴着面具），有些时候也可能化身为他人，“熟悉的陌生人”，不远不近，比较客观地观察和分析（肯定也是有着许多盲区和限度的，但较谦逊，也因此较通达），距离刚好合适。从我们的“辩证唯物论”教科书来看，这类似由“主观”过渡到“客观”，从哲学上说，这有些接近海德格尔对人的理解，“被抛掷在世界之中”，大家都知道，相对于笛卡儿的二元分离与对立，这是多么深刻的革命（在我看来，南非作家库切的小说非常迷人，似乎也与他的喜欢用“他”的叙述方式有直接关系）。从王国维的“境界”上说，这意味着自“有我之境”向“无我之境”靠拢，后者当然要高级一些。而且，这也指向更严苛、更精细的自我分析（有意思并充满反差的是，这位诗人居然是一名高层警官）：“尸体被抬走，客车也被吊起来了。围观的村民蠢蠢欲动，打算捡拾死者遗物。一个老头率先动手，弯腰抄起一瓶矿泉水。‘放下！’他厉声喝道，‘退回去，全都退回去。’他的同事一拥而上，把村民从现场劝离。农民的怜悯和同情都哪里去了，难道六个生命的消逝都不能压制住他们白占便宜。他说，真的需要加强社会公德教育。但是，他的眼前始终浮动着那位老人通红、布满皱纹的面庞，那欲言又止的神态。那不情愿放掉塑料瓶的手。他瞬间发怒的原因，是对权威的炫耀，而非对现场秩序的维卫和对道德的坚守。他真正想说的是，对一位劳苦者的欺压是他一生的羞耻。”

手记，即随手写下的、备忘的、多少有点漫不经心的手稿。态度放松下来，蓦然回首，别有发现，侯马以此命名自己的诗，所谋者大。通过解放形式来解放内容，这等于预备好宽阔的河床，再给汹涌的河水自由。随写随记，随改随抄，取消的是诗的外套，凸显的是诗的身体。无数闪烁的小单元，聚合在一起，居然就有了迷离的效果。“把鞋子放在鼻子下面去闻，这是多么古老的一个行为，人类富有诗意的一个动作：要知道，肯于这么干的人不在少数，它一定与人性有关。这样的追腥逐臭属于怪癖，肯于承认的人除了儿童，就是那些坚持劳作的农人了。/农人鼓励儿童这么干。当他们鼻子流血的时候，农人就喊：‘快，闻鞋。’儿童急忙脱下臭鞋，放在鼻子下面去闻。这个古老的秘方代代相传，屡试不爽。他的奥妙在于‘信任’，相信此法的儿童必定用力去吸，从而将血凝固。/啊，脚臭，童年的活遗迹，一切都流逝了，只有不变的脚味，带着自怜自爱的秘密，在享受与厌恶之间。”这种秘密的、特别的知识，如果不出自诗歌，还能出自哪里？从可能性上讲，它的弹性和容积不可限量，要多宽就能有多宽，要多深就能有多深，反过来也一样，要多浅也就可以有多浅。有的事情深挖细查，有的感觉点到为止，有的情绪一带而过，集腋成裘，居然累积到相当的规模，只有这时我们对他的整体构思和总体设计才多少有了认识（他是一开始就想好了吗？姑且存疑），这样的长篇巨制，无须整齐，也不要警句和华彩段，互相映照，互相发明，貌似杂乱与细小，但我们能依稀感觉到蚂蚁毁灭大堤的威力。

> 老人关心孩子的脚趾头。据说，大脚趾长的长大了孝顺，二脚趾长的长大了不孝顺。
>
> 他留心观察了一下，果然，有几个二脚趾不客气地探出头的家伙，都相当狡猾，不动声色地活着。
>
> 至于他，生活在一个拮据之家，从小顶破了不知多少双布鞋、胶鞋。父亲万般无奈，打算锯短他的大脚趾。他有权这样！就像托塔天王，可以亲手拿走哪吒的身体发肤。
>
> 他恨得痛心，在梦中流下了默默的泪水。是的，大脚趾头怎么没有大孝心。母亲都七十岁了，还在为他缝着袜子上的洞。
>
> ——《他手记　358　感恩》

侯马指出：“《他手记》首先是对诗的反动，又是对诗本质意义上的捍卫。他尝试这样一种可能，就是用最不像诗的手段呈现最具有诗歌意义的诗。”诗的本质既是发现，又是特别的发现使诗成立。他的雄心似乎是，把散文写成诗歌。可以说，自从黑格尔之后，很多诗人自觉不自觉地，都在做着这个工作。但直接把散文当诗来写的人似乎不多，毕竟这太冒险了，几乎相当于要把走兽变成飞禽。但侯马的尝试颇为引人，他给我们介绍了许多途径。他用片段拼接整体，用碎片收集和反射光芒。除此之外，我特别留意他的诗句的独特构成。譬如大家不妨注意这一段："哦，雨夹雪。啊，雨夹雪。哎呀呀，雨夹雪。哇噻，雨夹雪。噫吁戏，雨夹雪。且夫雨夹雪。雨夹雪，肉夹馍。"很像是乐队的反复试音（现在的诗歌乃至艺术，都是一个反复试验找调儿的过程，找到了就有了，找不到就算白瞎了），但等到"肉夹馍"出来了，我们意识到，他在递给我们花束的时候，玫瑰里面藏着匕首，今天的诗意正是如此，它出现在"不对头"的地方。它要让大地不稳，要让大路不平，要让我们在自己熟悉的家里迷失。它要求的毋宁说是一种思想能力，要对现实进行整合、修改和纠正，从而迫使我们退出业已习惯的安全地带。神来之笔就是神来了，神来了诗也就成了。"他真的不明白，一个偏僻小县城的人，到另外一个更加不知名的外省县城出差，有什么意义。更加不可思议的是，千里迢迢地，他的父亲，竟然搭火车，扛回来一张竹躺椅。/这把躺椅成了他们家唯一的奢侈品。他就是躺在这张凉爽而硬朗的长竹椅上，花了一个暑假，读完了《水浒传》全四册。这本书好就好在投降，令人灵魂激荡，心情惆怅。"我读到这里，同样是灵魂激荡，心情惆怅，这正是诗歌可以期待的读者反应。诗歌也并非无迹可寻，可以研究一下这里面转折和递进的关系。侯马说："诗歌就是停顿。"每个句号都标示着一个节点，停下来，感觉一下，事情是否不太一样了。诗意或者诗性（瘾君子梦寐以求的纯度海洛因），正隐藏在这微微摇晃之中。我理解这实际上也还是个整理动作，接下来就要拐弯了。好比不易觉察的换气，肌理有了微妙的波动。这就是它的节奏，只不过从外表的分行改为内在意思的跳跃，不是走路，还是在跑（诗与文的分水岭，假如真有的话，也挺难分清的），但不是一百一十米跨栏，而是马拉松里最后的冲刺。

“兄弟给他一块糖，他高兴地剥开：原来是糖纸包着的小石头。他和兄弟一齐大笑，分享了这块‘糖’的喜剧。”平易、亲和，有点意外，有些惊喜，内容似乎并不这么简单，但还很难讲得清楚，也有点硬，咬不动，这大致就是《他手记》给我们的感觉，它也正符合我们对诗歌的期待。

宋晓贤

“排着队出生，我行二，不被重视/排队上学堂，我六岁，不受欢迎/排队买米饭，看见打人/排队上完厕所，然后/按次序就寝，唉/学生时代我就经历过多少事情/……在墙角久久地等啊等/日子排着队溜过去/就像你穿旧的一条条小花衣裙/我的一生啊，我这样/迷失在队伍的烟尘里//还有所有的侮辱/排着队去受骗/被歹徒排队强奸/还没等明白过来/头发排着队白了/皱纹像波浪追赶着，喃喃着/有一天，所有的欢乐与悲伤/排着队去远方”（《一生》）。诗人宋晓贤（1966—　）以这样一首简洁、深刻、具有罕见的概括力的短诗占据了《1999 中国新诗年鉴》的头条位置，该书序言指出：“漫长的一生，仅一个排队的细节，足以洞见其全部的无奈、屈辱和悲伤。语言的躯壳里面，盛装的是富有疼痛感的心灵。”[①] 不仅如此，宋晓贤在此显示的，也是一种自我表现以外的关怀，他通过个人的境遇，来透视祖国和民族的命运，这种取材和取向，在近年来日趋个人化的诗歌写作中，好像也是稀有的，尤其是，对处于社会底层，处于弱势地位的人民生活的关注，更是他一个持续的主题，他没有忘记自己的由来，

① 谢友顺：《1999 中国新诗年鉴》序，广州出版社 2000 年版，第 6 页。

自己的现实依然与之有着不可分割的血肉联系，这样的人文主义，也因此有了一种踏实具体、可以触摸的沉重情感："一张苍老而丑陋的脸/而她的苦难也还远没有完/母亲啊，有些话/我们永远都无法对你说，永远//而这就是这片土地教给我的/一个土生土长的中国人/所领悟和所保有的生活经验/很久以前我就想说：//其实我多么爱你"（《母亲》）。"我知道，不久以前/一颗牛头也曾在此处/张望过，说不出的苦闷/此刻，它躺在谁家的厩栏里/把一生所见咀嚼回想？/寒冷的日子里/在我的祖国/人民更加善良/像牛群一样闷声不语/连哭也哭得没有声响"（《乘闷罐车回家》）。"苦孩子咬字不清，几乎说不出/自己的苦衷，他爱笑/总是用牙齿咬住下唇，他的财富嘛/就像我的慈爱一样贫穷/……20 瓦的灯泡刚刚够用，刚刚够用/一切完毕，苦孩子躺在小床上/身子底下，一张破席/但窗子够大，望得见星星"（《苦孩子》）。这种不是超然其上，客观冷静而是身处其间、感同身受的立场保证了它的诚实和品质。而来自民间的尖锐和幽默，对于朴素之美的感应和深情，以及他良好的音乐感，宋晓贤的很多诗把犀利与柔情有机地统一起来，并有一种节奏明快的吟唱感："风刚一起，/树就停了；/雨刚一下，/地就干了；/天刚一亮，/就又黑了；/我刚醒来，/就又睡了。/…… 我一出校门，/头发就全白啦；/我刚结婚，/转眼就离啦；/我刚参加工作，/就立马退休啦；/我刚想去哪儿，/哪儿就是哪儿啦"（《零的一生》）！"夜深了，我匆匆下楼/她打着手电送我到门口/留下一句：/'脚下当心啊，天黑！'//'放心吧，我比它/更黑'！我说"（《黑夜》）。"今儿个老百姓啦/真呀嘛真高兴（歌星）//哼！穷棒子！/可别高兴得太早啦！（胡汉三）//穷人作欢，/必有大难！（民谚）//皇上看见大伙高兴/一生气，就派兵剿杀（王二）//老头子，倒高兴（鲁迅）//高兴不高兴哩（忘记出处）”（《高兴》）。但在这种戏谑和玩闹之后，感伤，甚至绝望，似乎才是宋晓贤的基调和本色：“马兰花开的时候/我泪流满面/悲伤呵，就像今春的/马兰草一样香甜”（《马兰》）；“没有人为它哭泣/我即将死去，没有人为我哭泣/因为人们即将死去，没有人/为自己哭泣，只有灰尘/……那还上街买菜干什么/想花掉走在墓地的力气”（《垂死街》）！宋晓贤这些多少显得有些传统、有些古典的诗句，使人们再一次从朴素、优美、有力之中，感觉到20世纪90年代以降的口语诗中久违的抒情的力量，并且，他也从另一个角度和方向，提示人们注意传统诗歌资源的潜力、激情和不为人知的秘密。宋晓贤还有一些作品非常特别，比方“一个人病了/他得的是月光症/在有月亮的夜晚/他就发病/独自在月光下哀鸣//这病多美啊/我都有点跃跃欲试了”（《……月光症》）。让人无法评论，简直是神来之笔。后来，作为一位虔诚的基督徒，他的诗里面多了宗教的参照系，多了感恩和忏悔的意味，也多了怜悯和审视的意味（这些因素在他原来的作品里就时有闪现，现在只不过可能更加自觉和明显了），但这种视角和维度，在当代诗歌里，确实是不多见的：“在天桥上/吹口琴的人/一生都没能够/把一支曲子吹完整//因为他的手被烧坏了/他乞讨到的钱/总是不多”（《……口琴》）。“小马利亚问：爸爸，他们家的玻璃/为什么会叫啊？/那时，爱莲娜家的玻璃/被那些石头击打，一块块破裂。//小家伙说得没错/在玻璃的身体裂开的时候/发出撕心的惨叫声”（《……惨叫的玻璃》）。在疼痛和悲凉之余，他总能引导我们探寻更深和更远的所在。

有一天，我去探望患肝癌的朋友
见了面，朋友对我腼腆地一笑
似乎为自己得病劳动朋友来而表示歉意

有时候，我觉得他们是同一个人
他们万事不求人，不惊动众人
众人也不为难他们
他们都可以平安地活着，平静地死去
但是追问与探望，对他们都构成一种伤害
他们不得不就范，被迫地迎合

于是，在人前，他们总是歉意地
赔着笑，并且手足无措

他笔下的温柔、腼腆的人物和他本人内敛、低调、看似软弱的语调和风格，对浮躁喧嚣的人世和诗界，其实有着不易觉察的力量，起着校正和平衡的作用。

中岛

在口语诗的发展历程中，1990 年创刊的《诗参考》杂志起到了重要的作用。一方面，20 世纪 90 年代初叶开始，先锋诗歌，尤其是口语诗歌的发布的渠道不畅，展示的平台有限，这份刊物为它们提供了广阔的舞台，另一方面，新世代几乎所有重要诗人都在这本杂志上被重点推荐和介绍过，不夸张地说，这是他们起航的一个港口和根据地。而这本立功甚伟的杂志居然是由诗人中岛独立主持的，从筹资、组稿、编辑、印制乃至发行，全由他个人包办，多年来一直漂泊在北京的中岛并不富裕，其中的艰辛和付出可想而知，光是一本存在了 20 年的独立诗刊本身也已堪称奇迹。可是编辑家中岛的成就，多少有些掩盖了诗人中岛的光芒。

中岛（1963—　）早年的诗写得巧妙，带有某种意象诗的痕迹。比方这一首《病句和花朵》：

创伤掠过你的一个侧面
飞向另一处
一个春天的病句
从另一个春天中进入
一个枯萎的老头
在一个恋爱的公园里
看另一朵枯萎的花朵
一个妓女去打听另一个
妓女的住处
一个小偷在偷另一个
小偷的钱包
创伤掠过我的安静
飞向另一处

一个穷小子在做着发财梦
另一个穷小子在干着力气活
一个闪电击在天上
另一个闪电击在水中
此时我分不清
是花朵开在病句里
还是病句开在花朵中

写得机智、巧妙，也很熟练。把生存处境的错位感和荒诞感渲染得淋漓尽致。但是后来随着与这些口语诗人的密切接触，他的诗歌风格也发生了很大的变化，逐步靠拢并最终改由口语写诗了。2006年，他写出他的标志性的重要作品《我一生都会和一个问号打架》，甫一问世，便广为流布并颇有影响：

我一生
都会和一个问号打架
像兄弟和无情的敌人
我不知道什么时间会得病
我不知道什么时候会死去
从来就没有答案告诉我
我是什么人
你为什么不努力
却可以
得到小轿车和小洋房
我拼命的生存
却天天睡不安吃不好
而你
却灯红酒绿鲍鱼龙虾
为什么
为什么你可以拥有无数的金钱和女人
却还在贪得无厌
为什么你欺骗了别人
他们却还把你当成救世主
为什么你逼良为娼
却一副道貌岸然的样子

为什么你可以控制我们
而我们却要感谢！
为什么你可以垄断
我们还要高呼万岁！
为什么鬼是看不见的
但所有的人都怕
为什么没有动物鬼而都是人鬼
为什么鬼都是屈死的鬼
为什么善良都得不到幸福
而你却活得如鱼得水
为什么
为什么神是欺软怕硬的
越是膜拜就愈不幸
为什么没有杀富济贫的神
为什么神都是丑陋的神
为什么丑陋的神依然香火不断
而上香的人还是贫寒
为什么
为什么蔬菜都长了一双害人的手
为什么动物也学会了自杀身亡
为什么地球都已经百孔千疮
却还要友情地
承受这群“恶魔”的肆虐
为什么你不反抗
为什么我要投降
为什么 为什么
我一生

都会和一个问号打架
一直到我死亡

在一派歌舞升平之中，诗人愤然而起，挺身而出，直面混乱惨淡的世相，发出激烈的、愤怒的质问，也许它的结构和逻辑，还有构思和句式都嫌粗糙，并不精美，但它却有着“纯文学”少有的力量。这让我们领略到久违的正义感、道德勇气和道德立场，领略到我们文学传统中类似“天问”的雷电之声（当然，因为这种天问是无解的，所以这种天问也是永恒的），这里面当然有他自己的经验和经历、感触和感慨，但也代表了相当多的人们，这也刚好符合许多读者对诗歌“呐喊”的期待和期望。

中岛为诗，有他的特点。他不属于刻意经营、精雕细刻的类型，而是兴之所至，信笔由之，特别朴素，特别随便，像是一挥而就，甚至有些潦草，但有真气、真情、真意灌注其中，足以打动读者和感动读者。这是他笔下同父亲的诀别：“我带上殡仪馆发给的手套/用颤抖的手/把父亲的骨头一根一块地捡起/然后装进一个白色帆布的小袋子里。”“颠簸的路上/我把父亲紧紧地/抱在怀里/这是我有生以来/和父亲最近的距离/我感受着/父亲最后的拥抱/这是我们父子俩唯一一次拥抱。”感人至深，催人泪下。

李伟

诗人李伟（1964— ）在新世代诗人中间，是一个多少有点另类的存在。他的诗歌量不算太大，但他的诗，几乎总能给人以会心一笑的愉悦和愉快，在一个焦虑的时代，这简直太意外了，也太难得了。在2007年，这样的一首诗在网络和纸媒体上引起很多人的关注：

章子怡漂亮不漂亮
有人说她漂亮
有人说她不漂亮
我们办公室的刘萍
就说她不漂亮
但张艺谋说她漂亮
李安说她漂亮
成龙说她漂亮
王家卫说她漂亮
霍英东的孙子说她漂亮
斯皮尔伯格说她漂亮
现在连冯小刚也说她漂亮
那么章子怡到底漂亮不漂亮
我的意见是
章子怡比张艺谋漂亮
比李安漂亮
比成龙漂亮
比王家卫漂亮
比霍英东的孙子漂亮
比斯皮尔伯格漂亮
甚至也比冯小刚漂亮
但没有
我们办公室的刘萍漂亮

好看也好玩，是的。但是，难道这也是诗吗？这还是诗吗？

这不是大众明星、流行文化、俏皮话、脑筋急转弯这样一些元素的组合吗？诗歌不但降落到日常生活和日常闲谈里，甚至降落（也许是沦落）到娱乐圈里，诗歌道义何在，文学原则何在，我们又情何以堪呢？但是，有价值的诗歌正是这样刷新着我们有关诗歌的定义，当代的诗歌正是需要穿透大众文化并且对之进行评估和较量的。它要用流行文化符号来质疑和解构流行文化符号，它要以时尚来颠覆并批判时尚（这也要求诗人熟悉和了解自己所要“玩弄”和“挑衅”的流行文化，继而分析和分解它们。不入虎穴，焉得虎子，职业是画家兼教师，谙熟所有流行文化元素的李伟正是研究和处理它们的不二人选）。结果是“漂亮的”、“我们办公室的刘萍”战胜了偶像“章子怡”，并促成了这首漂亮的、令人难忘的诗歌。李伟特别喜欢并擅长于在时代的表面开掘，透过时尚的角度进入，但这一点没有减损他的力度和深度：“开往天堂的客车/停在调度室门前//发车的时间已过/车厢里空空荡荡//司机苦闷地抽烟/售票员和调度聊天//车身已经破旧/道路一直通向天边”；“共产主义社会/以我的经验来想象/那是一个/充满太阳能的国度”；“理想国里城墙厚/乌有乡中打麦忙”。60 年代出生的人，对此应该是有感应和有共鸣的吧；他这样描述《日全食》：“这是一桩/事先张扬的谋杀案。”他提出匪夷所思的建议：“查一查这个圣诞老人/究竟是谁派他来的/属于什么组织/目的是什么/有没有前科/家住哪里/一定要仔细查/一个人背那么大的包/还精心化装/绝不只是表面上送糖果那么简单。”真是让人乐不可支，如果说这里面有对过去冷战时代阶级斗争思维的反思，那这也是一种高级的、真正蔑视的、彻底战胜的反思。他可以轻易地把麻烦的事态转化为喜剧情境：“在罗马/车停在一条酷似解放北路的街上/我说这不就是天津吗/由于信息错误/要入住的酒店一时查不到地址/半小时的等待/大家有些不耐烦/我提议不如大家下车/打的各自回家/反正往右拐是海河/往左拐肯定就是和平路。”我们可以联想到它的创造者那种非常宽裕、优裕、余裕的良好心态，以及在此之上轻快滑行的智慧。但他的轻松下面也有隐约的沉重，甚至沉痛，“我把长头发剃了/剃得很短/马丽哲看见了/拍了我一下说/哎呀你这个头可真难看/像工人似的/我很难过/不为我的头/是为工人/为领导过一切的工人/我像一个真正的工人似的/照了照镜子/镜子里的我处境很差/头发短而凌乱/脑门和脸又增加了几道皱纹/秋风又一次围绕我/让我裸露在时代面前的头皮/一阵阵发凉”(《像一个工人》)。凉意中不乏沧桑和感慨。“我凝视着对面的那把椅子/黄昏的阳光静静地照在上面/粗糙的椅背上，搭着一件破旧的/牛仔上衣，我曾经穿着它/走过了很多地方，现在/它静默地伏在椅背上，袖子低垂/让我也感到一种深深的疲惫/我抽着烟，在烟雾中想起/在路上遇到过的那些姑娘/想起曾经感动过自己的感情/现在也像这件破旧的牛仔上衣一样/蓝色磨尽，裸露着岁月的毛边”(《牛仔上衣》)。沉思中，岁月、青春、中年觉悟，在舒缓的节奏里依次展开，平静中蕴藏着丰富的感情。

李伟关于女儿皮皮的诗歌也特别可爱。在一个追求深刻的氛围里，我们多少遗忘了、疏远了，甚至放弃了天真。而他的这些作品，不光写出了小姑娘的童心与童趣，关键是，我们感到了诗人的童心与童趣，这已是今天的稀缺之物和稀罕之物。“午睡前/皮皮躺在床上/跟我打了声招呼/爸爸，下午见/过了一会儿/我以为她睡着了/谁知皮皮翻过身/又补了一句/爸爸，梦里见”。“朋友们来我家/我给大家沏茶//皮皮很兴奋/忙前忙后/我环顾四周/问谁的手上还没有茶//皮皮扯着我的袖子大声说/袜子有洞的叔叔还没有茶”。“皮皮从抽屉里/翻出一块怀表/怀表是几年前别人送的/镀金的表盖上/有邓小平的浮雕头像/我问皮皮/知道表盖上的人是谁吗？/皮皮的回答只有一个字——党！”“皮皮问我/咱家是穷人/还是富人/我说你说呢/皮皮说咱家/不穷也不富/我说那你/愿意当穷人/还是当富人/皮皮摇头/说都不想当/我说为什么/皮皮说当富人/我不好意思/当穷人我不愿意。”太好玩儿了不是吗，但不唯如此，童真让诗歌也变得明亮和纯净起来，这是可遇而不可求的、难得的礼物。

贾薇

云南诗人贾薇（1966—　）在90年代中横空出世，看不出什么发展的痕迹，她好像是在一个少有朋友亦少有交流的环境里，独自成长为出色的口语诗人的。作为一个多面手，她还写小说、做戏剧，画画，她有一种很难被混淆的个人语气，这就保证了她的品质：

它多么像一缕光线
从海面照抚下来
穿过群鱼游动
穿过礁石沟壑
穿过还温润的水
一直到下面
柔软的一触即发的
海底
……
它年少的时候
一条鱼游戏变成两条鱼

中年时
穿过惊涛骇浪
多了新伤
它老了
静享暗中的生生死死
独自遨游
独步远方
那水底 400 米之下
没有光亮很黑
没有声音很静
没有搏斗和欢愉
一缕光线悄然抵达
在最深和最浅的水之间
那是
深蓝

她的诗轻松、自然，有一种脱口而出的说唱感：“夏天一到/蚊子来了/附近有菜地/附近有水塘/蚊子飞进来/听音乐/爬墙/飞东飞西。”“她还记得我/我也记得她/世界那么小/一些想不到的人/总会在想不到的地方出现/但是/朱丽安//你为什么一直没回昆明/而我一直在昆明没去别的地方/你为什么一直没有消息/而我总在打听却什么也得不到//朱丽安/找你不是件容易的事/但我一直在找。”这里有一种娓娓诉说的亲切，一种不需训练的四两拨千斤的才智，而她笔下的许多颇具情色意味的场景竟也有一种理所当然的明媚：“四月中旬/颜色不淡/天上苔藓/水中苔藓/都很灿烂/四月中旬/有个弟弟/经过我窗前/他说/苔藓苔藓/在你下边。”像谣曲似的，通俗而又正当。这是她笔下的

《老处女之歌》："上班/下班/没别的事可做/我一个单身女人/货真价实的处女/有人说我怪/有人说我变态//邻居给我/介绍一个男人/四十多岁 一脸色相/我心中厌烦/我是个老处女/有自己的理想/不喜欢的人/决不乱来//其实我很愉快/想嫁的男人/是我们科的科长/他已婚 有一个/十岁的男孩 和一个/风骚的老婆//我呀 我呀/想当科长太太/不管等多久/我守身如玉/意志如坚/除了科长/决不乱来。"对此我们能说些什么呢？不能表扬，当然，也没法批评，这是一种令原有的我们的道德尺度和艺术尺度统统失效的新的生活和新的表述，有些时候，我们甚至不免也会产生艳羡和效仿的冲动。"在供销社的楼上/也很快活的啊/生死自己掌握/要有光就有光/要想飞就想飞/只是赵兵不能做爱了/那一日 吸毒的小丽来了/他们互相对望/双眼有些潮湿/这是怎样的生活啊/赵兵和小丽想做爱/想得要命/像两条黑色的蛇在床上翻滚/赵兵的朋友周说/总以为那一天回禄丰就见不着他了/没想到他一直活着/还会时常有做爱的心情"（《吸毒的赵兵》）。所谓的"边缘人"的生活状态，颇有点类似艺术家，别人以为他们在自虐甚至自残，但其实他们享受着旁人（正常人）永难体会到的飞翔感（当然，也要付出难以承受的代价）。贾薇的近作似乎开始多了一些宽容和包容，可能是年龄和心境的关系，她变得耐心和从容："没有时间没关系/亲爱的/我们把最该做的先做了/一样一样/再往下做/做不完也没关系/只要伤及不到生命/都可以慢慢来亲爱的/该做的总要做完/剩下的你不做也罢/亲爱的。"这是不是预示着她的诗会更开阔和宽阔呢，我们拭目以待。

君儿

天津诗人君儿（1968— ）则是由一个意象诗人转变为口语诗人的。毕业于山东大学的君儿早年的意象诗就写得情感饱满，意象鲜明甚至逼人：“一个人心中可以盛下几个大海//一个大海要波涛汹涌 流向茫茫无际的虚空/一个大海要风平浪静 有不落的明月升于其中/一个大海要产出鱼虾和蓝鲸 让饕餮的人类满足于口腹/一个大海要藏污纳垢 消化人间屎溺和化学重金属。”“这是青竹北上的九月/而一旦扎根/它们就不准备再凋谢/这是佩戴红镯的九月/走在蔚蓝的大街上/这是我兄弟般的九月啊/红雪未降的九月/大海如布的九月/万物开始裂开细小的口子/这是我大口喝风的九月/是九月的头几日/这是三千年后/七窍生烟 手指流血的九月。”但诗人总是要寻找跟自己的心灵节奏更契合、更协调的表达方式和语气。君儿最终还是蜕变为一位口语诗人，好像是更新换代后的武器更得心应手，也更有催生和促发的能量，君儿的诗也随之进入了新的境界。

马路边
一对男女隔车拥抱
给人的感觉
像失而复得
像珍宝遇见珍宝
一个模样六十岁左右的大娘
从他们旁边轻轻走过
走过还在回头望着

让人感觉依依不舍
感觉鸳梦像大雾笼罩了这个
新世纪的小城
一会儿大娘竟自顾跑了起来
跑了一段复又停下
身子开始左右摇晃
黑的白的头发也开始
随风招展

虽然态度似乎松懈了，语气好像随便了，但是人的气质和习惯还是很难改变的，特别是一般女诗人少有的磅礴甚而雄浑的特点（不甚剪裁也不甚修饰，但自有铁腕控制），依然闪现在她的诗中，并成为她的个人标识。她的长诗《往事书》和《生长史》都是近期诗歌里的重要收获。“太阳西沉的时候/妈妈在包饺子/羔羊馅水饺/与韭菜混合/儿子咳嗽了几声/我找药　煮梨水/一整天读着/帕斯捷尔纳克。”“今天有小虫开始活动/在厕所白瓷砖上/比一个七号汉字还小许多倍/每天这个大世界的大事情/多得数不胜数/一个比最小汉字还小/许多倍的小虫/让我的心动了一下。”“一生的努力/只是为做/一只幽暗中/嚼书的老鼠/识字的老鼠啊/一生忧郁/别无目的”（《往事书》）。观照着世界也观照着自我，来者不拒，巨细无遗，似乎一切皆可纳入视野，一切都能化为诗歌。“坐在自家大门前，看两名弟弟/更多时候，其实是任其自生自灭/抱不动，令不听/何况我五岁已无师自通/学会忧伤，忧伤父母不至/忧伤饿着肚皮/一次母亲命我熬鱼/我把鱼下锅，水下锅，咸菜下锅/开锅时咸菜还有/但鱼没了”。“八岁，邻家女孩叫我上学/可父亲母亲从没提过/不管了，先去报名/但名字还是‘领弟’让我颜面扫地/尽管不高兴，母亲还是用一小块毛巾/给我做了一个像书包的东西/是天降大任，还是命定天才/一上学，便总考第一/脸对着用水井外一面墙作的黑板/头顶着蓝天或雨天/天地多么广阔，几步之外/还有我无数次捡拾破报纸/废线头，洋火盒的/小树林”。“最初的温暖，哦/这得好好想想，那一年/书已读到初一，家长会/老师把妈妈从四里地外的家门/哄来，把一份优秀学绩单摆在/她老人家面前/晓之以理，动之以情/妈妈终于被感动/从衣袋掏出两角钱给我/令我整整十天/在窝头咸菜之外喝上了/溜锅水佐以葱花做成的‘菜汤’/嗬，温暖是那稀薄的所谓的/菜汤里零星的油点。”“说山东话的爷爷死在1976/那一年，大队部的大喇叭哀乐不断/一长串D和国家领导人的名字/就是从那时深入记忆/难以拔除，一鞠躬二鞠躬三鞠躬/为主席戴白花，游行/大队部墙上张贴着伟人像/马克思，恩格斯，列宁，斯大林，毛泽东/每一个都那么肃穆 庄严 威武/不像社员同志们灰头土脸/连哭都有如驴叫”（《生长史》）。有些心酸，也有些温暖，有些感慨，更多的是说不清道不明的复杂情感和心绪。这是她回忆中的父母亲：“1989年父亲得癌症时我已大学二年级/一个女医生给父亲做的手术，我和姐姐只送了/人家几个青玉米/这个手术近乎神奇，2001年父亲才再度复发/重新躺回肿瘤医院/这次回天无力，父亲在海望园我的家中死去/看父亲皱了一下眉头，永远地不再呼吸/就好像我与土地从此再也不可能有深切的关系。”“妈妈读书到小学二年级未完/她说小时候发过一次烧/‘又是食又是火’所以脑子给烧坏了/有一次我曾提出非分之想/让妈妈坚持一分钟不说话/结果当然可想而知，妈妈在/十多秒以后，已经接上前茬，大放厥词/这世上，能忍受妈妈长年累月/连环轰炸的恐怕也就只有爸爸/呜呼哀哉，但我又怎么能说/好在斯人已不在。”从童年到少年、从青年到成年，个人经历、乡村记忆、沉重的、从来在诗歌里没有得到充分表现的历史，终于有了细节的、场景的充满血肉的记录和见证。

让我这个坐在屋子里的人
懂得怀念
怀念陌生的事物
它们在远方
已灿烂了两万年
这沉默的两万年里
你来过
又飘走
让我的经书上
画满桃花
好让异代相逢的人
又馨香可嗅
唵嘛呢叭咪吽
让我转动的经筒飞舞

同时，君儿的诗始终存有一个形而上的维度，有一个统摄的视角，盘旋向上并寻求超越，是她一贯的诗歌气质。与之相关，好像也还总有一点恍惚，这使得她的诗歌空间得到了延伸和拓展，成为值得我们一再深入、探寻的独特世界。

第十章

但每个少年都可能屠宰一只猫

——70 后口语诗人漫议

也许与中国晚近历史的阶段性相关（每一个阶段总会出现新的图腾和新的折腾），在当代中国文学评论界和出版界，代际划分一直是一种惯用的和有效的分类法则和切入角度（历史和年龄已经先期和潜在地划出一些分界线了）。但奇怪的是，70 后诗人这一说法，早就被好些人提出了，但却一直没有被广泛接受和流传开来。可能是因为其中涉及的对象太不相同了吧。其实，放在一个更大的时空段里，这些什么 50 后、60 后、70 后诗人的分类大概都被扯平，也无足轻重，但在一个编年体的研究里，它仍然不失为一个有用的和方便的概念。毕竟，70 后诗人受到之前诗人的影响，既有承接关系，也有反拨作用，只有在这个大背景和大前提下，我们才知道，他们走了多远，又贡献了哪些新的元素。

70 后诗人命名的合理性是，70 年代人（虽然，我们要较起真来，1970 年、1971 年生人同 1978 年、1979 年生人恐怕隔得也挺远了）确实有不少共性。诚然，人们无法选择自己的时代，但时代总要给时代中的人打下烙印和戳记。在中国，情况更是如此。70后一代诗人的成长史上，预先设置的革命氛围逐渐消散的尾声，以后一百八十度大转弯并愈演愈烈的商业化浪潮，把他们置于一种上挤下压的尴尬处境（人们每每用夹缝中的一代来形容），而大一统体制里阅读时尚乃至写作范式的解体带来的令人无所适从的多元化局面，也是一种很难摆脱的宿命般的限定，前期朦胧诗、第三代和新世代的影响以及伴生的影响的焦虑，往后更年轻一代诗人更轻松的网络诗歌的大面积崛起，几乎构成了他们共同的背景，这样，他们想必会有一种血缘和家族的近似性和亲和力，自称"无论如何，我这一代人多少是被赦免的"布罗茨基曾经指出：记忆，"就是我们在愉快的进化过程里丢失的那根尾巴的替代物。它引导着我们的运动，包括迁徙"。[①] 我想，这大概就是这一命名的合法性基础。

但是，我们也知道，在诗歌写作中，个人与历史的关系固然重要，但更重要的，也许正是诗人能在多大程度上挣脱和超越这种关系，从这个意义上说，代际命名取向，更多的是社会学的而非诗学的，它忽略了这一概念下巨大的分延和差异。尽管他们可能有太多的共性，但他们的特性可能同样多，如果不是更多的话。而我们必须记住，不是同质性和普遍性，而是异质性和特殊性造就和决定了诗和诗人。

70后诗人正在成为中国诗歌的新生力量和中坚力量，但这里讨论的，只是他们中间具有鲜明口语倾向的几位，毫无疑问，也是这一代中最出色和最优秀的几位。非常巧合的是，这几位诗人，早先都曾"隶属"于以激进和决绝著称的"下半身"诗派，虽然他们后来都开辟和开拓了自己新的道路（本书未能提到的

① ［美］布罗茨基：《文明的孩子》，刘文飞译，北京中央编译出版社1999年版，第27页。

诗人朵渔、李红旗、盛兴等诗人也是如此），但这也说明，叛逆的、先锋的精神和气质还是能够推动和促使诗人走得更远，并且有更多的动力和可能性。

马非

“我边走边唱/我的青春小鸟一去不回来/趟起一路灰尘　九三年/在我背后悄悄落下。”1993 年，马非（1971—　）从陕西师范大学毕业回到青海，并在出版社工作。之前他在西安结识了诗人伊沙，并组织和参与了取名《倾斜》的先锋诗刊，已是一名自觉的诗人。看来，青年时代，在诗人寻找自我的关键时刻，机缘、友谊以及在此基础上形成的方向是非常重要的，甚至是决定性的。西宁位于青藏高原，当地的诗歌氛围深受诗人昌耀的影响，昌耀在某种意义上，也是西部诗人的象征。他代表了一种把自然人文地理同自己的诗交织融会的艰难努力。西部特有的神话古迹，大漠长风，乃至她的海拔高度带来的缺氧状态，似乎都有助于形成一种集高原意象、亢奋幻觉、激情人格为一体的诗歌。事实上，这是一支庞大的队伍，而这也确实是很多人对西部诗人和诗歌的定位和期许。另辟蹊径的马非注定要在寂寞中坚持和创造了，他也确实这么做了。或许我们可以说，他服从了自己内心的律令。好在他早已经找准了自己的道路。在 1991 年，他已写出这样成熟的诗句：“一名阿拉伯儿童/早我一步成为/汽车的香肠/那是在阿尔及尔/一个村庄/一个光明的下午/四周寂静/远处的农夫/比蚂蚁还小/我看到/肇事的汽车/扬长而去/法国人加缪/也打此路过/他手指蓝天和大海说/你看，它不说话！”这是典型的现代诗的思维，也是典型的现代诗的语言。这使他从一开始就摆脱了从幻想、感觉和情绪出发的浪漫主义，摆脱了青春期的忧伤（而我们这个理性传统薄弱的国家，年轻人是多么容易变成抒情诗人啊）。受伊沙影响并与伊沙类似，他实际上是一位偏重智性的诗人，但也并非沉思默想的玄学式的。他敏感和关注的，是当代生活的荒诞性质和悖论特征，这也是现代诗的基本特点，它不仅需要想象力，更需要判断力和洞察力，在这里，天赋直觉起着重要作用。马非并不喜欢和擅长面对整体的正规阵地战术，而是像游击队似的，兴之所至，零敲碎打，经常从片段、侧翼、缝隙处入手，他的爆发力用在你想不到的地方，突袭过后便扬长而去。经过他"恶作剧似的改写"，原先被优美地建构起来的文学现实，如果不说是墙倒屋塌或人仰马翻，至少也变得不那么安全和可靠了："我左顾右盼/仿佛她下面的那人是我/要知道在我居住的国家/这真是绝无仅有/以致那年 20 岁的我/只得以手淫体会性的快乐/我过去相当腼腆的同学/镇定自若俨然将军指点山河/他说：你看，这就是北大！""今晚大家最关心吃什么/厨娘蝴蝶说，没什么可招待的/就吃我们没吃过的这个吧/猫发表意见，人肉刺多。""关于彼岸/今天我所能告诉大家的/仍然不会比我看到的更多/与此岸毫无二致的沙粒及石子/令我们仓皇逃离的是/那里是一座坟场。"马非动摇和破坏的，正是文人式的一相情愿的幻觉基础。他启示我们，世界并不完美，但挺好玩，也很有趣，如果你有足够的承受力和幽默感的话。这当然不是令人愉快的发现，毋宁说，它们令人尴尬和狼狈，特别是对那些天真的、趣味纯正、试图在诗歌里寻找美好的读者，这注定了马非不会成为大众宠儿，大众宠儿要甜、要面、要有一种不超越接受预期的所谓机智。马非并不打算取悦这些读者，他知道符合自己标准的就是符合自己口语诗歌美学的，他的诗看上去真是大大咧咧、随随便便："朋友老是抱怨/世界越来越不好玩/我什么都没说/伸手将他面前/一直倒扣着的扑克牌/翻过来。”“我没有像我的那些/系着白餐巾的同胞/假模假式/对老人满脸嘲笑/我太喜欢他了/管他三七二十一/怎么舒服怎么来/像一首我要的诗。”“尽你们所能吧/即使造再大的笼子/即使笼子造得比地球还大/我也要飞翔/就算冲不出去/我也会带着笼子一块飞翔。”他的诗注重效果，追求快感，总有高潮和亮点。里面有戏剧性和悬念：“这一天发生的事情还很多/王东东说　历史老师有鬼/李明说　谁不知道陈小娟历史最差/四月前的那次考试/她满分/这一天还没完/晚上　父亲/报纸里抬起头/突然冒出一句：/－8℃——－8℃/怎么恒温/这一天就此打住。”有莫名其妙的神秘感：“李明学猫睡觉/王春风走猫步/有着猫一样神情的是夏冬/尤其是张朋园/他甚至不满足于仿生学/在某个骚动的春夜/潜入后院/过程他没说/赤脚拎回一只死猫//每个少年都有成为一只猫的意愿/但每个少年都可能屠宰一只猫。”有恰到好处的幽默和批判：“早晨上班途中/见街树上挂满白花花的东西/心头不禁一颤/既而看清是塑料袋/我不无恶毒地想/这就是城市的梨花。”有充沛到结实程度的情感：“我们用酒杯拥抱/我们用烟卷拥抱/我们用目光拥抱/我们用言辞拥抱/如果这些仍然不够/我可以进一步提醒你/我们还曾用心脏拥抱。”汇聚了各种声调、各种风格，形成一个独特的个人诗歌世界。

刚出道时的马非，以生猛令人瞩目（经常写得“凶狠”甚至“极端”）。人到中年，他也渐渐由生而熟，变得老练和从容起来。马非 21 世纪以来的作品，多了些欲说还休的隐忍、点到为止的分寸感、引而不发的自制力，这正是优秀诗人的标志。因为口语诗之困难，常常不是怎么开始，而是如何打住。这里涉及的，不仅是年龄、经验和心境，更受制于对整个社会语境的把握以及建立其上的诗学立场。马非长于叙事，敏于细节，精于思辨，放得开也收得住，他的语言，既有突兀转折的紧张，也有图穷匕现的惊险，并且质地坚硬，铿然有金属音。他的作品量丰富，名作迭出。比方“他已经很好地解决了/人类在睡眠中/或躺或趴/至少耷拉着脑袋/闭眼，不如此/无法入睡的问题/在一次会议中/坐在我身旁的同事/我递烟给他时/发现他双目圆睁/脖子挺直/居然睡着了”（《与会者》）；比方“挽老公散步的女人越来越少/牵狗遛弯的女人越来越多//这是今年天气转暖之后/出现在本城一道独特的风景//以至于我常去消遣的广场犬声鼎沸/再也不敢去了//它们是清一色的狼狗/牙齿凶狠 眼神幽怨”（《女人与狗》）；比方《世界上最痛苦的人只有七岁》：“一个刚入学尚未佩戴红领巾的孩子/对牵着他的爷爷说：‘我是世界上最痛苦的人’/……那个中午阳光惨淡/我尽量以温柔的语气问儿子：/‘你呢？’儿子显然也听到了/以及理解了我问话的意思/‘我也是’儿子踢着一颗石子/低头而行。”他尤其擅长对庞大体制内部灰色人生的刻画：“办公室墙角有一把椅子/上面放着时刻有水的脸盆/两条毛巾就搭在椅背上/一条颜色深一条颜色浅/深色毛巾供本人使用/浅色是专为客人准备的/深色毛巾已经脏得/比它的原色加深了一倍/而浅色毛巾依然散发着/它最初的洁白光泽/倒不是因为没有客人造访/而是因为尽管得到主人提醒/客人依旧我行我素/视主人的脏毛巾为己物/难道在他们的理解里/主人留给自己的/一定是干净的毛巾吗/无论如何深色越来越脏/浅色干净得有点过分/我倒不是没有想过改变一下/两条毛巾的主客位置/但从没有付诸到行动中去/一个来访的诗人对我说/‘这多么像我们的人生啊’/至于像怎样的人生他没说/我也没有进一步追问”（《两条毛巾》）。再比方《那个人》：

那个每天来的最早的人

那个早上都在拖走廊的人
那个能把短短的一截走廊
从八点一直拖到九点的人
那个我们单位的人

那个前年退了休的人
那个到退休连科长都没混上的人
留给我唯一的记忆就是
他用一生在拖走廊
那截走廊居然越拖越脏

都给人以深刻的印象，我们好像在此辨认出无数中国人的生命过程和生命的荒废。而他写得却是那样平静和干净，简洁和简单，只把回味和思索留给读者。

人随岁月成长，好的诗人总会在生命过程中越来越开阔、越来越包容，也越来越深厚。可能是有各种各样的发现、感慨和思绪需要倾诉和表达，原有的短诗和小品的容量有点不够了，中年诗人的长诗和组诗多了起来，这成了 21 世纪以来的一个普遍现象。马非也不例外。近年来他先后有《自传》、《敦煌来去》等问世，最引人注意的是《青海湖》组诗，这个年轻时似乎在回避西部题材的诗人，这一次终于回报了故土，而且是慷慨得近乎奢侈的回馈（他的经验和意识、储备和准备已经到了一吐为快的程度）。他发现："无用的青海湖/仿若无用的灵魂/在这个物质的时代/他在为灵魂而痛哭//由此我也为自己/多少次来青海湖/就多少次饱含热泪/找到了科学无法提供的依据。"他感慨："这就是藏民的情感/看到雪山好像看到神灵/心情爽朗四肢舒坦/他点燃了一支烟//我在心里暗自纳闷/难道说我也成了藏民/

此刻我体会到的/正是这样的情感//哦不，我的体会更为宽广/在雪山面前人人都是藏民/我没有将我的发现说出/只是接过他递来的香烟点燃。”他敬畏：“当你独自置身湖畔草原/向青草更青处走去/你就走进了宇宙/你跟它不再是敌对关系/这时候你感到自己的渺小/你可以是一棵草/一颗羊粪蛋一个鸟蛋/总之可以是任何东西/你不再是万物的统治者/只是它们之中的一员/你们都是一个家庭的孩子。”他炫耀：“如果你有幸于冬天抵达青海湖/你会看到如下美景：/在冰天雪地的严酷世界中/有一块因温泉作用/而没有冻结的氤氲水面/数百只白天鹅游弋其上/你一定误以为闯入了仙境/岂不知你闯入的就是仙境/是因为你想不明白/仙境怎么可能在严酷世界中/我可以告诉你的是/仙境只可能存在严酷世界中/所以绝少有人得见。”他的妙语：“有时候我想/所谓文明就是建造厕所/所谓高度文明/就是建造更豪华的厕所”。“我躺在金银滩草原上安慰自己/只有被自己睡过的女人/才是世界上最美的女人。”他的同情：“我无法理解/他们抛弃牛羊/庄稼和商店/几个月甚至几年/像乞丐一样/匍匐在朝圣路上//必须转换角色/从诗人的视角出发/我才理解了他们——/都是我伟大的同行。”他的总结，“青海湖的蓝/是用蓝这个词/说不清楚的/它讲究的是/蓝外之音/蓝外之意//仿佛诗/是用词语说不清楚的/它讲究的是/言外之音/弦外之意//一点都不玄/属于灵魂范畴/有心人都能看见//这还是净化灵魂的地方。”这不光是在讲自然，说青海湖，也是在说宇宙，说人类，说社会。这首长诗形散而神不散，芜杂而统一，小中见大，举重若轻，它进入了文明论的层次，在对人性、人的生活方式及其价值的反省和讨论中，从各种角度、各个层面，在多重变奏中，他在试图寻找永恒的美，寻找可以拯救我们的诗心。这当然远远超越了靠外在壮美来提高和升华自己的传统西部诗，它本身就足够辽阔、深沉和宏伟了。这也标志着马非正越过自我、个人、社会、自然和文化的藩篱，在向大诗人的境界迈进。

沈浩波

在“下半身”诗群里，沈浩波（1976—　）无疑是一个“灵魂人物”。无论在独立宣言、理论建树、作品批评方面，还是在更重要的诗歌创作方面，他都有突出的贡献。他和同仁们能量极大，借助网络这一新兴媒体，“下半身”诗群迅速成为21世纪初叶中国诗歌引人注目的焦点和亮点。他们把“第三代”的有关人的本性的一面和口语诗直接简易的一面的诗学革命集中、强调并放大了。

诗歌，无非是对世界的看法和说法，20世纪90年代以降，中国诗歌的题材和方法的空间已所剩无多。年轻诗人们没有希腊或西藏可以投奔，也没有麦地和矿山能够依靠，所谓的日常生活也已被人掘地三尺，敲骨吸髓，技术主义更是学院派“知识分子”的专利，这些正值风云际会的青年诗人，只能以亮出“下半身”的极端动作，把这密不透风的诗坛捅开一个窟窿。他说：“所谓下半身写作，指的是一种坚决的形而下状态。对于我们而言，艺术的本质是唯一的——先锋；艺术的内容也是唯一的——形而下。”“只有肉体本身，只有下半身，才能给予诗歌乃至所有艺术以第一次的推动。这种推动是唯一的、最后的、永远崭新的、不会重复和陈旧的。因为它干脆回到了本质。”沈浩波的诗，逼视自己的内心，直指人性的深渊，深入到当下境遇和日常心理的批判（按康德的原意应是审查），但并不拷问和忏悔，而是带着某种调皮捣蛋的顽童样儿和比谁更“坏”的炫耀感，洋洋自得和津津有味地在文学禁忌之地撒野。“放眼偌大中国/鼠辈遍地都是。”“这可真是一个/很难思考清楚的/大问题——/到底要到什么时候/我才能把/世界上的/那些正人君子们/全都恶心死。”我们知道，社会和人性中的许多黑洞部分（特别是与下半身相关的种种，也许是太过残酷、也太“野”和太“俗”的缘故吧），大多数人宁愿采取遗忘、回避甚至掩盖的体面方式，至少诗歌从来不是适宜的暴露场所，但沈浩波对此似乎有着强烈的偏好，他是鲁迅所谓敢于直面和正视的“真的猛士”的后现代主义嬉戏版，他凭借直觉和本能，直捣黑暗的核心。对那些其他人往往要兜好大圈子才勉强接近的本质一类玩意儿，他不是触摸或刺痛，而是一下击穿。这种对人性的探测，彻底丢掉了旧有的浪漫主义幻想，也完全不顾及诗歌的唯美传统，充满身体摩擦、欲望袒露、惊险、引人入胜，有一种直接、凶狠和激烈的效果。光看他的这些诗歌标题，诸如《做爱与失语症》、《一把好乳》、《挂牌女郎》、《朋友妻》、《破口大骂》之类，恐怕就对很多人习惯的文学构成了粗暴的冒犯。“我可以放进方糖，但却不一定能调匀它/我可以放进冰块，但却不一定能融化它/我以为我在轻轻摇晃/她的反应却是抽搐不止/我刚刚给她灌进一杯蜜水/她马上就大口大口吐出胆汁。”所以人们对沈浩波诗的阅读快感，首先不是来自感动，而是来自震惊。应该承认，这个年轻诗人让我们领略了人的处境和心境方面的险峻风光，而且我要说，这同整个社会变迁、人文思潮乃至时代大趋势不无暗合和呼应之处，我们正处在一个日益沉沦的世界。

令很多人不能接受和忍受的，可能还有沈浩波的诗歌态度。简而言之，或可称为“无耻的写作”。“作为一个流氓/我横行无忌着/作为一个混子/我游刃有余着/作为一个恶棍/我朝所有面瓜般/善良的书生/露出狞笑/作为一个阴谋家/我和另一些家伙朋比成奸/吹着口哨/像天生的坏蛋一样/踱过你们原本干净的街头。”实际上，在这里，无耻，大略相当于尼采所说的超越道德判断，站在善恶彼岸的美学态度。但有趣的是，与人们的印象相反，沈浩波的道德感与其说是缺席的，毋宁说是鲜明的，甚至是强烈的。他所反对的和破坏的，无非是伪善罢了（历史上开风气之先的多是这种愤世嫉俗的人物）。在他们眼里，回避和畏惧真实，这大概是我们的文化，尤其是我们传统美学的主要问题。如果说伊沙是开始和方向，那沈浩波等人更把“无耻”推进到新的、多少有些让人瞠目结舌的境界。“我纵心藏大恶/胸中仍有大爱/你虽慈悲是真/却不知爱为何物。”这也许就是下半身的真谛吧。在文学上，无耻其实是很高的、难以抵达的境界。有点像罗兰·巴特讲的“零度写作”，很多人对沈浩波诗的反感和愤怒，也许并不在一个层面上，这位诗人使用的是另一种坐标系。同时，并不意外的是，也有许多人（更不要说他的同时代人了）可能很羡慕和佩服这种了无牵挂的自由心态。这不就是先锋、这不就是青春吗？

作为下半身的“领袖”，沈浩波的诗能压得住，在浅易自然间透出大气，并有一种同龄人罕见的寓言感和抽象能力。他的“无耻”要更自然，也更真实（有些受他影响的人看上去好像是在使劲无耻和假装无耻，看来无耻也并不那么容易抵达），甚至（奇怪！）带有某种坦荡、天真、明朗的磅礴，“并不是说/穷人的脑袋就一定小/我只是在说/一个长着小脑袋的穷人//一颗多么小的脑袋/长在他的脖子上/就像桃树的枝头/挂着的/只是一枚桃核。”他的色调也更丰富，在肆无忌惮的下面，还有他的洁癖、他的细致、他的雄辩力和他的完美倾向。“如果没有搞错方向/经过永安里、国贸、大望路/5 分钟之后/你就可以到达四惠地铁站/随着人流，你从东南口出站/外面是高速公路和立交桥/桥底下停满了大巴、中巴、的士和面包车/随便坐上一辆/都可以把你带往高井、管庄或者通县/你一点也没有注意到/在你的身后，还有几个灰色的身影/悄无声息地从另外一个出口走下去/他们才是真正的四惠人/他们的村庄/被地铁和一排高高的栅栏挡在背后”(《四惠怎么走》)。“一个在滇池南/一个在长江北/两个孩子比赛着孤独/和恐惧似的，扯着嗓子/无边地哭喊/他们的降生/仅仅错过了1个月/而到了他们相识/并且亲吻的时候，却已经是/20年之后”（《1976年》)。与同道比较，他的诗不飘忽，不狭邪，不精致，不泛滥，而是一派稳实厚重又准确锋利的掌门风格。

21世纪初的沈浩波主要致力于反抒情（借用他自己的说法）的短制。他对现代汉语的可折叠的弹性进行了充分实验。他的诗，通常是一句话，重新紧固之后，用短音节、停顿、转折和响亮的重音念出（顺便说一句，他的诗是念的而不是看的)，经过这样的程序重排，口语即成为诗歌，他也形成了鲜明和独特的个人语感。“我有时也很佩服这些喝农药而死的女人/她们是真正视死如归的人/从想死到死/她们甚至都没有好好考虑一下/就干脆死掉了//而有时候我又很佩服那几个上吊而死的女人/她们是真正考虑清楚了生死问题的人/她们真的决定好了要去死/这才去上吊死了/我们那儿管这种死法也不叫自杀/就叫‘上吊吊死的’”（《我们那儿的生死问题》)。后来则有大量长诗、组诗等问世，不一而足，但无不带有鲜明的个人戳记，带有激越的“沈氏语感”，有一种斩钉截铁、毋庸置疑、不由分说的“说服力”：“你是我唯一的宗教/你的声音是我全部的教规/所有的福音/你的身体是我辉煌的教堂/每一件新买的衣服都是墙壁上艳丽的壁画/你的乳房是我的灯塔/我愿意俯伏在你的身上忏悔/双手搂紧你结实得像罗马柱般的臀部哭泣/我将为我永远爱得不够的爱忏悔/我将为我此刻竟不能陪你入眠而哭泣。”“也许癌症终将扼住我的喉咙/我仍然将用残存的肢体爱你/也许癌症终将切掉我的舌头/我仍然将用滚烫的舌根吻你”（《离岛情诗之伤离别》）。而一旦诗人建立起标志性的语感，剩下的事情就好办多了。

但是，沈浩波还有另外一面，却被很多读者有意无意地忽略了。“其实一个坏蛋/也有内心荒凉的时候/其实一个坏蛋/内心早已一片荒凉/寸草不生。”在这个理想主义式微的年代（理想主义的内容可以过时、失效甚而湮灭，但理想主义的精神却可以长久保持和相传），他甚至有着某种“左翼”的倾向和立场（这种情怀应是诗人的源泉和动力吧）：“亲爱的马雅可夫斯基/你茫然的神色就像莫斯科上空的乌云；/你脸上的皱纹/就像俄罗斯冬季的泥泞。/事实上/你的慷慨之歌/从来就没有正确过。/你只是热爱你的国家，/或者只是/为了保全暴政之下的头颅。/但我仍然爱读你的诗篇/那么强劲，/好像一根巨大的笔直的滚烫的动脉。”惺惺相惜，气味相投，至少他是有些想以苏联时代的马雅可夫斯基为同路和榜样，他也有《文楼村纪事》等诗歌佐证，这种血缘相认值得重视。看来他竟有点类似鲁迅笔下的魏晋人物，表面愤世嫉俗又玩世不恭的深处，也许竟藏有严肃和认真的内心，这是让人意外的，但也是不那么让人意外的。

蝴蝶在中国文学，乃至中国文化里面，都是个著名的、重要的象征和意象。庄子假设它就是另一个自我，甚至是更本真的那个自我（俄罗斯流亡者纳博科夫也爱捉蝴蝶，真实的蝴蝶）。不知道沈浩波在起名时是否联想和考虑到这些，反正他历时近两年，分三个时段、三个板块，又创造并放飞出一只自己的《蝴蝶》。

在《蝴蝶》的开头，诗人这样写道：“我已习惯/一次次撕去自己/艰难生长出的/斑斓羽翼/露出丑陋的身体/——虫子的本相。”这表明，这首长诗将是一次回溯之旅，也是一次回归之旅。他不仅要写出自己，还试图写出自己的由来，写出亲人们的历史，写出他们的时代和世界（出乎很多人意料，“下半身”竟有大情怀，“下半身”有的东西多着呢），他也要重新探测和试验，我们的诗歌传统还有多大的可塑性和容纳力。多重的目标，多重的自我，多重的色彩共同构建起《蝴蝶》的核心。这种宏伟的构思本身，已决定了它的成色、质地和规模。

出人意料又引人注目的，是（标签里的）口语诗人沈浩波在这首长诗里主要采用了意象的写法，（可见标签和符号只能束缚相对简单、相对薄弱的诗人和诗作，而大诗人则永远在定义之外。其实哪位诗人曾领到过统一制服呢？谁又规定战士只能用一种武器呢?）而具体的故事、情节、场面、人物（还是口语）则穿插其间，起到均衡和平衡的作用，这是它的主题所要求的，也是它的内容所决定的，《蝴蝶》是青春之诗，也是告别青春之诗，是抒情之作，也是理性之作、反思之作。它的信息量太多，它的体量太大，因此它必须是包容的。（口语的具体性和特定性可能会有所限制?）意象有概括力，也有暗示性（这里关键的问题是由谁来写），沈浩波的意象就与过去不同，也与别人不同，显得浑浊而生猛：“我饥渴的嘴唇/如同猫头鹰凶残的利爪/趟过荒原/寻找并撕裂/造物留下的每一寸美色/撕开她们水晶的臂膀/温暖的胸膛/饮鸩止渴/寻找她们原罪的琼浆//不要相信我的爱/我从来，永远/都无力去爱/我带来的只是严酷的刑罚/抽打你们洁白的身体/撕扯开我内心里的/每一道细微的裂缝//我渴望并寻求/悲伤如同决堤的黄河/我给予你们渺茫的爱/想要换来/你们身体里的微量砒霜。”它有与传统的亲和血缘，但它（尤其在这里）必须含混，必须晦涩，必须暧昧，同时它又必须明确，必须轻盈，也必须沉重。如我们所预期的，沈浩波锻造出了高密度的、沉甸甸的、合金钢般的诗句，步步紧逼，层层推进，像“决斗”似的，杀气腾腾。即或这样，这个每每“过分”的诗人，还是给人以欲言又止、意犹未尽的感觉，那是因为它的意蕴确实挺复杂、挺缠绕吧。以前被伤害过的读者可以松口气，至少是消消气了，因为他这一次把刀子对准了自己，而且，要更凶狠、更无情。

这只蝴蝶（如果飞翔是蝴蝶的本质，那它的幻化感呢？它的蜕变呢？我们慢慢找吧，都在里面呢）起飞了，第一辑开始的时候，竟是反方向的，向着自己下沉，有一种垂直的劲峭感，一直沉到最低处，也就是最深处，未被照亮的黑暗的地方。“他们如气球上升/我如卵石下降//并且为自己的下降/找到了神圣的仪式。”“一个对他人冷漠的人/必然将所有温暖/都加诸已身/所以啊/如同火焰/我心中有大光明。”“我和死者之间有神秘的联系/每块墓碑都是一道窄门//我的心是一座加高的坟墓/晴朗的日子我开着除草机//把坟上的杂草一点点削平/光洁的心脏晶莹如红玉//有时我会想念南方的雨水/骷髅在雨水冲刷中睁开温暖的眼睛。”这里面有事件（旧事与现况，家人和熟人），但主要是心情和思绪，散点爆破，定向追踪。回忆和清算并非总是令人愉快的，实际上，很多时候，它们更令人难堪。原来刻骨铭心的只有痛苦，也只有痛苦，才是灵感的来源和写作的动力。

接下来的第二辑，是长途飞行，他要获得一个俯瞰的高度，要在失去的空间和时间里巡视：“那堆白骨是真实的，那堆白骨支撑过的身体曾经/是真实的，那身体历经的岁月，岁月中的枪火/枪火中空洞的眼神是真实的。疯狂和荒谬，饿殍遍野的/平原是真实的，每一次活下来的微笑和最后的/不得不的，死亡是真实的，因此父亲是真实的，/父亲的瘦弱、狂躁和悲哀是真实的——因此我是真实的”（他两年前就写过痛楚的《父亲》，这次更要往前“寻根”）。“祖父，你是战乱和动荡之子/你出生的时候，国破山河在/你成长的时候，白骨露于野/你死亡的时候，人民如刍狗/但是这一切与你有什么关系/生存便是宗教，活完然后死去。”河山历历，往事悠悠，多音步的句式变得绵长而开阔，“可是我终究一一逃离，可是我终究，被她们一一抛弃/我不停的飞落，然后离开，找不到来的方向，也找不到/去的方向。我看到年轻的父亲剧烈的殴打母亲，我看到/深恨的母亲用讥诮之鞭，抽打衰朽的父亲。我感到恐惧/我继续飞行，我渴望一个伟大的女人，她将帮助我，成为我自己/梦想中的父亲。我不断飞翔，大河仍在奔腾，雪山正在消融”。我好像多少有些理解沈浩波为什么要“叛逆”了，岂止是要“叛逆”，他恨不能把自己的血液清洗干净，但这当然是不可能的，因为同样的血液（时代和既往的、家族和民族的、文化和无意识的）在我们身体里流动，它们纠结在一起，混合在一起，于是他的诗直指我们内心柔软的深处，直逼死穴，充满恶狠狠的力量感（令人担心自己的承受力），而艺术和人生的奥秘（很多人死也不会明白）就在于“大恶即善”。

第三辑继续盘旋，扶摇上升，飞得更高，“需要多么深刻的悲伤/才能克服地心的引力/一只盲目的蝴蝶/闯入白云的世界/白的羽翼/白的惩戒/白茫茫的心//上面是蓝天/下面还是蓝天/羽翼之上/蓝天如孤悬的滴泪/羽翼之下/更深的蓝如同魔镜/映射我苍白的容颜”。一直高到抽象的位置，本该是轻快的华彩段落，竟拥有重金属的翅膀：“暴雨如注/我在飞翔/人间有多少寂寞的声音/我就有多少飞回的勇气/已死者从梦中醒来/洗干净仇恨和鲜血/站立在我的面前/面容清新//有人在问/这个世界会好吗/十年前少女的心/现在长出了獠牙/只有绝望的人/才能获得幸福/坐在轮椅上/接受死亡递来的鲜花。”最后是似乎还未完成的、有力的，但又留下很大空间的收煞：“是否仍然有一个诗人/躲藏在身体的灰烬中/虽然因疲惫而陈旧/却依然充满勇气//我将在秋天渐深的时候/完成这首诗/落日红得耀眼/那浑圆无缺的孤独//隐没于西山的一瞬/光辉夺目得/仿佛壮怀激烈/像一只黑色的乌鸦//突然腾空而起/惊醒钢铁般的暮色/搅乱了/光明与黑暗的边界//它将飞回/那在高高的树上/胡乱搭建的/冰冷祖国吗?”。令人怅然若失。他自称，“我是如此渴望爱和被爱/我又如此吝惜爱和被爱”。我们得承认，确实有的人元气更充沛，也确实有的人感情更强烈（别人以为他“用力过猛”，他自己感觉还不过瘾呢）。此人的洁癖（远比那些道貌岸然的、“唯美的”家伙们严重）带来他的敏感，他竟是过分纯洁了。他的道德感、他的完美倾向、他的原则，竟是一步也不肯退让，一点也不肯将就的。那他又怎能不愤怒，怎能不激越呢?

从20世纪末到21世纪初的十年，很多读者目睹也见证了这位青年诗人的迅速成长和成熟，从《她叫左慧》、《一把好乳》、《我们那儿的生死问题》、《致马雅可夫斯基》、《文楼村记事》、《离岛情诗：伤别离》到《岂曰无钱》、《川北残篇》，从自我到世界，从肉体到灵魂（这些领域并无界限，尽可自由穿梭。不经过自我，我们怎样到达世界？而不经历肉体，我们又如何触摸灵魂？反过来的道理也是一样）。他在好几个向度上进行了极端探索，而《蝴蝶》堪称集大成之作，这也标志着他的诗，跃进到一个新的高度。他的诗也在令人震惊之余，多出了感动。实际上，从一开始，他就一直对“诗坛”（我们就假设真有这么个土台子吧）有一种持续的压力，这种压力以后会更大吗?

“我刚一操琴/那傻逼就说/巍巍乎高山/高你妈/老子重弹//我刚一操琴/那傻逼又说/滔滔乎流水/流你妈/老子砸琴/剁手”。这几句诗在《蝴蝶》里颇为扎眼，也对谬托知己的批评家和起哄者预先提出了警告，作者完全不信任他人的解读，潜意识里面，他可能认为此诗的情感和经验是不大会被别人体会和理解的，他甚至颇为决绝地放弃交流和分享，但诗歌一经发布，就必然遭遇由人评说的命运，但这至少提示我们，这首诗是非常特殊、非常特别的、是非常个人化的。它的深层，多半是我们难以破译的密码。但沈浩波的担心也许竟是多余的，此诗一出，许多年长一辈的师友面有欣慰之色，（浪子回头了？）而年轻一代在网络上则是众口一词的热烈欢呼，（这太像他们心目中的好诗了！）他需要警觉和警惕的可能是，不要满足他们的期待！

还记得诗人严力的名句："诗歌是一只五彩缤纷的蝴蝶/不管追得上追不上/最起码/我们被蝴蝶领到了春天的菜园。"说得漂亮，刚好用来结尾。

朱剑

陀螺很下贱
鞭子抽得越狠
它旋得越欢快
但我比陀螺还要下贱
鞭子抽了我几千年
鞭痕比身上血管还多
比火焰还要惊心
可我说：老虎
也有美丽的花纹

陀螺本是寻常之物，一般人不会注意和理会，以此为题的诗歌更是前所未有，而由它联想到自己就更不太可能了。但诗人正是从不可能中开始和开掘的人。原来"我比陀螺还要下贱"（居然如此吗?)，因为“鞭子抽了我几千年”(跳跃颇大却也自圆其说，有的人会从中推导出“人民”、“历史”之类)，紧接着却是“鞭痕比身上血管还多/比火焰还要惊心”，转折突兀，意思推进很快，有爆破感，这还没完，结尾继续急转和上升：“可我说：老虎/也有美丽的花纹”。收煞干净、有力，又留出巨大的意义空间。这首九行小诗，一波三折，堪称圆熟、精美。这就是诗人朱剑（1975—　）的处女作。这样的起点当然让人刮目，而他果然也是高开高走，一直就在自己的标高上面前进。

朱剑本是湖南人，读大学时来到西安，以后就在西安从事媒体工作，并结识了诗人伊沙和“下半身”的诸诗人，之后他的创作持续、稳定，并每每给读者带来惊喜。

和大多数的中国青年人一样，朱剑首先需要应对的是从头开始的艰难的生活。他的不少诗歌即是对这种生活状态的描述，不乏苦涩，带着自嘲，更有足以抵消这些的青春热情：“这间潮湿的小房子/住着我/和一只小老鼠/前半夜我睡不着/抽烟，发愁，或者写诗/后半夜它挺活跃/咬门，穿梭，有时还唱几句//这一个月/如果我交不起房租/房主会叫我走人/小老鼠，则可以/继续住下去。”“有人在敲门/光从声音的重量/我就判断出/这是派出所的/在查暂住证/我这个外乡人/能做什么呢/我这个外乡人/只好像藏在/骨灰盒里的骨灰一样/任你怎样砸门/就是不出声/说不出声/就不出声。”“我挤过中国/最拥挤的公共汽车/深深印在脑海中的/不是它塞得像一截/鼓鼓的肉肠/而是整整一车人/都不说话/偶尔有人咳嗽/也把嗓子压得低低的/仿佛我们是在玩某种/挑战自己极限的游戏。”的确，这就是古老的、同时又崭新的中国，是普通的、年轻人的生活，是艰苦的、困难的，但也未尝不是有意思的和有意义的。“孤独/可以忍受//桌上/黑格尔//DVD里/《肉蒲团》。”平静地、安静地寄身于芸芸众生之中，并不觉得自己需要被另眼相待（考虑到诗歌在当代文化中的地位，诗人也确实没有理由和资格提出这等“非分”要求）。而且，体味和咀嚼着自身境况和周遭环境的各种滋味，自有独享的、隐秘的乐趣。“在我脏乱差的祖国/有着他根本学不来的快乐/和他永远也理解不了的幸福。”在两首同题的《底层》里，他分别这样写道：“在底层/你也常常/一脚/踩空//所谓底层/也并不是/最后一层/那里/还有/很多级/台阶。”“写底层/我只能写到自己为止/再不敢往下了/否则，侵犯了阎王爷的地盘/他会不高兴的。”这里面有清醒的自我定位，也有在此之上的通达、包容和幽默。比起更多的劳动者，更多无法或无力表达的同胞，其实拥有反思和表达能力的知识分子的境遇可能算是不错的了。在对社会现实有了透彻的了解之后，他对外部世界始终保持着的关注和关怀，也就有了依据和支援，“在我体内/肋骨的栅栏里/这么多年/一直有一个人/紧紧攥住栏杆/身体无限/往前倾/眺望着外面/流水的岁月”。

朱剑写道：“诸位诗人/你们还在抱怨/时代的平庸吗/是你们自己/还不够出色。”的确如此，实际上，缺少的从来不是诗歌，而是把它们发掘和创造出来的诗人。“路经坟场/看见磷火闪烁/朋友说，这是/骨头在发光//是不是每个人的骨头里/都有一盏/高贵的灯/许多人屈辱地/活了一辈子/死后，才把灯点亮。”诗人的想象力和创造力也是这样，他们必须寻找到自己的灯，自己的路，自己的“独裁国度”：“为了证明/灵魂的有无/他们把他/一个垂死之人/抬上磅秤//他死去/指针摆动/有人报数/‘轻了 14 克’//然后他们/把他抬下来/脱掉/他的皮鞋/剥下/他的戒指”，何其细微；“厨房里/关不严的水龙头/滴着水/我的耳膜/慢慢的成了/铁皮屋顶//我是那个听雨的人吗/其实我/不会修水龙头”，何其敏锐；“雨夜是小动物/伸出舌头/把窗户玻璃舔得/长出浅浅的茸毛//在我熟睡的梦中/在黑夜巨大的X光片上/我的骨头/雪白醒着”，何其灵异；“有时我们相信/只要翻过前面/那道坡/就会到达/另一个世界/可总是又有/另一段路/展开在眼前//偶尔/在视线的/最末端/会有树的/稀疏的/身影/同行者中/有人说/那儿准有一座/劳改农场”，何其意外；“我从《人民日报》上/找性病广告/我相信刊于此报的/定是最权威的/我用雷达般的眼睛/把整张报纸仔仔细细/搜寻了三遍/却压根儿没有/性病广告的影子/倒有一整版/关于某战斗机的介绍/战斗机是个好东西/只是我暂时/还用不着”，何其促狭和搞笑。敏感和直觉，对隐性逻辑的天然反应，强大的联想力，这就是诗人需要的“天才”。朱剑深知转弯和递进的艺术和技术，熟悉“通感”，他的诗开始得平常，语言也平常，甚至也看不出他怎样加速和发力，但结束得就是很不平常，简单的意思，到最后总要峰回路转，总要柳暗花明，但并不以警句或奇语出之，表面平缓，静水深流。这就是他独有的“诗意”，在同人圈内，朱剑有“短诗王”的美誉，指的就是他这种在很短的尺幅和时段里，注入并蕴涵尽可能多的意义的出色能力：“墙上/密密麻麻写满/成千上万/死难者的名字//我看了一眼/只看了一眼/就决定离开/头也不回地离开//因为我看到了/一位朋友的名字/当然我知道/只是重名//几乎可以确定/只要再看第二眼/我就会看见/自己的名字”（《南京大屠杀》）。这可能跟他的透视眼光有关，他总能够在纷纭的事物里迅速抓住骨骼和脉络，也即是“真相”和“实质”：“一场车祸/他失去了记忆/五十岁了，竟如/刚出生的婴孩/脑海中一片空白/他记不起家/认不清亲人/人们说谁曾害过他/他也一脸茫然/好多事情/他必须从头再学/包括某些生活技能/当然，也有例外/比如，他依然不敢/进星级酒店/见了领导模样的人/他照样谦卑。”让人哭笑不得的故事里面，是让人百感交集的生命悲剧，是什么力量这么顽固和持久呢？意蕴无穷也耐人寻味。

鉴于当代生活的悖谬性质，每个诗人，在某种程度上，都是一个评论家和批评家，但是，能否别有发见，表现得是否准确，是否有力，这就要看每个诗人具体的水平了：“一个沉湎于物质生活的人/是堕落的/心灵空虚的//难道因此就能说/一个沉湎于精神生活的人/就不是堕落的/心灵就不是空虚的”（《反诘》）。“现在，他说的是爱，是宽恕/他说即使你的心中没有爱/上帝也会宽恕你的/可冲他说这话时游移的眼神，我觉得/就算上帝能宽恕，他也绝不会原谅我”（《故人相见不见欢》）。“侵略者不像侵略者像圣徒/一边杀人一边忏悔/八路军不像八路军像黑社会/到处惹事粗话满嘴/女交通不像女交通像老鸨/开个茶馆冲谁都飞眼//只有汉奸还是汉奸/谁演都演得那么好”（《人性，多少丑恶假汝而行》）。处理这些题材和内容，朱剑温和的性格，幽默的才能刚好合适，他用不着疾言厉色、剑拔弩张，而只是在要害部、关节处微微一点、轻轻一击，带着不紧不慢的悠然语气，带着不多不少的“玩笑感”，事情就轻松搞定了。比如这首《切·格瓦拉们的悲剧》：“当他的肖像/被印在T恤、咖啡杯、海报、钥匙扣等物品之上时/他被人冠以的‘英雄’之名/就变得那么可疑”。再比如：

我发现
人类生产的产品中
80%是消费品
其中还有不少是奢侈品
比如
伟大的友谊

纯洁的爱情
崇高的理想
……
如果你实在消费不起
就远远的欣赏着羡慕着吧
如果你狠心买了一件
就心惊胆战的爱护着珍惜着吧

如果我们要挑剔的话，也许可以说，朱剑的诗似乎有点过早地形成了风格和习气（这既是好事，容易辨认，但也可能会是限定），好在他的诗路还有很长，且让我们期待吧。

尹丽川

在“下半身”诗群里，尹丽川（1973— ）和巫昂（1974— ）两位女将颇受青睐。她们都有很好的教育背景，起点高，出手不俗，一出道就引起许多诗人（特别是男诗人）的追捧（热爱“才女”，好像这也是我们的某种小传统，想想林徽因、丁玲、萧红等人的遭际吧），但她们确也不负众望，很快就以一批传诵颇广的作品确立了自己的地位。

尹丽川最著名的诗是《为什么不再舒服一些》：

哎 再往上一点再往下一点再往左一点再往右一点
这不是做爱 这是钉钉子
噢 再快一点再慢一点再松一点再紧一点
这不是做爱 这是扫黄或系鞋带

喔 再深一点再浅一点再轻一点再重一点
这不是做爱 这是按摩、写诗、洗头或洗脚

为什么不再舒服一些呢 嗯 再舒服一些嘛
再温柔一点再泼辣一点再知识分子一点再民间一点

为什么不再舒服一些

这确实是前所未有的诗歌，语涉双关，调侃，似乎暗含着某种情色意味，许多个向度的暗示，娇滴滴的女性语气，但有一个主题却是确凿无疑的，那就是“舒服”。真的，为什么不再舒服一些呢？至此，这种对身体感觉和感受（也可以衍生并引申为合适的、得体的艺术直觉）的看重和追求，终于可以作为一个美学目标了，这真是一个革命性的变化。受益于多种艺术的滋养，尹丽川的写作肆无忌惮，漫无禁忌，甚至带有一种造反的快感：“什么是爱情？什么是革命？/爱情是一条革不完的命/革命是一次爱到死的情！/爱呀爱呀爱呀爱/名呀命呀命呀名！/爱情是湿的，革命是干的/一湿你就干，一干它就干。/革呀革呀哥呀坐/坐呀坐呀做呀哥/把酒杯坐穿！把爱情做干！”正如捷克作家米兰·昆德拉发现的，性与政治，往往是我们这类国家反抗的焦点或出口，但能把它们搞得如此嬉笑和嬉皮，还是令人有点吃惊。但比较起别的一味沉陷于“情爱”的诗歌，她的作品还是多出了自省和怀疑（并不全是女性主义或者女权主义的），“我在清晨/叹了口气。你抽出你的东西/你拿走我多余的东西……/你不再回来。我的完整/被多余破坏。少了一件东西……/我的肉体，空出一块荒/尽管这不是我的东西/它也不再是你的东西/尽管你继续使用着它…/带着我的气味和温度…/孤零零地垂着，你又有什么办法……”当然，除了这类多少有些冒犯性的作品，尹丽川对女性生活的透视和分析也独具特点：“我真的是第一次听见……女人骂街/让我嫉恨……您丫是怎么学的中文……/一个女孩需要多少年/的经验和泪水，才能长成一个大妈/在下一个上午。”我们可以比照贾宝玉对女儿和“婆子”的说法，这后面藏有困境中的我们民族的生存的秘密、生命的秘密。我们再看看她怎样写《妈妈》：“十三岁时我问/活着为什么你。看你上大学/我上了大学，妈妈/你活着为什么又。你的双眼还睁着/我们很久没说过话。一个女人/怎么会是另一个女人/的妈妈。带着相似的身体/我该做你没做的事么，妈妈/你曾那么的美丽，直到生下了我/自从我认识你，你不再水性杨花/为了另一个女人/你这样做值得么/你成了个空虚的老太太/一把废弃的扇。什么能证明/是你生出了我，妈妈。/当我在回家的路上瞥见/一个老年妇女提着菜篮的背影/妈妈，还有谁比你更陌生。”有哪个中国女儿这么说起过母亲吗？平易间有着“狠”也有着“疼”，她要逼问出、榨取出生命的况味，一代代女性、一代代人，奉献、牺牲、老去，它们的价值和意义在哪儿呢，令人欷歔也让人警醒。

巫昂

比起尹丽川来，巫昂似乎少了一些狐媚和轻松，但多出一些浑茫与沉痛。（是否有所谓“巫”的影响？）也许是天性敏感，也许是设身处地的能力超强，她甚至能够回忆、眺望并假想出自己的“悲剧处境”和“悲剧命运”，这是她的《回忆录的片段》：“二岁/在医院里输液/一个护士找不到我的血管/在我手上打了一下/四岁/做梦看到桌子上摆了一把红雨伞/醒来却一无所有/七岁/上学途中遇到一条蛇/它没咬我/我放声大哭/十一岁/在和一个人谈恋爱/他后来成为长途货车司机/从此把我放弃/十七岁/想上一所离家近的大学/没有成功/成了个假男人/二十二岁/看到一个人/眼睛长得像食草动物/他娶别人为妻/二十四岁/筹备自己的婚礼/没有丈夫/被迫在网上贴出征婚启示/二十六岁/成为可耻的第三者/二十八岁/脚下的楼梯有些松动/被夹了一个脚趾头/送到附近的精神病院/三十一岁/没有理由再拖下去/我在附近的郊区医院做了一次人流/出血无数/三十五岁/出版自己的第一本黄色小说/卖了一点钱/变成很有名的女人/三十八岁/坚持己见/被单位领导强行开除/四十六岁/和亲生女儿吵架/她的例假不正常/四十九岁/加入一个丧偶俱乐部/被分在低龄组/五十五岁/没有零钱买袋装牛奶/只好咬开包装膜/掉了一颗牙/五十八岁/在公园门口看门票价格/被一个小青年挤掉钱包/六十三岁/没有打算退休/在染头发的时候/被同事撞上/六十七岁/左边瘫痪，右边又不管用/眼睛出现翳影/七十五岁/孙子在门前摔了一跤/和媳妇反目成仇/八十八岁/在一夜无眠后/终于下定决心。”这样对中国女性生活的概括和总结，貌似平静，但几乎无法直面，也难以下咽和消化，这样的场景，这样的故事，这样的细节，恐怕并不全然是虚构和杜撰的，真是“妇女的冤仇深”啊。“她在出最后一点血/出完这血后她就该出院/医生用钳子挑出她多年的罪恶/流产、偷情、诱骗少男/一些器官开始没用/另一些早就没用/她像一撮腐烂的土/等着被吸收/被葬到柴火堆里//她死后，别的妇女依旧玩乐。”苦难、被利用、被践踏、承受骂名和污名、不觉醒，巫昂在书写这些同胞姐妹的时候悲哀吗？抑或是愤怒吗？我们不得而知，但这种看似无情、几近残酷的诗反而唤起我们久已麻木的感情。但她对自己也并不放过：“我爱首都的钱/它们是最新最快最美的/也是最厚的//我甚至见过/它们还没被摸过/也还没被用过时的模样//我身上散发着/首都的香气/那也是钱的香气/从二环到四环/冰天雪地里我的心/被钱弄得很温暖。”敏感于自己的遭际，也玩味着自己的遭际，更反思着自己的遭际，诗人同时在几个层次里面穿梭和出没：“那药水中的肉团/曾是我的孩子/别人家里的丈夫/曾是我的爱人/记忆中/他们全都打着一把黑伞/为各自头上的雨水/心中的刺。”

后来巫昂诗风有过很多变化，可能跟她迁居出国等经历不无关系，漂泊感和记忆缠绕在一起，总的感觉是平静和成熟了一些，甚至多了雍容和睿智，她似乎坦然认可和接受了自己的宿命：“我有一半儿的生活/在黑暗当中/没有光，也不需要。”我们看看她新近的《犹太人》：

他们没有土地
除了从不安稳的以色列
他们没有建筑物除了哭墙
他们没有声音除了嘶喊
他们没有笑容除非弥撒亚提早来临
他们没有国籍除了别人给的护照
他们没有家除了妻子和孩子
他们没有的，都在自己身上
每个人分担二十六秒的犹太历史
……
他们在十岁左右
就学会了奥斯威辛生存术
从下水道抠出面包渣
和泥吞下
学会在黑色的硬壳纸下面过夜

神经兮兮地打个小盹儿
醒来就爬到钢琴前
挣扎着做完最后的乐章

他们不允许没干完活儿
就吃饭，或辞世

命运多舛、无家可归却坦然处之、自强不息，诗人在犹太人身上是否辨认出了自己的命运，自己的形象，当然，他们不屈的生命力和创造力，也是诗人们的榜样。

附　录　一

南人的电子时代之爱

2007年秋到2008年春，大概整半年的时间，诗人南人（1971—　）写出了《致L》的"红、白、蓝"三本电子诗集（其间从隔几天一首，挺进到几乎每天一首，甚至每天几首，只有几天断档的创作频率，以差不多现场直播的方式在网上即时发布，也成了一个吸人眼球、令人难忘的"事件"）。作为被称作是中国先锋诗歌最前沿的"诗江湖"论坛（应该特别指出，在21世纪，许多，甚至是大部分的具有先锋艺术倾向的口语诗歌，是在这个论坛首发和亮相的，它集结了也培养了大量的诗人），照例是硝烟不断，战火频仍，可是版主南人（他也是论坛的主要发起人和维护者）置这些热闹于不顾，兀自在那里熊熊燃烧。

这是真实的故事，抑或只是行为艺术式的杜撰，这些既重要也不重要（他老婆知道了能饶了他吗？或者他将怎样给单位交代？如何应付通常总是鸡飞狗跳的混乱局面？我们确实好奇并且关心，但这归根到底都不是我们的事儿，我们又不是纪委的或妇联的）。但我们至少得坚守一个礼貌的，也是审美的底线，我们所面对的，只是这些诗文本，是诗人南人的诗歌创造。

显然这是一场强烈的、要命的爱情，没有预热，一开始就是高温，马上就是沸点，即使到最后好像也没有冷却下来。其力度甚至不像是该在"高龄"的中年时发生的。但这大概正是这些诗歌的起源学和动力学（他憋得难受，不写不行）。照诗里透露的信息来看，很难认为它是能受法律保护的，它甚至也是不为道德所允许的（虽然艺术天然地对这些劳什子拥有豁免权和免疫力，但我们的思维还是本能地靠到了这些“防火墙”上），好在就我们知道的部分，一切尚属顺利，安全着陆。南人也没有在这个方向用力，有点像诗经时代或者乐府时代的那些先民歌者，他写得简单而即兴（也有点类似那些古人，他的音乐性挺强的，不晓得是毛病还是优点，对我的趣味而言，视觉上稍嫌整齐了点，口感上则略觉顺溜了些），赤裸、坦荡、无拘无束。但他也省略掉了社会的、历史的，甚至文化的背景，（是便于隐藏还是突出“政治”?）只是爱，不管不顾地爱。少有酝酿和起伏，波折和困惑也不多，最后，疲倦了似的，突然就戛然而止。（当然，也不算短了，半年时间，三本诗集了!）

在这个据说是锱铢必较的功利主义年代，爱情还是否可能?南人爆发的这场热恋出乎我们的预料，甚至也超出了我们的想象，恐怕我们只能以奇迹视之。奇迹无法解释，也难以说明，在某个神秘的范畴，它与诗歌息息相通。事实上，是诗歌触发了爱情，或者是爱情刺激了诗歌，还真搞不清楚。“我带着一座城市/夕发/朝至/奔向你的城市//列车是我冲动的欲望/迫不及待/直刺你身体的/最深处//多么神奇啊/我们居然能让两座/一辈子都不能相见的城市/恋爱//并且/我们拥抱在一起之时/两座城市趁机用我们的身体/耳鬓厮磨/卿卿我我”（《两座恋爱的城市》）。哲学家李泽厚老师把人定义为“情感本体”，有过此番“高烧”遭际的人，生命才堪称完整了吧？但是无疑，他们的爱情属于形而下的爱情，荷尔蒙气息浓烈，（仍是下半身的传统?）“你的双眸/眼神是谜面/瞳孔里的谜底深不见底//你的鼻翼/几颗雀斑/见着我也学会了羞涩//你的耳环/是时常被风播放的/爱的风铃//你的玉臂/将棉质的衣衫舞成丝绸/轻盈地撑起我们共卧的绣榻//你的双乳/尝一口/我就肯一辈子做你的孩子//还有你的肚脐/亲爱的/那是你我爱的汗水/水滴石穿而成”（《你的身体》）。没发现他们欣赏莫扎特或者舒曼的音乐，也没见他们讨论荷尔德林或者里尔克的诗歌，直接就进入到了肉体摩擦，火花迸射，似乎碰到一起就是大干特干，相比之下，好像灵魂的交流严重不足，这是否是基于这样的后现代的假设：爱主要是做出来的，而不是想出来或说出来的。肉体没有点燃，别的都是白搭。以后就这样了，想不通的人也得想通，不习惯的人也得习惯。

真想不到，也看不出来，这个胖墩墩、乐呵呵的“领导同志”一旦进入爱的领域，真是疯得可以！甚至，在我们这些旁观者看来，他显得够傻的，也够痴的，完全不像是审慎的理智官僚，而成了忘乎所以的小青年。当然，人在私密状态下的形象无需对观众负责，但撒娇或撒野非如此乎？他这不就是要展示甚至炫耀嘛？难道他觉得这样滚烫的字句更本真？“亲爱的/我手缠纱布找到你/你说：‘怎么了’//我说/亲爱的/我病了/病得不轻/这种病/只有你替我吃药/我的病才能/彻底治愈//我看你毫不犹豫地吃下我递给你的药丸忍不住放声大笑/我一边解开缠着纱布的手指一边说/亲爱的/你吃下的药丸/是我用我的一截手指/精心烧制而成//只要你吃了它/你的身子里就已经种下了/我的骨肉”（《骨肉》）。和我们习惯的情诗不同，它们不忸怩、不含蓄、不典雅，如火如荼，没羞没臊，这多少有点令人窘迫（我们好像撞见了不宜观瞻的二人小世界，没错，本来就不是写给我们的嘛，而周作人在讨论情书写法时就曾指出，不肉麻不足以有力量！）不管怎么样，目睹如此实在、如此饱满、如此“离谱”的爱情还是令我们深受感染与感动，也许还会生出一丝遗憾或者惭愧，我们的激情哪儿去了？茫茫黑夜和漫漫长途，我们的燃料带够了吗？

这是电子时代的爱情，涉及诸如手机、短信、网络、视频、电子邮件、博客，等等（技术水平不过关的老同志只好望而却步），传递快，没有等待，反应迅速，也便于或不便于侦破，可能这些特点也在很大程度上决定并影响了这些情诗的性质吧？它们好像不太属于经久的、蕴藉的那种。“亲爱的，如果你现在离我而去/只有这60首诗歌，伴我一生//第一年，我读着《网鱼》/想，人生最有意义的事情不是聊天而是相爱//第二年，我读着《神鬼传说》/想，爱情曲折皆因疑神疑鬼//第三年，我读着《一滴水》/想，爱情就是两滴水的混合，一滴是你，一滴是我//一年又一年啊/当我走到第60个年头/读完《60首诗歌，60个孩子》/发现我还活着//亲爱的/我不会选择死去/而是选择/从头再读”（《即使你现在离我而去》）。我想，南人的态度是不是太放松了一点（这当然好，但处理这样的“严肃”题材，窃以为还需要一定的“紧张度”），他很注意快感，好玩，娱乐性（这可算是他的诗的一贯风格），调侃和戏谑的成分不低，偶尔还可看出段子的影响，但却无意过多暴露自己的犹豫、煎熬、欲言又止，以及别的人多半会有的千回百转之类（是有意隐瞒抑或是干脆就缺这根神经？到了现在，要知道，他人的忧伤和忧郁也让我们享受）。给人的印象，一切还都在他可控制的范围之内，一句话，他的痛苦不够。（但谁又规定爱就必须痛苦呢？）反正勘测现场，我们没有找到烧焦的什么东西，甚至灰烬。这让我们在放下心来的同时也不免略感遗憾。

附 录 二

法官的“非法”的诗歌

诗歌当然会带来很多好处，大家已经说得太多。但一个不太为人提及的好处是结识朋友（这其实也挺重要的，如果不是最重要的话），要不是因为诗歌，我这个祖籍山东，但差不多从未回过老家的人，大概根本就不会认识这个来自山东的诗人东岳，而且还一见如故。

东岳（1971— ）的社会身份是一名法官，啊，一个那样的词。法院是一个通常由石头砌成的，门口有人站岗，也许旁边还蹲着石狮，一般人都避之不及，宁愿一辈子都不跟它打交道的地方，另一方面；它又是神秘的，甚至有点神圣的，所以颇具权力（生杀予夺），很有威严（代表国家呢）的地方。在我的印象里，似乎正是诗人东岳，第一次打开它厚重的铁门（限制一下，诗歌圈里），我们得以窥见它内部的风光。实际上我们发现，好像那里面和外面也没有什么太大的不同。顶多是，在这个特殊的领域，人们得以更集中、更彻底、更直接地展览自己的人性罢了。在东岳的诗歌里，他放弃了判决，甚至也搁置了判断，（说到底，谁能够说得清在我们的生活，那法律的巨大盲区里，人类那些无休止的是是非非、形形色色呢?）他注意的是那些条文规范框不住的部分。

为什么会有烟疤
为什么烟疤往往会出现在

漂亮女子的身上
这家手机店的营业员
美丽的营业员
在向我介绍手机功能的同时
我发现了她右腕处的
三个烟疤
引发了我的联想：
上次是在本市的一家美容美发店
最漂亮的那名女服务员
在左腕上也烫着两个醒目的烟疤
还有上周被我审判过的那名
漂亮的女诈骗犯
脖子下方锁骨处烫着的圆烟疤
我曾不耻下问烟疤的来历
她们笑语搪塞不答
如今是她
梅花似的烟疤
并排绽放在洁白的右腕上
她最左边的烟疤
可能有一个故事
第二个烟疤
可能有第二个故事
第三个烟疤
也不例外的可能有第三个故事
但也不排除这三个烟疤
只有一个故事
按照数学的排列组合

还应该有其他的情况
但最不可能的是这些按在
漂亮女人身上的烟疤
连一个故事也没有

当然，这也不是没有尺度，有的，那就是诗人内心毫不含糊，也决不退缩的美和自由的尺度，（这恐怕反而是有些“非法”了吧，但哪种法律能够涵盖浩瀚的世界和同样浩瀚的心灵呢？又有哪个诗人心里没有自己的不成文法呢？）在很多时候，这位法官是个心软的、心细的、善于设身处地为他人着想的好人。他有同情心，更有想象力，也不乏幽默感，这几种元素加在一起，互相激发、碰撞、放大，锻造了他的诗歌：“总是有光头/不时被运来//各种各样的光头/尖的圆的肥的瘦的光滑的疙瘩密布的//不时被运来/在这里//哗楞哗楞/依次下车//审判之后/再运走//没有变故，我将在这里度过一生/我命中注定要陪伴这些//源源不断的光头/哗楞哗楞”（《总是有光头》）。在这样的法官面前，这些光头犯人也算是有些福气和运气的了吧。我要说，这也是在最冰冷的地方透出的温暖，在最幽暗的地方放射的光明。这些险峻的诗歌，成为他为中国诗歌贡献的一道独特的风景，也成为诗人东岳的品牌和标识。

但一个诗人是怎么炼成的呢？换言之，法官东岳在法院以外又是什么样子呢？考虑到中国职业普遍的业余性质，这一点甚至还更加致命和更加本质。在诗集的另外几个部分，东岳展示了他作为诗人的由来、过程和多样性。口语诗的一个好处或特点是较为本色和切实，让你想装都不太好装。既然没有保持沉默，如同在法庭上一样，东岳的写作也就是一种老实交代，就将作为呈堂证供，（从某种意义上说，我们谁又能逃得过最后审判呢？）实际上通过他简明、简洁、简劲的诗句，我们似乎已经有些了解他和熟悉他了，从少年到青年再到中年，从学校到家庭再到社会，从自然到书本再到想象，他汲取和依赖的资源可真是不少。毫无疑问，此人堪称是一个好儿子、好丈夫、好父亲。同样，他必定也是一个好的法官和好的朋友。如果要说遗憾，我感觉他有些时候对待自己珍贵的发现还是略嫌潦草和性急了一些，在很多地方，他本可以驻足更久、开掘更深的，好在他有的是时间和机会弥补，他已经有了自己的诗学和语言了嘛，用一位著名前辈的话说，也许全部困难只是一个时间问题。

最早看到东岳的名字，心里曾经暗想，这是能随便用的吗？这家伙可真敢起也真敢叫啊，但话说回来，没有雄心和抱负的诗人肯定也不值得期待，现在慢慢习惯了，他也渐渐配得上这个名字了。期待东岳带来更多的惊喜。

附 录 三

冷漠的人及诗

在谈论任知（1973— ）的诗歌之前，我们先不妨略作定位或者说归类，这看似无聊，但其实往往是有效的。因为没有坐标系，很多东西都无从谈起。显然，任知大体上是一位口语诗人（这意味着，我们得按照口语诗的标准和要求来衡量他，虽然口语诗并无现成的和固定的标准和要求，但无形的尺度一样严格和严厉）。在口语诗的庞大队伍里，其实有着好多种不同的方向和路数。兴高采烈者有之，垂头丧气者亦有之，怪话连篇者有之，惜墨如金者亦有之，很难一概而论。青年诗人任知（其实也不算年轻了），应该是其中很有特色的一位。除了诗歌，他还办诗歌刊物，做诗歌网站，好像还写先锋文学批评、写电影、音乐评论，是一位有资历的（尤其在网络世界）的，差不多已经职业化的艺术青年或者文学中年。（想要投身文艺的年轻人何其多也，但真能这么决绝的又有几个?）

如果说，诗歌是一种特殊的认知方式，那么，它总是指向我们的自身和我们自身所处的世界。我们的考察多半也就从这里开始。任知属于70后，看来这种代际划分真还有点儿道理，比方说，在很多60后诗人心目中挥之不去的意识形态阴影，在他那儿好像彻底消失了，既不作为一个对立面来反抗，去挑战，也不太当回事儿地去反讽和嘲笑，就像它们从未存在过似的。他们有太多自己的事还忙不过来呢。用海德格尔的概念，他们被“抛掷”到了这个时代。他们被迫面对的，是一个赤裸而真实的世界，至少在任知的诗里，很少幻想，几无浪漫，而是貌似冷漠（就算骨子里也冷漠，这也不是坏事。比他更冷漠的还有谁呢，一时还真想不出来），但这恰好成就了他特别的诗歌，特别的贡献，也成为（中国新世纪前后这个特殊时空里）一种难得的证言。

这是他诗集里的第一首诗，名曰《猪栏的理想》："他觉得人应该活得像头猪/猪无忧无虑，猪有猪的自由。"我们可能会想起爱因斯坦曾经嘲笑过的这个选择，我们可能也会想到王小波的著名随笔《一只特立独行的猪》，这里构成有趣的对位关系，如果说王小波是从一个理想化的高处反省人的欠缺，那么，任知就是从现实中的低处陈述人的处境。"前胸有个垭口/高原寒风穿透/任凭万物填补/即便封堵无数。"它们都指向对人的状况的反思和质疑，这似乎也是任知诗歌的一个基本主题和特征。

"城里上学的儿子/在校门口/遇到乡下的母亲/他怕别人的眼光/悄悄将她 引到僻静处/最后还是/从那双枯手上/接过那些脏乱的钱。"

"没人理他/他下车进站内/我猜他要去锅炉房/取暖/我猜他会/在这冬天/死去。"

"突然她的手机尖叫着/响了半天她也不接/我不耐烦了/她就挂掉/不过几分钟/手机又响了/她又让它响着/半天也不挂/就这样我坐了几站///手机响了几次/她挂了几次/就是不接/她的神情漠然/就连我的屁股蹭了她的屁股/她也没发觉/在我要下车时/她的手机又响了/我下了车/走到汽车尾部时//那刺耳尖叫声还响着。"

"那女人唠叨了十分钟/我只听到电话背景混乱/那该是个镇上的邮电局//'他爹，通了/孩子什么也不说'她挂了电话。"

"一个人/被打得/头破血流/还要接受/赔款割地/该是/多么

压抑”。

“这时我想到深圳/一个刚结识的女孩/没过半天/她就猝死/她因过量吸毒/躺街上/没人搭理。”

是哪儿出了问题吗？这些孤独的、痛苦的、不幸的，又没有得到帮助、体恤，甚至自己拒绝了同情的人们，这不就是我们的很多同胞，也许还包括我们自己的某种象征和写照吗？不知道为什么会是这样，他的目光一直聚焦于这些地方，他的诗歌底色似乎是悲观的，不抱什么希望的。（他的心真的有这么硬吗？）人们需要温暖但没有温暖，渴望沟通却最终未能沟通，乃至到后来，坚决地关闭了、封锁了与他人（有的是亲人）连接的、联系的渠道。也许我们可以说，任知重复了萨特的发现：“他人是地狱”。他自己还增添了：“个人是深渊”。没有居高临下，也不悲天悯人，不批判也不抱怨，不深情也不愤怒，甚至也不幽默，他只是把它们展示在我们的面前，令人难堪，也让人理屈词穷。到这里，任知几乎是无意地、在不期然间抵达了一种（限制一下，只是一种）社会写实的深度。“世间事无非对误/自有后人评说/即使是圣人也会犯错/要么他为什么被钉死。”这种不做判断，没有褒贬，但保留怀疑的近乎价值中立的态度，为他逼近真相，还原真相，讲述真相，至少是提供了可能。

“你怜悯这些人/不会想到/扛了一半时/他们让你加钱/加钱后/仍将你的东西/狠摔在地/这时/袋子摔破白水泥洒出来/跟你心情一样/它混在沙子里 又和汗水/混在一起。”

“进了殡仪馆/向遗体告别/殡仪馆人员/让死者儿女跪下磕头/随即收取开口费/之后一列军乐队/赶场般过来/这属于仪式内容/领头的说‘哪家遗体告别都这样/放磁带也不便宜’/他们被事主轰走/都没时间辩驳。”

这确实是少有的、极端的人世（也许该说是末世）景象，这些本该是命运相同，休戚相关的人们，却没有温情、友善和扶助，只是互相防范，互相欺骗、互相伤害，或者，这也正是他们悲惨命运的一部分原因？任知用的是如诉家常般平静的语调，并不画出着重线，好像在说：就是这样，没什么意外的，也没什么可吃惊的。可是，读者们，尤其是敏感和细腻的诗歌读者们，还是多少会感觉吃惊的吧？在我的印象里，任知此人虽不是“话唠”，但也不属于话少之人，可在诗里，他选择的是收敛、俭省、吝啬的风格，有些生硬、木讷，还有些沉闷、枯燥。经常是，突如其来又戛然而止。挺“酷”的，这大概就是“酷”的本义，冷酷，还有，残酷。我们可以称之为现象学手法，即只信任事实本身，只呈现事实本身，而把其他可能的附着物统统“悬隔”起来，存而不论。但具体到写作中，你能看到什么，能选择些什么，并且如何来表现它们，这还是不一样的，或者说，这正是对诗人和诗歌的检验和考验，也是对诗歌精神和力度的检验和考验。任知的“麻木不仁”（必须强调指出，他的“无情”不光针对外部世界，也毫不含糊地指向自己），类似济慈提到过的“消极感受力”，让他的诗向现实敞开，也因此拥有了粗粝和坚硬的质地。

即或是在他的爱情题材的诗作里，也并不轻松，少有舒展，更少有柔情，而是一如既往的紧张，激烈，像一场搏斗，甚至战争。

“他们动不动就吵/盘子碗碎了一地/两人扭打/她抓破他的脸/他向她的头捶去/打累了/躺床上/两个血肉模糊的人/在做爱。”

“可你剥去我身上肮脏的衣裳/突然间爱与被爱如火车相撞/我们会在轰鸣中达到高潮/这时死亡微不足道/尽管在不远处等着。”

“这时的月光很亮/它是唯一的观众/冷漠得不近人情/两人脸上的泪痕/在月光下/多像碎玻璃/反射着寒意/晨雾渐渐升起/太阳迟迟不出来 此时两人面面相觑/后来她转身离去/他又追上/孽缘还要继续/他们四年来/就是这样捆着/绑着/宛如夫妻。”

这就是他眼中爱恋的情形，或者推而广之，人际联系和交往的状态吗？爱与恨纠结在一起，爱由恨来表达，恨由爱来缓解，似乎是缺乏爱的能力，但这种爱无疑要有更重的分量，更复杂的滋味，可能也更符合爱的辩证法，何至于此，我们不得而知。没有多余的话，呈现的只是动作，他可真是信任语言，或者说，他可真是太不信任语言了。但他给我们的仅此而已。

偶然的，也就是说，在少数时候，他会非常有节制地流露出一点情感，就像是伤口里流出的血，我宁愿相信，这个柔软的部分才正是他诗歌的核心（藏得再深，我们也要把它找出来，这是一个源泉，其他的东西，都在此之上衍生和发展）。

“喝酒多余/那天我们该喝得烂醉/他不该接他妈妈的电话/我不该借他钱//让他打车回家//一切都是多余的/我多余在他撞死后/还去看他妈妈/我看得出/她强装笑脸/她会在我走后/暗自伤心。”

“可当他接近那女子时/他看到她满脸泪水/她无法亲手埋下/自己夭折的孩子”。

“在路上/我遇见三个孩子/他们身材瘦弱/皮肤苍白/头发枯黄/浑身干净 嘴角淌血/三人在上天之路/跌倒 坠下/被一片云接住。”

“在秋风中瑟缩说出人的卑微/九个太阳被羿射下没留一个/进入内室反锁，彻底将自己封闭/这是我的阵地/心情在大海中颠簸不定/吐完胃里的秽物，吐出一枚绝望的太阳/这时我发现风向四个方向吹/涡流旋转搅动着影子/海浪叹息不已/有无限委屈。”

这当然不是那种令人愉快和愉悦的诗歌，但它们有时候确实令人沉痛，继而也让人深思，我们得承认，这也是诗歌带给人的自然反应，如果不说是高级反应的话，艺术超越并战胜不幸，于诗而言，这大概就足够了。

“岁月无痕/诗歌是命/恍如泡影/犹若惊梦/生活苍茫无尽/唯有孤独永恒。”任知诗歌的作品量并不算多，语言的花样也没玩出多少，诗句大都短促、冷硬，样式也比较统一和整齐。他还有一些涉及外国文化和文艺题材的作品，感觉堪称巧妙，但浅尝辄止，多属于“练习”性质，他也不是任凭想象力驰骋的抒情歌者，而是个“实在人”（就是说，他的飞翔感不强，主要还是脚踏实地，这样虽不至于让你仰头，但肯定更“可靠”一些），他用力的领域不大，却钻出了深度，形成了特色。不必讳言，他还有更漫长的路要走，假如他要实现自己的艺术雄心和抱负的话。看上去，他好像已经安然认领并承担了这种宿命。

“她不在身边/不会知道/儿子的双手/每到深夜/就会狠狠敲击键盘/到清晨 他烟缸里的烟蒂/还在燃烧。”

“点根烟/烟雾袅袅上升/灰烬透着红光/白色烟杆/疾速缩短/无法掩饰/其器张气焰。”

第十一章

你没错，但你错了

——口语诗趋势臆测

自从王国维先生提出“一代有一代之文学”的说法以后，这个观点就成了一个重要的判定标准。如同唐诗、宋词、元曲和明清小说，人们也在探寻和追问，什么是这个时代富有代表性的、主导的文学样式？虽然众说纷纭，但有一点是肯定的，那就是很少，甚至根本没有人会把诗歌列为第一选项，但有意思的是（与大众的印象、专业人士的评论、教科书的说法相反），诗歌，还是诗歌，仍然是最先锋的和最重要的文学形式。因为，在探索和发掘个人的内心生活方面，在记录人们的精神历程方面，在塑造现代中国人的民族灵魂方面，尤其是，在开发、创造、丰富现代汉语的表现力方面，诗歌仍然发挥着不可替代的引领的作用。诗歌不是在中心和表面，而是在内部和深层，在情感、方向和工作语言上，决定和影响着中国文学的品质。

一

20 世纪 80 年代以来，众所周知，中国历史发生了重大的转折和变化，同样的，世界历史也发生了重大的转折和变化，全面讨论这一变迁并不是文学评论的任务和专长，也是我们力所不及的，但是，由此带来的当代生活的深刻改变正是我们的文化背景，也是口语诗的人类学基础。毕竟，几乎谁都能够感到和明白，中国人已不再不是30年前的中国人了。这是伟大历史给予诗歌的馈赠。而从文学内部来看，原有的、既定的诗歌形式如果不说是耗尽了可能性，至少也是难以适应和容纳、更难以表达和表现这种变化和变迁了，即使不被淘汰，也必须面临着开放和革新。

于是，现在我们看到的诗歌，也就跟人们的习惯，甚至和人们的期待有了很大的不同。习惯有滞后性，期待有连续性，这些都是不太容易改变的。但诗歌始终是活跃的因素，始终是革命的力量。诗歌在前进，诗歌的定义、诗歌的标准也一直处于争议和变化之中。

当一个人按照自己所理解的诗歌文体规范，书写分行的、以表达自身为己任、而不是说明性的、应用性的文字时，我们可以说，他就是在写诗了。可见，主观的、故意的、符合规范的（最简单的标志即是分行）的书写是诗歌的一个先决条件。但仅有态度还是不够的。诗歌寄身或者发表的场所也是一个基本的条件。通常，只有发布在诗歌刊物上、在诗歌网站上，甚至在自己专门写诗的笔记本上，才可以获得艺术身份，受到“文学”对待。就像杜尚送去展览的小便池，必须是在美术展览中，才能够被看作是“作品”。这样说来，一方面，诗歌的门槛并不算高，满足基本的条件即可；但另一方面，真正要成为好的诗歌，真正要登堂入室，也还需要另外的、更高一些的尺度。阿根廷大作家博尔赫斯曾经说过，诗歌只允许卓越。换言之，卓越才是诗歌的内部的、潜在的标准。就好像黄金制品，虽然品质及花色繁多，但在人们心目中（甚至在习惯中），只有24K金的纯度和成色才更被认可一样。所以，可能有无数人在写诗，同样，也有无数的诗歌涌向读者，但是，只有少数的、卓越的作品才可能被淘洗出来，挑选出来，并且在历史上存活下来和保存下来。其他的，多半都作为土壤、作为背景、作为基础和条件成为文学的献祭和牺牲。当然，对于很多的写作者来说，尽管没有一个诗人不渴望荣誉，但他们必定也深知文学这种劳动的代价，好在写作本身已是报酬，诗歌本身已是补偿，没什么可后悔和抱怨的，如果说诗歌是面向永恒的事业，这就是永恒的要求，这也是永恒的奉献。

二

在口语诗刚刚出现和兴起的时候，很多人（包括很多老诗人）纷纷质疑她的诗歌资格，怀疑她的诗歌价值，时过境迁，大浪淘沙，水落石出，现在大多数的诗歌刊物、诗歌网站，这样的诗歌已经占了很大的份额和比例（反对的声音也已微弱到渐不可闻）。作为一个日益强大的诗歌品种，她已经开始牢固地确立了自己的地位。

口语，无非是活的语言，是我们还在使用、正在使用的语言。实际上舍此之外，我们别无其他的语言。口语的对立面并非书面语言，而是已经僵化的、标本化的“文学”语言，在漫长的文学史上，乃至在并不漫长的中国新诗史上，业已形成这样的分类：一边是差不多成了定式的、腔调的、套路化的诗歌语言，另一边则是浩瀚的、巨大的“非诗”的语言。这已经造成诗歌和生活的隔阂，已经构成诗歌发展的障碍，所以返回生活本身，返回我们的生存本身，返回我们日常的语言本身，就成了一种必然的趋势、必然的抉择（从世界范围的情况看也大略如此），这也确实为当代诗歌注入了生机、活力和希望。

但是同时，我们也必须清楚，口语只是、仅仅是诗歌的原料，口语要写成诗歌，还需要诗人的点化，也还有着巨大的困难。就像把矿石冶炼并转换成金属一样，实际上是个复杂的工程。口语诗的语言同口语是不能画等号的，她要保其鲜活生动而去其芜杂潦草，她要让诗从口语里挣脱和起飞。口语必得经过诗人的淘洗、选择和过滤，必得暗含着诗人对节奏、音步、色调等“语感”的直觉和妙悟，必得暗合着对无形的诗歌新老传统的回应和承接。看似简单的口语诗其实并不那么简单。同样，口语诗也并不必然地对其他的诗歌种类构成优势，我们只是说，口语诗具备了更直接、更充分、更生动的诗意传达的潜质，具备了成为时代主导的诗歌样式的可能性，但这并不意味着，凡是口语诗就一定是出色的。口语诗达到优秀的几率并不比其他诗歌更高，如果不是更少的话（毕竟，中国新诗史上，譬如说，意象诗的经验和积累要更长久和更深厚，依照惯性的滑行也更容易，她们的作者群和读者群虽然在减少，但仍然足够庞大）。如同现在唱通俗歌曲的人很多，但并不妨碍相对少一些的唱歌剧和唱民歌的人一样。大概在相当长的时段里，口语诗会和其他的诗各行其道，彼此竞争和较量，也彼此学习和互补，习惯和趣味本无高下，最终选择是时间的事。归根结底，与所有的诗歌一样，口语诗只有卓越，才可能通过历史的和美学的检验，进入到文学的殿堂。

另外，口语诗人和非口语诗人之间，也并没有绝对的、一成不变的界限和分野。事实上，像于坚、韩东、伊沙等诗人，早年也都写作过意象的诗歌，即使是现在，也不妨碍他们在诗歌里偶然使用意象的手段，之所以称他们为口语诗人，只不过因为在总的面貌和趋势上，尤其是在贡献上，他们更多的是属于使用口语的诗人而已。口语作为原料，口语诗作为方法，并不为什么人所垄断和专用，事实上，一些通常并没有被划入口语诗人阵营的诗人，照样可以有出色的口语诗作品：

由于他五年来
每天从铜锣湾坐巴士到中环上班，
下班后又从中环坐巴士回铜锣湾，
在车上翻来覆去看报纸，
两天换一套衣服，
一星期换三对皮鞋，
两个月理一次头发，
五年来表情没怎么变，
体态也没怎么变，
年龄从二十八增至三十三，
看上去也没怎样变
窗外的街景看上去也差不多，
除了偶尔不同，例如
爆水管，挖暗沟，修马路，
一些“工程在进行中”的告示，
一些“大减价”的横幅，
一些“要求”和“抗议”的政党标语，
一些在塞车时才留意到的店铺、招牌、橱窗，
一些肇事者和受害人已不在现场的交通事故，
你就以为他平平庸庸，
过着呆板而安稳的生活，
以为他用重复的日子浪费日子，

以为你比他幸运，毕竟你爱过恨过，
大起大落过，死里逃生过
——你没错，但你错了：
这五年来，他恋爱，
结婚，有一个儿子，
现在好不容易离了婚，
你那些幸运的经历他全都经历过，
而他经历过的，正等待你去重复。

这是香港诗人（原在内地）黄灿然（1963— ）的诗《你没错，但你错了》，这对于我们也是重要的提醒，事情常常不像是我们表面看到的那样，也不是我们想象的那样，这正是当代诗歌要做的工作，这同样适用于对艺术、对诗歌的判断。显然，这样的口语诗才是有希望和有前途的。

三

诗歌不光是一种特殊的体验方式，她还是一种特殊的认知方式，因为，她首先是一种特殊的思维方式。当然，这种思维方式又是通过特定的语言方式表现出来的。所以，思维即语言，或者更恰当的，语言即思维。这对我们理解口语诗，乃至评估和预测她的趋势都是富于启示意义的视角。尽管有人把口语诗的传统追溯到很久以前，并且把口语诗扩充为一个大的文体种类，但是，应该限定的是，我们在此谈论的口语诗是一个现代文学概念，也是一个现代主义文学的概念。这里的关键就在于她眼光的不同、智性的不同。如果说以往的诗歌更强调和侧重感性、感觉、感情的方面，那么，我们这里讨论的口语诗，则是在“重估一切价值”的背景下，在经历了现代主义、后现代主义文化和文学思潮的洗礼以后，更多了理性的、审视的、批判的色彩。这成为她们的精神气质，也成为她们的判断和甄别尺度。所以，虽然都是口语，但今天口语诗人笔下的口语已经是当下的口语，其内涵、色泽、尤其是蕴涵的精神已与从前判然有别，这是一个重要的分界（黑格尔曾经指出，同样的一句话，青年人讲出来跟老年人讲出来，是不一样的）。据此，我们可以说，口语诗也蕴涵着内在的精神要求，这是由她的品质所决定的。如果说早期的口语诗发现并采用口语写诗是一场革命，那么，现在口语诗的发展和创新就是要提升口语诗的质量，要进行口语诗内部的建设。

如何处理作者在作品里的站位和作用，是现代主义文学诞生以来的重要课题。口语诗的作者，多采用第一人称，这样的诗一方面有亲历性和现场感；另一方面也给读者以近距离和可靠性，这也是口语自身的特点所决定的。但怎么把握作品的主观性和客观性，不可不慎。浪漫主义文学的“自我”是跟着感觉，不加辨析，甚至多少带有一些“自恋”和“自怜”的倾向（也有以相反的“自虐”和“自毁”方式表现的），富于感染力和煽动性，但受制于单一视点的限定，必然会遮蔽广阔的视野，也同现代世界的多元化和认识论形成龃龉。而与之决裂的现代主义之后，文学对自我的间离、怀疑、度量和分析，则是一个普遍的趋势。谁能保证诗人的“自我”是唯一的呢，此时的和彼时的，此地的和彼地的，真能没有变化吗？而且，就在同一位置的同一瞬间，难道自我就没有争辩、纠结、矛盾和斗争吗？就没有多重性和多样性吗？自我和世界一样深奥而复杂，他们都不是自明的。诗人对此应该有足够的认识。我们探究世界往往从探究自身开始，探究自身往往又是从正视自身开始的，诗歌从这个意义上说，首先就是自我开发和自我探险，是对真相和真理的勘探和追索。完整的自我，有时候只有在写作中才会遭遇到和意识到，也只有在写作中才会被发掘和创造出来。因此，怎样分解和统一、进而怎样把握和表达作品里的“自我”，可能会是口语诗需要解决的一个难题。

另外，似乎也是由于口语的特性，口语诗的大多数作品都是现实题材的，也多局限在事物、事情、事件、事务的领域，切近而实在、生动而具体，甚至大家总是习惯性地把她同日常生活联系在一起（“紧贴地面”的“步行感”和散文化确实是口语诗存在的主要问题。有人更把她同“形而下”联系在一起，同肉体和欲望联系在一起，这自然会吸引一些眼球和引起热议，但这显然是对口语和口语诗的误解和误读，也是对现实的缩减和歪曲，更是对人类生活本身的贬低），她也确实擅长于对日常生活中诗意和情绪的捕捉、对细节的描摹、对故事片段和心理过程的记录等等。但是，我们知道，现实同样不是唯一的和绝对的，一味对现实的膜拜丧失的乃是人类的尊严。与其他文学形式一样，口语诗歌不仅要呈现和表达现实，也还要反思、评价现实，要批判，甚至是改造现实。尤其是她要充分展现现实的诸多可能性，有谁规定现实只是我们看见的、听见的、触摸到的这一种呢？即使是一种现实，它的向度、层面、纵深、趋向也肯定有所不同。还有超现实、非现实、反现实等，还有想象、梦境、神秘体验等。理所当然，诗歌应该像人的心灵一样浩瀚无际，我们的思维能够抵达的，我们的语言也能够抵达，也只有我们日常使用的语言能够抵达。而诗歌从来都致力于对现实的穿越和超越，如果没有这种穿越和超越，诗歌也很难称得上完成和完满。她不仅要有双脚踏着大地，也要有翅膀翱翔在天空。她提供的，毋宁说，主要是诗人的心理现实和精神现实。她不仅可以是叙述性的、戏剧式的、小品式的，她同样也可以是思辨性的、抒情性的、幻想性的，她可以也应该为所欲为。我们尽可以解放我们的思维，纵情想象。事实上，已经有很多口语诗人在开拓新的未知地带，在增进口语诗的“飞翔感”。所以，口语诗可能驰骋的未知的空间还有很大，等待着诗人们的探索。

后　记

本书是在我2004年的同名博士论文基础上修订而成的（主要工作是根据后来的变化，补充和增加了一些内容，特别是其中的诗歌文本部分，由于版式和格式的原因，很多诗歌引文在视觉上可能会让人不太习惯和不太舒服，这是需要特别向原作者和读者致歉的）。当时通过答辩以后，就束之高阁。也曾想找个机会出版一下，好像一直没有碰到合适的机缘，加上别的事务缠身，就搁下了，一直拖到了现在。多年过去了，不断有同行朋友和熟人问及，有人还表示很期待（书中有的章节曾作为单篇论文发表，引起一些注意），同时这个领域的研究仍不太景气，还是没有看到像样的、成规模和连贯性的研究专著，或许这本书的出版还不算多余。

本书试图探讨的两个主要问题是：口语能否写诗？口语能否写出好诗？实际上，书里涉及和议论的这些杰出诗人的创造（我要骄傲地说，这些诗人大多都是我的老朋友和新朋友，引一句叶芝，“我的光荣就是我有这样的朋友”），已经给出了实实在在的证据和答案，我希望是把它们梳理清楚了，也说明白了。我只祈求不要太配不上他们的成就和高度。当然我也深知，对感兴趣和有耐心的读者而言，口语诗大概并不难理解，也不难接受，而对成见太深或了无兴致的人，再多笔墨亦是白费。一切人文科学都是重复常识（按照柏拉图的说法，真理本来就在我们的灵魂之中，我们要做的，只不过是把它们从遗忘中唤醒），但是常识也需要经常提醒和应用；一切文学评论也只是一己心得（虽然没有什么普适结论或公理，但毕竟“东海西海，文心攸同”，这也就是它的接受学基础），它们不仅满足自己，对于那些比消遣还想更进一步，不但要知其然，还试图要知其所以然的文学读者，或者也会稍有启发和帮助。尽管话说回来，现在又有多少人会认真对待别人的想法呢，我们真不必太自以为是，当然了，也无须妄自菲薄。

现在的情况是，学术正逐渐变得“有术无学”。在翻阅各类“高级别”（荒诞之极的分类，似乎连学术研究也得像官僚体制似的排出等级）的学术刊物，浏览着那些堂而皇之、俨乎其然的论文的时候，我每每在想，在那么多术语、概念、弯弯绕的套话和车轱辘话（这种买椟还珠的把戏倒是一点含糊不得）后面，真的有哪怕一丁点独立见解和个人发见吗（特别是“搞”文学的很多人，简直是双重误会）？难道所谓“学术”，最终非要蜕变为（小圈子里的晋级分赃、自娱自乐，外人并不了解也并不关心）“皇帝的新装”吗？学术即是学问，原本起源于问题，没有问题，即无学术（勃朗诺斯基说，牛顿、爱因斯坦的天才在于，他们提出透彻的、天真的问题，结果引来了灾难性的回答）。是真问题还是假问题，是自己的问题还是别人的问题，是已经解决的老问题还是尚待探索的新问题，以及对这些问题是否有发自内心的探索兴趣和热情（难道我们真的已经丧失掉好奇心，这个亚里士多德所谓的“人的本性”了吗?），这可算是学术的“第一推动”，它也决定了研究的方向、质量和水平。学术的“术”要由“学”来引领和开辟，也由“学”来把握并提升，要是反转过来，那就只能是自欺欺人了。好在我这样的笨人至少还是从困惑中出发的，能不能抵达目的地难说，方向大概还不至于错得太离谱儿。

文学批评，按照亨利·詹姆斯的定义，是“心智努力寻求自身感兴趣的理由”（但实际上，诗跟爱一样，真是永难破解之谜）。80年代已降，我们推崇和看重文本批评，这种源自西方的“新批评”强调的、限制在文本自身的研究方法让我们意识到“纯文学”的魅力，考究文学在结构、修辞、字句中的奥妙，也自有会心和乐趣。但这很快就遇到了阻力和麻烦，因为，如果不考虑作品的背景和上下文，考虑它前后左右的各种关系（既有文本史和文学史的，也还得有社会和人性的因素），作品的意义（无论是历史的还是美学的）仍然是说不清也道不明的。可见，囿于一端只能是作茧自缚，钱钟书先生早就指出，人文学科原就是“彼此系连，交互映发”，所以还得综合治理，循环阐释，“觑巧通变”，这很有点中国传统的印象批评的味道，要充分顾及到各个角度，但又点到为止，保持张力，留出空白和余地，以期随后的补充乃至超越（有老先生回忆，当年在课堂上讲唐诗，老师也只是摇头晃脑地感叹好、好啊就告结束），这当然是很高的境界了，我自己虽不能至，心向往之。既然我们谈的是诗歌，就相信诗歌的力量大于阐释的力量，尽可能多一些“理解之同情”和“同情之理解”，尽量重返旧日的现场，还原当时的语境，标举文献和文本，体贴作者的用心和本意，对看不明白和说不清楚的东西保持缄默，而不轻易自相猜测，妄作评断，用生词造势，拿概念唬人，这一方面是藏拙，另一方面也是对读者的礼貌和尊重。

还是时间具有伟大的力量，当年我打算做有关口语诗的课题的时候，口语诗的诗资格和艺术价值都还在怀疑和争议之中，我是抱定为她的存在辩护的宗旨开始工作的。这些现在好像已经不太成问题了（人们只是慢慢见怪不惊，习以为常了，当然批评也还是不少）。本来当时可能的选择还有很多，比方写写穆旦呀、冯至呀、朦胧诗呀什么的。但感觉那些题目都没有太多挑战性，似乎也缺乏难度，我想与其搞个不痛不痒的东西，还不如在自己喜欢和也在写作的口语诗方面下点工夫，也算整理和澄清一下思路。决心一下，弄起来其实很快，初稿差不多不到一个月就出来了，居然还看得过去。而我这个一向懒惰的人，劲儿一过就再难打起精神，大概顺顺文字就算成了。回想写作伊始，我的导师常文昌教授出国在外，但他在电话里一直坚定支持我的选题，并给我足够的自由，让我肆无忌惮，放手去做；吴小美教授对我的课题思路慨然予以认可，使我颇受鼓励；在评审和答辩中，吉林大学的刘中树教授、湖南师大的凌宇教授、中国作协的雷达教授、山东师大的魏建教授、兰州大学的程金城教授、赵学勇教授给予的热情肯定和积极评价，也给了我很大的信心，这些恩情现在想起还是温暖在心。

一本书的出版确属不易，在此，我要特别感谢我现在的工作单位，北京石油化工学院大学生素质教育基地的慷慨资助，感谢我所在的人文社科学院的领导闫笑非教授的帮助和鼓励，感谢中国社会科学出版社的责任编辑李炳青老师。最后，感谢本书的读者，归根结底，没有你们，一切均无必要。

唐欣

2011 年中秋

于北京椿树馆